秋水湖畔的白鸟

辛增路◎著

中国致公出版社
China Zhigong Press

图书在版编目（CIP）数据

秋水湖畔的白鸟 / 辛增路著 . —北京：中国致公
出版社，2018
ISBN 978-7-5145-1222-9

Ⅰ . ①秋…　Ⅱ . ①辛…　Ⅲ . ①长篇小说 – 中国 – 当代
Ⅳ . ① I247.5

中国版本图书馆 CIP 数据核字（2018）第 030857 号

秋水湖畔的白鸟
辛增路　著

责任编辑：闫一平
责任印制：岳　珍

出版发行：中国致公出版社 China Zhigong Press
地　　址：北京市海淀区翠微路 2 号院科贸楼
邮　　编：100036
电　　话：010 – 85869872（发行部）
经　　销：全国新华书店
印　　刷：北京市金星印务有限公司
开　　本：710 毫米 ×1000 毫米　　1/16
印　　张：17
字　　数：251 千字
版　　次：2018 年 4 月第 1 版　　2018 年 4 月第 1 次印刷

定　　价：45. 00 元

秋水湖畔的白鸟

目录
CONTENTS

初到秋水湖

卢伟是在这个夏天一个迷人的傍晚来到秋水湖的。时值仲夏，这里虽然没有城市里那样闷热，但七月的太阳还是在大地上留下了灼热的痕迹。傍晚时分，缓缓西沉的夕阳及燃烧的晚霞肆意地将影子洒在了湖面上，随着粼粼的波光不停晃动，像无数浣纱的女子捣动手中的红绫。远处的山原本是青色的，此刻也镀上了一层金边。北方的地势很平缓，但也有起伏，远山就那样静静地躺在地平线上，像爬上岸的乌龟。是的，这里远离了喧嚣，一切都很平静。天空偶尔也有一两只鸟飞过，但很快就消失在玫瑰色的水影天光之中了。

卢伟是作为第四批“大学生志愿服务西部计划”的志愿者来到这里的。和他一同来这里的还有其他二十几名同学，大家虽来自不同的学校，但都是刚刚毕业的大学生，满怀激情与希望，赶来开发这片荒芜已久的土地。在此之前，他们都没有来过这里，只是在书里或者电视里了解到关于这里的只言片语，那种原始的神秘将他们深深地吸引。在正式出发前，组织方可能是为了让大家更多地了解当地的情况和更快地适应当地的环境，对他们进行了几天专门的岗前培训。学习的内容也没有多少新鲜的，无非是一些国家政策、当地的经济文化、风土人情而已，没多大意思。唯一能让他们感兴趣的还是以前服务过的学长们在当地经历过的真实故事。卢伟就是从一位师兄那里得知自己将要去的地方有一个湖，而且知道它为什么叫秋水湖：因为那里有一条河叫秋水河，秋水河水流到那里被群山阻挡积成了湖，人们就叫它秋水湖了。而他要去的县就叫作秋水县，至于那条河为什么叫秋水河，就不得而知了。那位师兄还说，秋水湖其实并不大，在地图上，它不过就占据一滴眼泪大小的地方，自然不能与西湖、洞庭湖相提并论，但是在北方，这个湖已算是奇迹了。在那些一辈子只见过水井的人们眼里，它简直可以算得上是海了。这一切都使卢伟他们对秋水湖产生了无限的好奇与向往，所以在赶赴秋水县的路上，他们都望着窗外，生怕错过任何一处与秋水湖有关的景物。

现在终于到了，车子在环湖公路上行驶，一片绿海就呈现在他们面前了。黄昏时分，太阳已经落了，夜幕渐渐降临。远处的湖面上慢慢升起了薄薄的水雾，在晚霞及光影的映衬下，形成了一道浓重的紫色水幕。湖中洲子上的芦苇非常茂盛，把深色的影子投在湖中，形成一道一道绿色的墙，而这些此刻正浸润在一片烟水苍茫中了。路边一排排柳树的枝条垂成丝带，有时还将长长的柳丝投入水中，像清纯的少女在洗涤长发。有时，在湖湾的某个地方也会出现成片的荷花，碧绿的叶子随风翻动，与秋水湖的碧波连成一片。这时正是这里的荷花盛开的季节，不难发现，在万叶之间，有芙蓉盛开，如亭亭玉立的美女。

暑气还未完全消失殆尽，暖风夹着湖面上的湿气透过车窗吹进来，还带着水草的香味，给人一种湿热的感觉。汽车在移动，眼前的景物走马灯似的迅速变换，恍然若梦。卢伟眼睛看得实在有些发困了，就想把目光收回来休息一会儿。就在他把目光从外面移向车内的时候，他看见车前方的反光镜里面一张清秀的女孩的脸，那张脸是白皙的、缺乏血色。她看起来有些困了，头靠在座位的靠背上，微微向后仰，眼睛好像并没有看窗外的景色，而是微微闭着，目光黯淡，没有光彩，细细的眉毛之间渗出少许的汗水。卢伟瞥见她的时候神经下意识地抽搐了一下，像被什么东西扎了一下似的，但迅速地，他又恢复了正常。那女孩儿他认识，是和他一块儿来的志愿者，在培训的时候他见过她，好像叫什么“露”。初次见时卢伟对她的印象并不是很深，因为她是那种文静秀气的女孩儿，很少说话，他们之间自然没有说过话。她

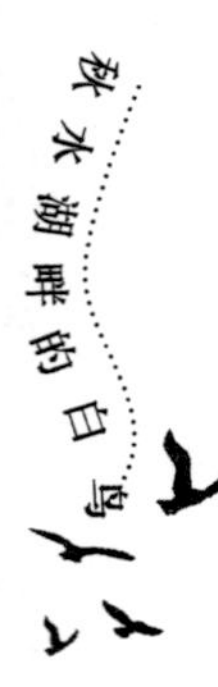

长得还算漂亮，但并不能称得上惊艳，大家对她的情况知之甚少，只知道她是属于这个团队而已。

令卢伟感到惊讶的是她的容貌，因为她长得太像自己以前的女友了。想起他的女友艾琳，卢伟的心有些隐隐作痛。他们刚刚分手，原因很多，但其中最主要的一条恐怕就是他报名加入了西部志愿者，而她则认为他应当和自己一起到南方的大城市去闯荡，她说一名大学毕业生到西部农村去太没出息了。对于这个问题他们谁都不妥协，于是分手了。卢伟不知道自己为什么那么固执，直到她转身离去的那一刻，他都没有改变自己决定的意思。他不知道自己为什么会做出这样的决定，说实在的，他加入西部志愿者，并没有什么伟大的计划、宏大的目标，也不想干出什么大的事业。他只是忠实于自己的感受而已，他向往那里，就想到那里体验一下生活罢了。至于这样做值不值得，他不知道，也不想去追问。但他觉得自己做的是对的，为什么？不知道，他只是做他愿意做的事罢了。

他不知道自己是在追求，还是在逃避。

那个女孩儿的脸就像一滴滴在镜子上的水珠，变幻着无穷的颜色，时而是那张白皙的、困倦的脸，时而是艾琳流着眼泪的脸，时而是父母生气的、阴沉的脸，时而是同学和朋友不解、疑惑的脸……这无数张脸就像他们责怪埋怨的灵魂，挤在这个水晶球中来向他发难。它们越来越多，水晶球越挤越大，最后终于爆炸破裂成无数碎片，消失在秋水湖凄迷的景色里。

一股清凉的风吹过林间的草坪，但并不能减弱夏日黄昏时的闷热。在大学校园的一角，艾琳坐在树荫下的石凳上，卢伟就陪在她的身边。但他们没有一般年轻恋人常有的那种亲昵与默契，彼此肩并肩坐着，中间还隔着那么一段不算太宽，但似乎正在迅速扩大的距离。一缕长长的头发从艾琳的头上垂下来，遮住了她的半边脸，也遮住了她含着泪的眼睛。那是怎样的一张脸？那是曾经让卢伟迷恋，为之倾倒的脸。但如今，他甚至不愿去看，也许是不敢看。只是从眼睛的余光里，他才能看见她此刻的神态。她只是低着头，看着自己放在膝盖上的手，眼中充满失望与哀怨。那张原本秀美的脸，这时也失去了往日的光彩，显得有些苍白，不过看得出，今天她是经过精心打扮的，略施粉黛，倒更显出一种成熟的典雅。

在沉默了很久之后，艾琳终于开口了："卢伟，你想好了没有？"

卢伟没有应声，只是把头埋得更低了，不知道是真的没有想好，还是有意在回避这个问题。

艾琳很无奈，她在等待着他的回答，而他却始终低着头坐在那里，像一尊塑像，沉浸在回忆里。她有些生气，想对他发作，但是她明白，以他的沉默与固执，越是逼他，他越是不肯出声，所以她只能忍着，默默地等，耐心地寻找新的突破口。风吹着她的白色裙角飞扬，仿佛墙角那株失落的柳树。

"那么就是说你的主意已定，不会再改变了，对吗？"又过了很长一段时间，艾琳又开口说话了。其实这次她仍然没有抱多么大的希望，只是她实在无法忍受这种沉默而压抑的气氛了。

奇迹并未发生，卢伟依然沉稳得如同在梦里。

"你倒是说话啊，去与留随你的便，不过你总得给我一个肯定的答复吧！为什么要用这种沉默的方式来折磨我呢？"艾琳终于忍不住发作了，她转过身来瞪着眼直视着卢伟大声说道。她的脸涨得通红，那张原本很美丽的脸也因为过度的气愤而扭曲了。那种样子很吓人，仿佛要将卢伟撕碎吞了。

"还有什么好说的，我的想法不是早就对你说了吗？"卢伟终于还是开了口，不过他的语气平静得出奇，不像是在面对他人的质问，而只是在自言自语。艾琳的盛怒与号叫他好像一点都没有感觉到，他缓缓说出："说了只不过徒增你的痛苦，不说对大家也许会好一点。"

"什么叫作对大家都会好一点？难道你认为这样什么都不说，什么都不做，你和我的心里就会好受吗？不，其实你也知道，你这个样子只会令彼此更加痛苦，难道这就是你所希望的吗？你难道就不能为我们之间的感情做出一点点的牺牲吗？你难道就不能做出一点点的让步吗？"艾琳差一点就要哭出来了，她几乎是带着恳求的语气说的，"爱情是需要相互理解、相互忍让、共同维护的，你知道吗？"

"对不起，艾琳。以往任何时候，为了你，我什么都可以忍让，什么都

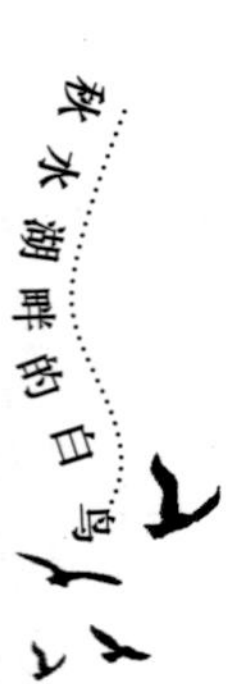

可以牺牲，但唯独这一次，我做不到，请你原谅我。因为这是我第一次独自做出的人生的重大选择，我是不会放弃的。请你给我一次做真正自己的机会好不好！我知道，跟着你出去也许会取得更大的发展，但是，那样的生活方式不是我想要的。一种我不想要的生活，即使取得再大的成就，也是不会幸福的。我为了你痛苦地活着，你会幸福吗？”卢伟反问。

“那么你想要什么样的生活呢？难道你想要的生活就是到农村去当农民吗？那样面朝黄土背朝天的生活就有乐趣了吗？你怎么知道我们在南方的生活就一定不会幸福呢？你又没有真正经历过。或许我们在那里生活惯了就没事了，你还会发现更多的乐趣呢！你已经不是小孩子了，不要整天抱着那些不切实际的理想不放。我这都是为了你好，为了我们过上更好的生活。”艾琳转变话题说。

“我知道你是为了我好，只是我们对生活的认识差别太大了，我们对幸福的理解完全不同，所以你也就不要勉强了。也许，按照你的方式生活下去，我们会变得更有钱，会拥有一切，但是唯独没有了理想。而没有理想的人生会是幸福的人生吗？一个没有理想的人就如同一棵没有骨气的草，随风飘摇。一种没有自由的爱情就如同一只没有翅膀的鸟，不会飞翔。而无原则的退让，只能丧失自己的人格；无限度的牺牲，最后连爱情本身也牺牲了。”这一次卢伟却像冲破堤岸的洪水，滔滔不绝。

“不要说了，你真的不愿和我在一起了？”艾琳制止了卢伟。

“对不起。”卢伟平静地摇摇头。

“不要对我说对不起了，不要再对我假惺惺的了。你是一个自私的人，你从来就没有爱过我是不是？这几年你都只是逢场作戏罢了。你欺骗了我的感情，我恨死你了。”艾琳哭着痛斥卢伟。

“对不起。恰恰相反，我是真心地爱过你，而且现在依然爱着你。我发誓，你是我此生最爱的女孩子。正因为我爱你，所以我才不想编出一些违心的谎话来欺骗你；正因为我在乎你，所以我才希望你一生幸福。”卢伟的情绪很激动，就像是他第一次追求她时的表白。

“别骗我了，卢伟，难道爱我就是和我分手，在乎我就是扔下我一个人、追求你所谓的理想吗？这就是你所谓的爱了。说得多好听啊，可是谁会相信呢？”艾琳不听他的话，大声说。

“艾琳，不要任性了，爱是不能勉强的。经过这么多年的相处，我发现，原来我们之间并不合适。你那么热情、时尚，喜欢精彩、刺激的生活，自然希望将来有房有车，找个有钱的男朋友。但是我呢？我更喜欢平静、淡泊的生活，对都市的繁华、嘈杂很不适应，更不用说追求财富的欲望了。你想要的一切恰恰是我不能给你的。就算现在我勉强和你一起去下海闯荡，以后也终究会因为生活习惯和观念的不同而分手的。你也知道，我不是一个做生意的料，注定是一个赚不了大钱的人，而你能忍受和一个穷光蛋过一辈子吗？所以长痛不如短痛，与其以后不欢而散，还不如现在放手算了，这样既不耽搁彼此的青春，又给了双方一个新的空间。希望你以后能找到真正属于自己的幸福。”卢伟又恢复了平静，像是在表白，又像是在劝慰。

不可否认，他说的是实话，艾琳也相信他说的都是自己内心的真实想法。说实在的，她当初喜欢上他也只是欣赏他的才华、他的率真，并没有考虑太多的现实问题，而现在经他这么一说，真的有些醒悟。两个人因为彼此相爱而走到一起，刚开始还好，但是时间长了，渐渐发现了对方的缺点和彼此的差距。不过因为彼此都深爱着对方，所以都会包容。但是现在真的要一起面对现实生活了，她不敢保证自己是否能包容他一辈子。他们的感情能经得起那么多现实的冲击吗？但是她仍然不服输、不肯放弃，继续说：

“我不在乎，只要能和你在一起，什么样的生活我都可以过。为了我们的爱，我什么都可以依着你。你不是说过吗？人是可以改变的，只要我们心中有爱，还有什么是不可以克服的？”

“艾琳，你不要冲动了，当你说这句话的时候，你应当扪心自问，自己是不是真的愿意和我过一辈子平淡的甚至是有些穷困潦倒的生活。是的，人是可以改变的，所以你才更应该向前看，说不定过了多年以后，你会发现我其实并不值得你爱。”卢伟说。

“那么在对我的爱与你的理想之间，你到底认为哪个更重要？”艾琳问。

“我爱你，但是我更爱自由。”卢伟的语气更加坚定。

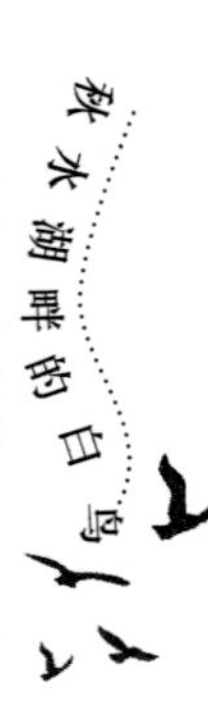

艾琳仍然不肯放弃，但是她开始让步了："其实你不一定非得要和我一样下海经商啊，你完全可以在那里找到你喜欢的职业啊，那里的机会是很多的。我只要你和我在一起就行。"

"不要说了，艾琳，其实我看得出来，你的心里并不是放不下我，你是放不下这段感情罢了。我的心又何尝更好受一点呢？算了吧，不要再固执了。我说过我不适应那里的生活，去了怎么能安得下心来呢？而干什么样的工作又有什么不一样呢？把一条鱼放在地上，把一只鸡放在水中，都是不合适的。一个人生活在自己不习惯的环境中，从事着自己不喜欢的工作，这和奴隶有什么区别呢？"卢伟的话有些武断，有些绝情，这让艾琳很伤心。

艾琳绝望了，她知道卢伟主意已定，她也知道他是一个怎样固执的人，一旦打定主意，别人是无法改变的。但是她还是抱有一丝希望，认为正的不行可以反着来，用激将法也许可以把他说服。于是她故意说：

"你不是在追求理想，分明是在逃避现实。一个大男人，一个大学生，好不容易毕了业，不到大地方去闯一闯，干一番大事业，却跑到西部农村那些穷乡僻壤去混时间。一个月拿几百元小钱，连自己都养不活，你还算是男人吗？你还对得起你的家人吗？你在同学面前能抬起头来吗？卢伟，我鄙视你！"艾琳有点歇斯底里。

卢伟忍无可忍，他原本放在石凳上的两只手已经攥成了两只紧紧的拳头。他从来没有看到艾琳如此放肆过。在他心中她一直是一个文雅的、有修养的女孩，从他们相识的那一天起，他们几乎没有吵过架。但今天她不知为什么不讲道理，如此泼辣。他真的想过去打她一个耳光，但是又忍住了，毕竟她是一个女生，又是自己最喜欢的女生，他怎么能和一个女生动粗呢？他想反驳她，但她的话又让他无言以对。真的，他选择的事业不管被别人说得多么高尚，自己说得多么真诚，在很多人的眼里还是一文不值的，待遇低、环境差，又没有前途，只是一些人找不到工作的无奈选择罢了。所谓的志愿者，也只不过是一群刚毕业的大学生而已。所以，在艾琳说卢伟的时候，他觉得没有勇气去反驳，也没有充分的理由去反驳。甚至连他自己也不得不承认，她的有些话说得不无道理。是啊，他也不知道自己到底是在追求还是在逃避。当初自己做出这个选择也不过是觉得愿意去那里生活，希望在那里工作，仅此而已，他甚至找不到一个合适的理由来证明自己的选择是对的。所以在艾琳怒斥他的时候，卢伟无言以对，只能选择沉默。但是他仍然很气愤，她的话深深地伤害了他的自尊。他不知道她只是想激他，并不是真的想伤害他。他强忍着怒火，咬着牙，一字一句地说：

“你不要太过分了，你可以责备我，但不可以侮辱我。你算什么，凭什么指着我的鼻子说话，我做错做对与你有什么关系。”卢伟怒气冲冲地说。

艾琳被卢伟盛怒的样子吓坏了，她从来没有见过他对自己态度这样恶劣过。她再也说不出话来了，只能捂着脸呜呜地哭。

“随便你怎么说吧，我本来就是一个没有出息的人，也许你当初真的是看走了眼，也许你本来就不该爱我。不过现在后悔还来得及。既然我们并不合适，既然我不是你心中的白马王子，那么我们还有什么好说的呢？分手是最好的选择。你走你的阳关道，我走我的独木桥。我不敢说我会在那里待一辈子，但是最起码现在我是在那里待定了，而且我一向是做事不喜欢后悔的。我不奢望能在那里干出什么轰轰烈烈的大事业，只希望平平淡淡地做我喜欢的事就对了。也许我天生就是一个不会有出息的人。”卢伟在大吼大叫之后平静了许多，接着补充了这么几句绝情的话。

艾琳彻底地绝望了，她还能说什么呢？她知道自己再说什么都是无济于事的。他去意已定，她知道自己是无法挽留的。因此她也只能选择无语，任凭泪水往脸上和心里流。

艾琳不再说话了，只是低着头，双手捂着脸静静地抽泣。卢伟只能看见她那双秀美的肩轻轻地颤抖。也就在这时，他才发现她的双肩是那么的柔弱，那样的需要呵护，他才知道自己是真的深深地伤害了她。他是多么想过去抱着她、安慰她，对她说他愿意答应她所要求的一切。但是理智又告诉他，他不能这么做。他知道他们之间的裂痕已经无法弥补了。不管他是多么想和她在一起，提出与她分手是多么的言不由衷，甚至刚才对她说的每一句话，他都感到像是在剜自己的心，他都不能那样说、不能那样做。因为他知道，他和她是不可能在一起了，只是不舍得分手罢了。他和她一样，其实都不是放不下彼此，而只是放不下两个人经营了这么多年的感情而已。如果他现在过去安慰她，就等于否定了自己的决定，将自己又重新推进根本无法弥合的深渊里去，求生不能，求死不得，那是他不想看到的。卢伟的心里在流血，他恨自己，但更恨命运，是命运在捉弄他们吧。面对现实，两个人的选择是多么的不同，命运的安排如此滑稽：一对彼此深爱的恋人，面对未来的生活和事业却不得不选择分手。他们伤心、迷惑，但更多的是无奈。也许在大哭一场之后，他们会发现，分手是必然的选择，为了对方和自己的幸福，分手也是最好的途径，而现在的痛苦只不过是暂时的割舍罢了。这能怨谁呢？都只能怪自己，谁叫两个人都不肯为对方牺牲呢？所以，面对痛哭着的艾琳，面对自己一直深爱着的恋人，他甚至不能给她作为一个男朋友应当给的关怀，而只能用一种极其冷漠的方式去安慰：

“对不起，艾琳，我真的不想让你伤心，但是没有办法，也许我们的缘分已尽。请不要哭了，因为我不值得你为我哭。既然我无法让自己追随你，当然你也就不用迁就我，那么我们就算了吧。”

“不，我愿意陪你一块儿去。只要你能让我和你在一起，让我去哪里都可以，让我干什么都行。”艾琳几乎是绝望地哭喊道。

“不，你不可以，艾琳，事实上你不愿意，你为什么要为难自己呢？这样做值得吗？你知道这样对双方都不好，你又何苦呢？”卢伟恳求道。

“不……不……不……”艾琳已经泣不成声了。她还想说些什么，但是舌头在嘴里打战，一声也说不出来。她再也找不到可以说的话了。她并不是一个委曲求全的人，但是这次她实在是没有办法了，或者说她刚才的话不过是想唤起卢伟心中的爱罢了，但是她没有成功，所以她再也没有说话的勇气了。她的心已经被伤透，只能哭出来了。

太阳已经完全落下，只留下晚霞染红了天，像沾满胭脂泪痕的脸。凉凉的风吹得草微微地动，一切都很安静。卢伟还是那样坐着，手里扯着草叶，而艾琳的哭声也渐渐小了。慢慢地，一切都恢复了平静。

“卢伟，我最后问你一句，你真的不愿意和我在一起吗？”艾琳显得异乎寻常的平静。

沉默，还是沉默，卢伟始终没有说一句话。

“那好，你走你的路吧！就算我从来都没有认识过你。希望你能找到你要的幸福，也包括你的真爱，再见！”艾琳拎起了自己的手袋，对卢伟说了这最后的一句话，然后就转身走了。她走得很坚决，没有留恋，显得义无反顾。但是当她走了几步之后，她的脚步不知为何慢了下来，停了一会儿，像是要回头，还是别的什么。她终于还是没有回头，什么也没有说，渐渐地走远，走远，最后消失在卢伟的视线里了。

卢伟看着艾琳起身走开，始终没有说一句话。其实，他是多么想冲上去抱住她，对她说他爱她，愿意和她厮守一生，他真的舍不得她走……但是，他的嘴像是被什么东西堵住、脚像是被什么东西束缚住似的，无法移动半步。他就站在那里默默地看着她走开。她是那么美丽，连走时的背影都那么迷人。他终究还是没有挽留她，甚至在最后一刻，在艾琳途中停下的那一刻，他也只是手微微地抬起，嘴唇动了一下，却没有发出声音，只有眼泪从眼眶中慢慢地渗出来，朦朦胧胧地看着她渐渐消失在越来越模糊的暮色里。

坐在开往目的地的汽车上，往事如车窗外疾速而来的景物，一幕幕的闪现在卢伟的脑海里。他不想回忆往事，但那些情景像是黑夜里无法挥去的萤火虫，不断闪现。

“你在想什么，在想家吗？”坐在他旁边的一个同学关切地问。

“噢，大概是吧！”卢伟回过神来，笑了一下说。

“你是第一次出远门吗？”那位同学又问。

“噢，大概是吧！”卢伟回答得有些漫不经心。

连续两次一样的回答让人感到没意思，所以那位同学也不再多问了，而卢伟却陷入了另一番沉思里。

“认真想好了再做决定吧！”一位同学说。

“前途问题，人生大事，你要慎重考虑。”一位哥们儿说。

卢伟的心里很乱，虽然他早已经做好了决定，但是同学们、朋友们的话对他不可能没有影响。说实在的，对于自己的选择，他心里也没底；对

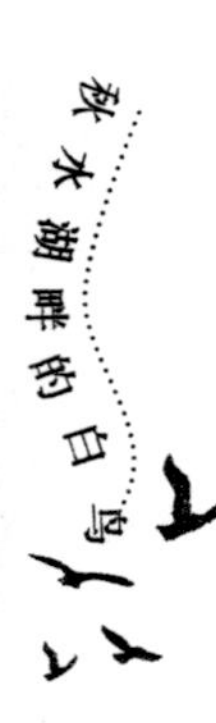

于前途，他也很茫然。支撑他的唯有自己对于理想的坚定信念而已。不过理想是空的，未来还是未知数，他也只能抱着拼一次的想法去冒险了。卢伟什么都可以忍受，什么都可以面对，但是在面对家人的时候，他才真正感觉到什么叫压力。卢伟的父亲是一个沉默寡言的人，但却是理解儿子的。对于儿子的选择，他没有多说什么，只是说儿子现在长大了，有权利决定自己的前途。不过作为长辈，他还是告诫儿子万事要三思而后行，不要光凭意气用事，要对自己的选择负责任。父亲虽然没有反对，但是卢伟从他老人家的表情里可以看出，父亲是不太愿意的。他理解父亲，父亲永远是那种想得多而说得少的人。况且，他老人家养活儿子这么多年，也希望儿子毕业后能有份好的工作，结果儿子却选择了去西部农村，他肯定是不乐意的。不过他了解儿子的性格，他知道儿子做出自己的选择一定有他的道理，所以也就没有多说什么。但是卢伟的爷爷、奶奶就不同意了，家里好不容易出了个大学生，怎么能让他再去农村受苦呢？他们说那里环境差、生活苦、工资低等，劝卢伟在城里随便找个工作都比在那里受罪强。而对于这些，卢伟尽量去安慰他们。他心里想得最多的还是如何尽快离开这里，到他追求的新环境里去。

卢伟在家里没有待多长时间，因为他要到学校去参加岗前培训，完了之后要乘车前往目的地。当开上征途的汽车启动的那一刻，他忽然有一种无法言说的感觉，不知是解脱还是留恋。夜幕降临，华灯初上，街上的行人依旧匆忙，夜晚的都市似乎更加繁华。看着窗外熟悉的景物迅速后退，卢伟有一种恍如隔世的错觉。是啊，如此繁华的城市，又有哪一点是属于他的呢？他就要离开这座生活了四年的城市了，昨天还在家里，今天又在这里，而明天又将在什么地方呢？

天空不知什么时候下起了雨，淅淅沥沥的像要洗去这城市的繁杂。雨滴打在车窗上，画出无数的圆晕，把窗外行人的脸、变幻的景物都统统揉碎，化作粉红色的胭脂，涂抹在这个城市哭泣的背影里了。车子慢慢驶出城区，周围渐渐安静下来，回头望去，整座城市沉浸在一片梦幻般瑰丽的光晕中。空气渐渐凉了下来，卢伟的心也慢慢静了下来。他闭了眼，放松疲惫的大脑，过了很长时间才睁开，看向窗外。洗尽铅华后的天空、郊外夜色里的田野，都给人一种清新、澄净的感觉。雨停了，天空依然漆黑，只有几点星星在闪，遥远而微弱。

他不知道自己是在逃避，还是在追求。

湖边的葬礼

第二天，卢伟一觉醒来，太阳已经升得很高。阳光从窗户照进来，有点刺眼，但屋里不是很热。湖面上的风从树林里吹过来，凉凉的、湿湿的，还带有水藻的气息。树林里有许多鸟在叫，夹杂着风吹树叶的沙沙声，使整个地方显得更静了。

卢伟好长时间没有睡过像昨天晚上那样的好觉了。奔波了一天，他感到很疲惫，所以放下行李便倒头就睡，醒来时已经是次日早上九点多。不过他不用担心工作的事，因为他今天根本就不用工作。卢伟是学环境科学的自然就被分到秋水湖环保工作站（是隶属于县环保局的）。这个工作站很小，就几间平房和一个院子，工作人员很少，加上他一共才四五个人。当然这里的人也很热情，领导见他刚到这里，一切都还很陌生，所以这几天就没有给他安排具体的工作，只是说让他休息，随便走走，熟悉一下环境。

洗漱完毕之后，卢伟到院子里透透气。整个院子并不大，只不过是用砖墙围起来的一块儿荒地而已，墙角长满了草，很荒凉。用水泥和砖铺过的地面并不大，大部分是空地，种满了花花草草和蔬菜，很有农家生活的气息。这里很静，只有风声和鸟叫声。院墙上爬满了爬山虎一类的藤蔓植物，一片绿色。地上的花草此刻都还沾满了水珠，在阳光下闪闪发光。卢伟感到好像回到了久违的乡下老家，又一次陷入了童年的回忆里。

卢伟忽然感到身后有人走过来，回头一看，是老站长。老站长姓李，六十多岁，身材高瘦，头发斑白，看起来倒还挺精神的。听说他在这里已经干了一辈子，到了该退休的年龄，但是他不愿意离开。他脸上的皮肤和身上一样通红，说话的声音有些沙哑，但是充满关怀：

“小卢，你昨天晚上睡得怎么样，还好吧？我们这里条件差，希望你还习惯。”

“我睡得非常好，这不，睡到这么晚才起床。”卢伟笑着回答，真的有些不好意思。

“睡得香就好，我还担心你认床呢？有很多人在自己家里睡习惯了，一换地方就失眠，我就是那样的人，所以我一直惦记着你昨晚是不是也会睡不着觉。你睡得安稳就好，我就放心了。哦，对了，你还没有吃过早饭吧？那边就是灶房，我让人给你留着早饭呢，你快去趁热吃了吧！”站长指着身后的房门说。

“算了吧，我不饿，我起床晚了，再过一会儿就要吃午饭了，早餐就不必吃了。”卢伟因自己的贪睡而有些害羞，红着脸说。

“不吃饭怎么行呢？要爱护自己的身体，况且我已经让人给你留着呢，不吃就浪费了。毛主席不是说过‘浪费是极大的犯罪’嘛！快去吃吧。”老站长假装用命令的口吻说，但语气中没有半点的责备，反而充满关怀之情。

卢伟只好去吃早饭。早饭很简单：一个馒头，一碗稀饭，一碟凉拌的青菜而已。但是卢伟却觉得很香，大概他是真的饿了，稀里哗啦就吃了下去，心里感到暖暖的。他回到院子里，老站长已经站在那里等他了。

卢伟突然发现院子里多了一个人，确切地说是一个大姑娘。她中等个头，身材窈窕，扎着个马尾辫，圆圆的脸上一双大眼睛忽闪忽闪的。大概是长时间在水边生活的缘故吧，她的皮肤很白，而且透着一股灵气。她的穿着很简单：上身穿着一件花格子衬衫，下身穿一件灰色及膝的短裤，脚上穿一双白色的凉鞋，把腿和小脚露在外边。尤其是那双脚，可能是一早上就泡在湖水里或者是露水里，都泛白了。

看见卢伟过来，老站长就笑着介绍道："这位就是我们的环境情报员关萍萍同志。"看着关萍萍有些不好意思，老站长又补充说，"她可是我们这里的大功臣啊！对这里的情况非常熟悉，不管哪里出了事她总是第一时间报来消息。你有什么问题尽管问她好了，你们以后合作的时间还长着呢。"

老站长的介绍倒使关萍萍害羞了，她低下头，脸颊绯红，眼睛在不停地躲闪。

"这位是我们的高才生，环境方面的专家，城里来的大学生志愿者卢伟同志。"老站长又笑着介绍卢伟。

"哪里哪里，我只是一个初学者，以后还得向你们多多学习。希望我们以后的合作愉快。"卢伟一边笑着说，一边伸出了右手。

关萍萍显然是被这样突如其来的举动镇住了，她从来没有和别人握过手，尤其是男生。她有意在躲闪，右手在左手里乱搓，不知该如何是好。但是卢伟的手已经伸到她的面前，她是无论如何也躲不过了，所以她只能勉强伸出手轻轻和他握了一下。

"欢迎你来到这里。"关萍萍怯生生地说。

随后她迅速把手拿开，身体也本能地向后移了半步。老站长似乎看出了其中的秘密，呵呵地笑了，说道："大家以后就是自己人了，不要客气嘛！"

三个人都笑了。

"哦，你们聊吧，我妈妈找我还有事呢，我先走了。"关萍萍朝卢伟轻轻一笑，向两个人道了别，就转身小步跑开了。

"再见！"卢伟目送关萍萍离去，心中有点失落。

"辛苦你了，孩子。"老站长看着关萍萍走远，目光中有一种欣慰但又有些意味深长的神情。

看着关萍萍走远，卢伟心中产生了很多疑惑：她怎么在这样一个小小的环境保护站当信息员？她都干些什么？她的家庭是怎样的，都有一些怎样的经历？她与老站长是什么关系……这一系列的问题都让卢伟感到好奇。从老站长看她的眼神里，卢伟猜想那背后一定有很多的故事。但是他又不好直接问老站长，自己毕竟是初来乍到，还是外人，什么都不懂，还是不要太冒险的好。想到这里，卢伟把快到嘴边的话又咽了下去，转过脸看着老站长。

老站长此刻好像正在沉思，但是看见卢伟在看着自己，就马上回过神来。他一边拉着卢伟的手，一边指着墙角用沉重的语气说：

“我们这里的事情还真多，你刚到这里，就又出了事。刚才关萍萍过来带了一只死了的水鸟，是被枪打死的。她说她只听见了枪响，没有看见人，当她把小竹筏渡到湖中的那个小洲子上的时候，发现它还漂在水面上，两只翅膀还在水中扑打着、挣扎着，但把它打捞上来的时候，它已经死了。”

顺着老站长的指向，卢伟终于看见在墙角的地面上放着一只已经僵死的白色水鸟。它原本洁白的羽毛已经被水浸透，浑身沾满了水藻、木屑及一些沙土什么的，变成了肮脏的灰色。它的翅膀是半张开的，可见它临死时是做过垂死挣扎的。它的眼睛瞪得很大，已经被白色的瞳仁完全覆盖。我想在它的心里一定埋藏着对这突然的死亡的怨恨吧！在动物单纯的世界里，怎么会知道人类居心的险恶呢？它怎么会料到在那安静的湖面上有突如其来的致命的子弹呢？尤其是它那张红色的、张开的嘴，是对这个世界绝望地呐喊，还是对人类无情地控诉？

卢伟感到全身在颤抖，眼睛酸酸的，心在一阵阵地抽痛。这是一个多么美丽的生命啊！它原本可以自由自在地在这湖面上游戏，在空中飞翔，而此刻它却只能躺在这里，任尘土、垃圾污染它的羽毛；这是一只多么无辜的生命啊！它原本可以与人类毫无关系地生存、繁衍，但如今却死在了人类的枪弹之下。它的存在对人类究竟有什么不好，谁又如此狠心，将一个天使一样的生命摧毁？这是一个多么残酷的现实啊！

老站长也用颤动的手指慢慢地拨动那只已经死去的水鸟。在它那湿成一片的腹部羽毛下面，可以看见一个很大的洞开的伤口，由于在水中浸泡时间较长，伤口已经没有了血色，自内向外翻出，呈现出紫灰色。

卢伟不敢再看，他害怕这些活生生的证据将自己同类定为千古罪人。他不敢相信人类这种最高级的动物会干出这种血腥的事情。但是他不得不相信，这个伤口是真的，那颗子弹也是人造的。他移开眼睛，看着老站长的

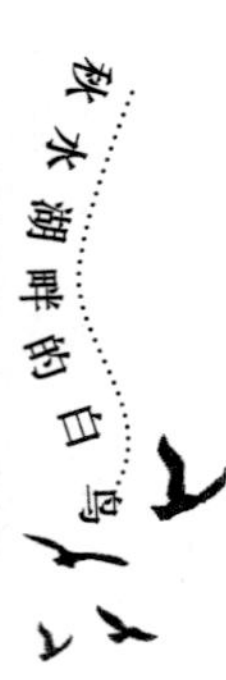

脸，仿佛要从他的脸上找到答案。老站长的脸是严肃的、沉痛的。他没有说话，只是站在那里静静地看着那具尸体。他也没有看卢伟，因为他知道此刻他的心情和自己一样沉痛。在面对一个已经死去的生命时，人们的心应该是相通的吧！

过了很久，老站长才转过头来慢慢地对卢伟说："我不知道我还能保护它们多久。每当我看见它们的尸体，我就会像失去老朋友一样心里难受，它们也是生命啊！但是随着政府鼓励发展旅游业，我们这里的人们盲目地搞开发建设，在这里建游乐场，在那里建度假山庄。前不久就在离秋水湖不远的地方建了一座什么狩猎场，出租枪支弹药等。城里大批游手好闲的有钱人就来这里找乐子。山上的动物被他们打完了，他们就下山来打这湖边的水鸟，滥捕乱杀的情况非常严重。可怜这些无辜的小家伙成了他们枪下牺牲品。而我们又眼睁睁地看着没有办法，毕竟我们只负责这片水域的安全，不包括这些鸟类，而且又没有执法权，所以看见有人打鸟，也只能说服，不能处罚，最多是把人赶走，作用很有限。这一片水域的面积很大，我们人手有限，管不过来，所以……"说到这里，老站长叹了口气，似乎有些歉意。

"所以你就请关萍萍做你们的信息员，所以你就向组织申请让我加入你们的队伍。"卢伟有些激动。

"很抱歉，让你这样的大学生来做这样的事实在有些委屈你了。如果你觉得屈才的话随时可以要求离开，但我要说的是我们这里确实需要你这样的人才。"老站长叹息道。

"不，您误会了，我不是这个意思。恰恰相反，我愿意在这里工作，我愿意和你们一起并肩作战。自从我踏上这片土地的那一刻起，我就知道我的选择没有错；自从我看见这只死去的白鸟的那一刻起，我就坚定信念要为它们奋斗到底。虽然我们不能保证每一只野生动物不被猎杀，但是我们可以尽量保护更多的动物不受伤害。"卢伟一字一句认真地说道，没有任何敷衍的意思。

"你这么说我就放心了，你能留下我非常高兴，没有想到你的境界这么高，不愧是大学生啊。"老站长一边说一边握住了卢伟的手。

卢伟突然感到老站长的举动有些好笑——自己又不是要为保护野生动物去牺牲，干吗这样大惊小怪的——但是他没敢笑出来。为了证明自己刚才的话是认真的，他强压下了自己的笑，硬是绷紧了脸，将老站长的手握得更紧了，过了好一会儿才说："其实这没有什么境界的高低之分，我只是做我应该做的罢了。保护野生动物、保护环境是每个人的责任，况且我是学环境科学的，就更加义不容辞了。我只是做了我喜欢做的事情并且认为是有价值的，我感到很幸福，这就够了，您不用夸我。"

但是老站长并没有听懂卢伟话中的真正含义，确切地说他根本就没有听他说话。他把卢伟的话当成了自谦的话。老站长高兴地笑了，他那原本因为悲愤而紧紧缩在一起的脸上的皱纹也舒展开来。他又带着卢伟到外面去散步，一边走一边讲自己的经历，这里的地理情况、他们的工作任务等。

下午，老站长和其他几个工作人员都出去了，卢伟一个人待在屋子里无事可做，无聊得很，就出了院子，到外面走走。虽然这时正值七八月份，正是仲夏时节，一年中最热的时候，但是这里毕竟是在乡下，又在湖边，加之路边两旁种满了杨树和柳树，所以在浓荫之下、凉风之中，并不显得十分炎热。路上铺的是沙子，踩上去咯吱咯吱直响，但并不松软，有的地方还有石头，也不太平坦，不过卢伟穿的是平底鞋，走起来倒也轻松。以前走的路都是城市里的柏油路或者水泥路，今天走在这乡间的小路上，他感到踏实而舒心。路的两旁长满了各色不知名的杂草野花，长得很瘦，但很倔强。再往两边望去就是庄稼地，有的种着玉米，这时已经长出了玉米棒子；有的种着蔬菜，长势很好。中午的太阳光毕竟还是很强的，照得稍高一些植物的叶子都耷拉了下去，无精打采的。靠近湖堤的低洼地带种的是水稻，这时的稻谷已经结籽了，沉甸甸地弯着腰，有几个农民在田间除草。间隔在水田之间的是鱼塘或荷塘，在这个时节也只能看见一碧如海的塘水和翻动起伏的藕叶。如此美妙的景致，如果有陶渊明或者王维在，一定诗兴大发吧！

终于走上湖堤了，说是湖堤，其实也只不过是高出湖面的一道土梁子，没有任何人工修造的成分，只能看见沙子、土、石头以及湖边栽种的一些小树。湖堤平缓而绵长，大部分被野草覆盖，只有中间被人踩出一条小道来，就算是路吧！

卢伟站在湖面的高处，看着这一片开阔的水域，心情也开阔了许多。这是他第一次直面这片湖水，感觉就像是已经依偎在它的怀中了。湖面很宽，很平静。湖水不是很清，并没有想象中的绿，而是一片淡灰色，映着蓝色的天空，就变成蓝灰色了。风微微地从远处吹来，在湖面掀起轻微的碎波。那风吹到人的脸上依然是潮湿的感觉，仿佛是这片湖水太多情了，总要给每个走近它的人的眼里注满凄迷的眼泪吧！

卢伟一个人在湖边走，一边欣赏风景，一边想着心事。湖边是安静的，只有风陪着他走。湖面上也是安静的，没有船，也没有人，空中偶尔有水鸟飞过。在远处水中央的绿洲上，长满了一人高的水草，较大的洲子上是成片的芦苇，在风的吹拂下轻轻摇摆，那里应该是鸟儿们的天堂！这是一个美丽的地方，这里的人们应该也是非常的纯朴吧，他们是否也会像对待这些鸟儿一样接纳我呢……卢伟漫无目的地走着，他忽然发现前面不远处有一个人在用铁锨使劲地刨着沙土，然后又把沙土移到另一个坑里，像是在埋什么东西，而且这个人还挺眼熟的。当他走近，才发现这个人原来就是今天早上见到的关萍萍，而且此时她已经把那个坑填满了，正在用工具把沙土抹平。

等关萍萍把所有的工作差不多全干完了，卢伟才走到她的面前。她此时也发现了他。关萍萍有些吃惊，站起来擦了擦脸上的汗，说："你叫卢伟是吧，你怎么会在这里？"

"你是关萍萍吧？你好。我闲着没事可干，就沿着湖边闲逛，才走到这里的，打扰了你的工作，不好意思啊！"卢伟笑着说。

"噢，没什么，遇到你我感到很意外，当然也很高兴。"关萍萍说话的语气很平静，好像并没有表现出她所说的高兴，可以看出，她的脸上有着淡淡的哀伤。

但卢伟似乎并没有发觉这一点——他们之间并不太熟，她表现的不是很热情也是很自然的事——于是他又好奇地问："哦，对了，大热天的，你在这里做什么？"

“没，没干什么，我只是闲着没事出来走走，这与工作没有关系。”关萍萍有意回避，她好像有什么难言之隐。

不会吧，卢伟想：这里是湖边的草滩，既没有水田，也没有鱼塘，她在干什么农活呢？况且这里除了一些芦苇和水草以外，其他的什么也没有生长，她能种些什么呢？再想起刚才她给那个坑里填的土很多，猜想她一定挖得很深吧。卢伟实在想不出关萍萍会在这里干什么。

但是看到关萍萍刚才吞吞吐吐的样子，卢伟想她一定有什么不愿说出来的，他不好意思再问什么，于是就变了个法子说：“其实你不说，我也知道你在干什么。”

“你知道我在干什么，你怎么知道的？”关萍萍有些惊慌，她担心自己刚才的一切被卢伟看见多不好。她有些紧张，有些局促不安，半是疑惑半是试探地问。

其实卢伟除了看见她填土之外什么也没有看见，什么也不知道。他只是想诈她而已，没想到她真的上当了。他话锋一转，调皮地说：“你一定是在学小猫种小鱼的故事，在这里种下一条小鱼，看等到明年的夏天能不能也收获一筐小鱼呢！”

“哎呀，你这人真坏，才刚认识你就欺负人家，不跟你说了。”关萍萍红了脸，扛起铁锹就要走。

卢伟这才发现自己的玩笑开得有些大，对方毕竟是女孩子，彼此又不太熟，是自己太冒失了。于是他赶快向她道歉：“对不起，我只是开个玩笑，并不是要欺负你，你不要生气了。”

“谁生气了，我只是见不得你耍嘴皮子，只有你这样的馋嘴猫才会干出种小鱼的傻事。”关萍萍不依不饶，不过她脸上的愠色少了许多，但依然红着。

“好，好，我是馋嘴猫，我再也不贫嘴了。”看见关萍萍不生气了，卢伟就放心了，不过他再也找不到共同的话题了。

好长时间他们都没有再说什么，只是不约而同地转过身望着湖水。湖面也如同此时的气氛，异常的平静。

半晌，关萍萍才转过头来，轻声地说：“其实我刚才并不是真的和你生气，而只是心情不好而已，请你原谅我。”

“噢，这个我看得出来，但不知道你有什么不开心的事，其实我刚才就是急于知道这个才跟你开那个玩笑的。”卢伟说。

关萍萍并没有直接回答，而是用力搓着双手，低下头沉思了一会儿，才反问道：“你知道我刚才究竟在做什么吗？”

“我不知道，你没有说啊！”卢伟摇了摇头说。

关萍萍还是有些为难，但看样子她是决定说了。不过她没有马上说，而是慢慢地走着，边走边思考着什么。卢伟只好跟在她的后面，耐心地等待。

“其实，我刚才是在埋葬一个生命。”关萍萍下了很大的决心才说出了这句话。她尽量控制自己的情绪，但是声音还是有些颤抖。

卢伟大吃一惊：生命，什么生命？他联想到了很多的生命：人、家畜还是其他的什么？他用惊讶的目光看着她。

但关萍萍的思绪并没有被他的惊讶打扰，她只是用平静的语气说：“一个很美的生命，但却是一个已经死去的生命，是一只水鸟。”

“一只水鸟。”卢伟机械地重复着，脑子里却在快速地搜索着。忽然他想起自己出来时那只原本放在院子墙脚下的水鸟已经不见了。老站长曾经说那是关萍萍送来的，莫非是……

“难道是你早上捡到的那只死了的水鸟吗？”卢伟问。

“是，也不是。看样子李爷爷把我早上发现有一只鸟儿被打死的事情已经对你说了，我也就不用多说什么了。是的，今天早上我确实捡到一只白色的水鸟，一只被打死的水鸟，我刚才埋葬的就是那只。但我何尝只是在埋葬一只死鸟呢？我更是埋掉了一颗充满爱与希望的心啊！它们曾经是多么自由自在地在天空中飞翔啊，但是现在只能躺在这个土坑里，所以我很难过。”关萍萍的声音有些哽咽。

卢伟被她的话感动了。他的眼睛有些酸楚，仿佛有千万颗沙子被风吹进他的眼眶中。他还能说些什么，他觉得喉咙里像是被什么哽住了。那只鸟的尸体又一次在他的脑海中浮现。

“你一直在这里守护这些水鸟吗？”

"对，我就是在这片湖边长大的。"

"你在这里工作几年了？"

"三年了。其实这并不算是我的工作，只是闲了没事过来帮帮忙。我并不是工作站的工作人员。"

"那么你是干什么工作的？"

"我是一个医生，在离这里不远的乡村医院工作。"

卢伟感到越来越好奇，他还想打听她的经历、她的身世，但是他没有说出口。经过刚才的教训，他小心了许多，只是用疑问的目光看着她。

他们就这样在湖边的草地上慢慢走着，很少说话。卢伟帮关萍萍拿着工具，风吹着他们的衣衫，衬着平静的湖水，确实是一幅很浪漫的风景画。

"你经常在这个湖边发现有人猎杀水鸟吗？"

"是的，尤其是近几年，我经常发现有很多外地人来这里打猎。这些可怜的小鸟自然最容易成为他们袭击的对象。政府没人去管，我们这些村民又无法把他们赶走，所以这几年，这里的鸟儿和其他的动物的数量急剧下降。要是在前几年，每到夏天，你会看见这湖面上有成群结队的水鸟在飞翔，但是现在你也看见了，这里只有零星的几只罢了。"关萍萍的话语很沉重。她的眼中充满了感伤，脸上却很平静。也许在她的记忆里曾经有过太多美好的情景，在她的眼中又有太多悲惨的场面，而这种今昔对比的落差，不是每个人都能从容接受的。在她的心中应该有多少的重洋在汹涌沉吟啊！

卢伟只是默默地听她说着，不过多地插话。此时的关萍萍在他的眼中已经不再是一个普通的农家女了，而是一位多么高贵的天使啊。她是上帝派来保护这些鸟儿的守护神。他静静地看着湖面，脑中出现无数水鸟飞过水面的镜头。正午的阳光洒在湖面上，在那粼粼的波光上反射出点点金光。那该是多少只水鸟的灵魂飞过湖面的影子啊！

面对这迷人的水面，两人都陷入沉思，但又是各自不同的。卢伟似乎沉醉于这一片美景，脸上洋溢着一种幸福感。而关萍萍则好像是沉浸在那些不好的回忆里，脸上有一种难言的痛楚。

"那么以前呢，以前这里的居民就没有捕杀过水鸟吗？"卢伟一直对这里的人以及这里的事情感兴趣。

“也许有过吧，但是我没有看见。”关萍萍的真诚使人不得不相信她的话是绝对真实的。

“噢，原来这里的人环保意识很强嘛，真是难得。”

“这谈不上什么环保意识，这个词太沉重了，恐怕在这里的大多数人还没有听过吧？我只知道在这里，捕杀鸟是被人们视为不道德的，会遭到人们的唾弃，所以村民们自觉遵守，很少会有人违反这个约定成俗的规则。也许这里的人们与这些水鸟共同生活时间长了，已经习惯把它们当成了同伴，而保护它们仅仅是出于一种本能或者说是爱，并不是出于某种目的。”

关萍萍的话使卢伟感到惭愧。自己是来自城里的所谓文明人，在这些纯朴的乡民面前是那样幼稚，况且自己又是学环境科学的，在这个用生命保护鸟类的女孩面前大谈环保，又显得多么苍白。在听了关萍萍的话后，卢伟有些脸红了。

为了掩饰自己的心虚，卢伟转个话题问：“你在这里一共埋了多少只水鸟？”

“二十四只，不包括今天这只。”关萍萍说的数字精确到让人惊讶。

“从你小时候就开始了吗？”卢伟有些不敢相信。

“不是的，是从三年前的七月二十六日开始的，那一天我永远也忘不了。”关萍萍似乎想起一件很重要的事。

“那天怎么了，发生了什么事吗？”卢伟追问。

“没什么，都过去了，还是不提的好。”关萍萍很伤心，她还是在回避一些话题。

“看见这片芦苇丛了吗？那是我亲手为死去的鸟儿们栽种的坟场。每一次我在这里葬一只鸟，我都会在它的坟墓旁边种一株芦苇。你看它们现在已经长成一片苇林了，当然已经不止二十四株了。它们代表了鸟儿们的灵魂。如果它们不被打死，它们的后代肯定会繁殖的比现在的芦苇更多。你瞧，最近的一株是上周才种下的，都长这么高了。”还没等卢伟再问什么，关萍萍已经抢先转换了话题，她显得有些激动，有些欣慰。

卢伟被她的话折服了，又被眼前的一切惊呆了。在面前的这个水湾里，郁郁葱葱地长着一片芦苇，都是一簇一簇的，可见那是由一根根单独的苇株分别长起来的，就这样很多簇连成一片就在这个水湾里形成了一片芦苇林。看着面前这一切，卢伟张大了嘴，却说不出一句话。是啊！谁听说过鸟儿死了会有人亲手去埋葬？有谁听说过埋葬一只鸟还会为它树碑？那一株株的芦苇，难道不是记载着一个个死去的美丽生命的无字碑吗？而这一切全部出自一个女孩之手。仅仅在一个湖边，仅仅在这个水湾里就有这么多，那么其他地方呢？

“其他的呢？”卢伟问。

“我只是埋了我发现的，至于其他的，也许被杀死带走了，也许被什么动物吃掉了，或者是葬身湖底吧，我就不得而知了。”关萍萍很伤心、很无奈。

“那么今天这只，你也会为它种一株芦苇吗？”

“会的，只是要等到湖水涨的时候，那个时候会更好存活。”

“你以后一直会这样吗？”

“会的。”

卢伟看着关萍萍，一句话也说不出来。面对一个人的执着，沉默与注视也许是最好的理解。这时老站长和几个人从远处走来，他们可能是巡逻回来的吧。

“噢，你们俩都在这里啊。”老站长笑着说。

“我是来这里埋了那只鸟。”关萍萍红着脸说。

“我是出来散步，碰巧走到这里的。”卢伟解释说。

“在这里就好，快一块儿回去吧！又有人在湖边排污了，我们赶快回去商量对策吧。”看着事情很急，一伙人匆匆走了。

这几天，每到晚上，卢伟都在做着同一个梦：平静的湖面上有无数的白鸟飞过，其中有一只徘徊往复，不肯离去。它时而变成一个白衣的女子，时而又变成一只白羽的鸟。那面容似曾相识，但又看不太清楚。忽然一声枪响，白羽零落，而他也从梦中惊醒。

秋水湖之殇

事情是这样的：李站长一伙人在湖边巡逻的时候发现湖的西北角也就是靠近县城的方向有一个新建化工厂正在向湖中排放污水。为了掩人耳目，他们把排水管道修在了一条天然水沟里。水沟两边长满了草，很隐蔽，而且出水口又在水平面以下，所以人站在岸上很难发现，只能看见一大片湖水渐渐变成了黑色，却不知道是什么原因。

李站长最先发现了这一现象，凭着自己多年的经验，他断定是一家工厂又在向湖中排污了。于是他们就顺藤摸瓜，经过明察暗访终于找到了那家工厂。那是一家新建成的造纸厂，听说是由沿海来的一个私营老板投资的，原地取材，原地排放，产品又在原地销售。李站长找到厂方理论，对方先是说那不是他们厂排放的污水，经过指证后面对事实，对方也不得不承认那是自己干的，但是又狡辩说他们排放的污水没有超标。这可难住了工作站的人，湖水都变成黑色了，肯定是超标的，但是光说不行，还得有证据。取证其实很简单，取一些受污染的水样来化验一下就知道了，但是他们没有仪器设备。于是他们只好向县环保局报告，环保局的人说没有证据就很难执法，要求环保站的人自己取证。李站长很无奈，他们只能返回取证，用空瓶子装了几大瓶受污染的湖水，准备去化验。另外为了暂时制止造纸厂排放污水，他们要切断对方的管道，对方当然不让，双方差点打了起来。由于环保站没有执法权，而对方又财大气粗，他们只能忍气作罢。但是看着污水滚滚地流入湖，李站长他们很心痛，很着急，所以急急忙忙回到站里和大家商量对策。

经过一番讨论，最后决定由李站长和卢伟带着采集的污水样品到县城的专门机构去化验，其他人待在原地严密监视湖区的情况，禁止有人再来猎杀鸟类。这几天正值仲夏季节，再过几天暴雨季节就要到来，到时候湖水会涨，湖堤有可能决口，湖水就有可能淹没附近的农田、村庄等，所以还得派人检查各处的防洪设施。大家的任务都很重，很急迫，所以必须马上分头行动。

第二天，卢伟就和李站长上路了。由于站里没有专车，唯一一辆三轮车还出了故障，所以他们只能搭乘一辆从村子里到城里拉货的车。司机和这里的人都很熟，所以也就不用掏钱，又省了车费。路是用沙土铺成的，难免有些坎坷不平，车子在上面行使颠簸得厉害。卢伟为了保护好那些瓶子，一路都很紧张，害怕打破了那些瓶子，虽然一路上的风景很美，但他哪有心思去欣赏，好在路程并不长，大约半小时就到了。

下了车，卢伟和李站长直接去了环保局，他们经过和局里的负责人沟通，最后决定李站长和局里的有关领导讨论怎样制止造纸厂排污的行为，让卢伟和另一位同志带着水样品去他们指定的鉴定机构去化验。就这样大家忙了大半天，到了晚上结果还没出来，还得等到第二天。卢伟和李站长没有办法，只好在县城的招待所住下，为了省钱，他们两个人租了一间10元一晚上的房间，里面只有两张床，就这样凑合着过了一夜。

关萍萍别了站里的人以后，独自一人回了家，由于她不是站上的正式工作人员，所以也没有分到什么任务，她只是有时间才去帮着看管湖区。这时正值夏季，家里的农活比较多，田里的庄稼长得很快，草长得更快，她得为庄稼除草，否则庄稼会荒的。关萍萍的家里缺少劳动力，爷爷年岁大了，活动不是很方便，妈妈毕竟是个女人，体力有限，所以她得帮着家里干农活，做家务，到湖边走的时间就更少了。但是她尽其所能地帮助站上的人搜集信息，她还利用到田里的时间监视湖面，防止有人打猎，那种认真的态度一点也不比站上正式工作人员差。

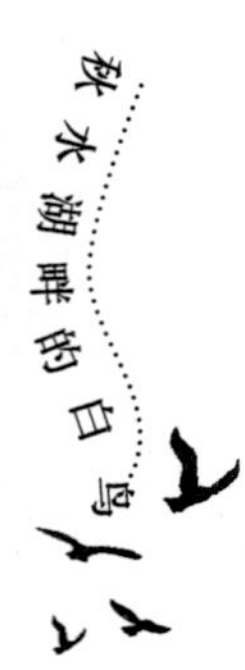

那天关萍萍回到家的时候已经是下午了，她的母亲奇怪女儿为什么大半天不在家，问她干什么去了，她胡乱编了一通谎话敷衍过去。关萍萍的母亲虽然没有明确反对女儿为站上做一名环境信息员，但是看到女儿整天在外面跑又得不到一点报酬，况且还是和一群男人在一起工作，心里总不是滋味。这天借了个茬，关母不免又唠叨了几句。萍萍也没有多说什么，只是默默地吃完午饭，就下地干活去了，但总是有些魂不守舍的样子。关母看在眼里，感到女儿有些不对，心里难免有些担忧。但是关萍萍不搭理她，她也就不好直接问，毕竟女儿已经不是小孩子了。

晚饭后，关萍萍正要去睡觉，却被母亲叫住：

“萍萍，你等一下，妈有件事要对你说。”

关萍萍还以为是自己今天大半天不在家，母亲又要数落了，就没说什么，坐在凳子上，等待着批评。没有想到母亲却挨着自己坐下，抚摸着她的头发语重心长地说：

“萍萍啊，你已经是大姑娘了，不要整天在外面跑来跑去的，那样不好。常言道：女大十二不离娘。你今年都二十了，应该常常待在家里，也应该考虑你的将来了。”

“哎呀，妈，我不是天天在家里帮你干活吗？只是在空闲的时候才去帮李爷爷（李站长）他们照看湖面的，这并没有耽搁农活和家务。况且当初我去做环保站的信息员，你不是也同意的了吗？”关萍萍当然明白母亲的意思，但是她装作不知道，故意撒娇道。

“当初是当初，现在是现在。当初你还是个小毛孩子，整天只会玩，你李爷爷当初提出让你到他们站上帮忙，我只当是玩笑话，就答应了，就当是为你找了个玩耍的地方。这么多年你一直在为他们无偿的工作，我也没有说什么，那也是出于李站长的情面，毕竟人家是有过恩情与我们的。可是现在你长成大姑娘了，再整天和一帮大男人一起工作影响多不好。”关母终于说出了自己的心思。

“跟男人在一起工作有什么不对？我在地里干活不是也和男人在一起吗？况且我帮站上看护湖区，村里的人还夸我呢，我又没有做错什么。”关萍萍有些不服气。

“你是没有做错什么，但是不能保证你以后不会做错什么；你能管住自己，但却不能管住别人。听说你们站上来了个城里的小伙子，小心一点，城里人狡猾得很。”关母有些生气。

城里的小伙子，那一定是卢伟了，母亲不是听说了什么吧？关萍萍这样想着，她一听到母亲提到卢伟就有些脸红了。她又听到母亲说城里人不好，觉得这是在说卢伟的不好，就本能地反驳道：

“城里人有什么不好，人家比咱们乡下人学识多、见识广。”

“学识多、见识广有什么好？反倒是一肚子坏水。”

“你怎么知道是一肚子的坏水？”

“反正我知道，你还小，还不懂，等你长大了自然就明白了。我经过的事比你多。你要听话，小心一点。”关母差一点就说出了那些她一直瞒着女儿的事。

“你不是说我已经二十了，已经是大姑娘了吗？现在又说我是小孩子。我有辨别是非的能力，不用你来指教我。”

“死丫头，你还嘴硬，反正在妈面前，你永远是小孩子，你要听妈的话。”

“我要是什么事都听你的，那么活着还有什么意义？”

“好，你不听话，那你死去吧，我不管了，就当我没有生过这个女儿。”关母的话有些绝情，她是真的生气了，一边用手拭着泪，一边叹息道。

关萍萍看见母亲真的生气了，就不敢再说什么，只是一边替母亲擦泪，一边安慰母亲道：“妈妈不要生气了，我不再顶嘴了，我刚才那都是和你闹着玩呢，不是故意的，我听话就是了。”

关母不再说什么了，她心里好像有很多事情要对女儿说，但是好像又有什么顾虑不想让女儿知道，只是坐在那里唉声叹气，末了就只剩下沉默。她和女儿相依为命这么多年，女儿是她唯一的希望。她对女儿的爱是异乎寻常的，可以说女儿一生的幸福是她最大的幸福，也是支撑着她活下来的理由。但是看着女儿一天天长大，变得越来越漂亮，她又有一种说不出的忧虑。她正在为女儿的婚事发愁呢！

“萍萍啊，其实妈今天还有另一件事要对你说。”关母又试探性地说。

“什么事啊，妈，我听着呢。”关萍萍应道。

“就是你的婚事啊，前些年，富贵家的人托人来提亲，你该记得吧？当时你没有答应。妈也念你小，还不懂事，就没有答应人家，今天人家又来提亲了。你如今也不小了，应该考虑自己的将来了。”关母终于挑明说了。

“妈……”萍萍红着脸低下了头，其实在她的心里又像是投下了一块大石头，激起了千层的浪。

“你不要又说不答应，富贵家你是知道的，人你也很熟悉，当年你们不是相处得很要好吗？应该也是有感情基础的。他们家的条件在咱们村里也是数一数二的，你的眼光不要太高了。”母亲的话慈爱中带着严厉。

关于富贵，关萍萍是再清楚不过了。他们是在同一个村子里长大的，从小就在一起玩耍，关系很好，还一度被说成是青梅竹马，但是后来富贵小学毕业就不上学了，而她则一直在上学，两个人因为生活环境的不同而疏远了。直到今天，当母亲提起他的时候萍萍才又想起了他。说实在的，在他们这个地方，这个人应该说是很优秀的，小伙子人长得高高大大的，又聪明能干，待人又热情。前几年富贵跟人学开车跑运输，几年下来，家里也搞得红红火火，因此在当地他也是一个响当当的人物。在这一点上，关萍萍确实没有什么理由可以拒绝的，但是在她的心里，她总觉得他不是自己喜欢的那种人，所以她一直没有答应这门婚事。

“妈，你不要逼我嘛，给我时间让我好好考虑一下，你不是说过婚姻大事不可草率的嘛，你着什么急呀？”关萍萍拿不定主意，只能一拖再拖。

“妈不逼你，婚姻这事，你有做主的权利，只是你总不能老拖下去啊，人家还在等着回话呢。”对于这一点，关母还算开明。

“哦，我知道了。”关萍萍感到心烦意乱，面对母亲的步步紧逼，她不知如何是好。如果答应了，她不甘心自己的一生就这样定格，如果不答应，她又不知道如何应付母亲。

看着女儿为难的样子，关母不忍心再逼迫，转而又试探性地问：“我不知道你心里是怎样想的，是不是早已经有心上人了？”

"哦，不，不，不是的，妈，我哪有，只是……"关萍萍显得很慌乱，她觉得脸在发烧，心在怦怦直跳。自己究竟喜欢什么样的人，她说不清楚；自己是不是有了意中人了，还没有吧？但是此时，她的心思却飞到了一个地方；她的脑海里却有一个清晰的人影在晃动。

"感情是需要培养的，所谓的一见钟情，只不过是一时间的幻觉罢了。有些事情一开始也许没有想象中的完美，但是时间长了，也就习惯了。"从女儿的脸上，母亲似乎看出了什么，因此开导说。

"哦，大概是这样吧。"关萍萍好像并没有听见母亲的话，只是随口答道。什么是习惯？难道感情就是和稀泥吗？时间长了沙子和土就可以凝固成砖块了，但是人的心可以这样凑合吗？

关母从女儿的眼中看出了这种不屑，但是她也没有办法，只是又说："算了，我也不多说什么了，你也大了，应该能对自己的事负责了。我也不逼你，但是作为母亲，我还是得提醒你，人考虑问题要现实一点，浪漫的爱情只是一场虚幻的梦，而梦总会有醒的时候。不要为了一时的冲动而误了一生的幸福。"

现实，多么有说服力的词啊！要说现实，她和富贵之间的婚事也许是最现实的了。只要她点一下头，一切都会变成天作之合。但是，在他们之间恰恰又缺了一件最重要的东西，那就是感情，就是理解，就是心灵的相通。没有爱情的婚姻，就像墙上糊的一层干土坯，涂得再牢固，等到干了也会出现裂缝。在那里开不出花朵，因为没有水的滋润。是的，浪漫的梦总是会醒的，但是一个一辈子连一个梦都不做的人该是多么的可悲和可怜啊！

关萍萍就这样和母亲不欢而散，自己一个人进房间睡觉去了，但是她怎么能睡得着呢？母亲、富贵还有今天第一次碰到的卢伟在自己的脑海交替浮现，好像要在她并不宽广的心里进行一场大战。她在灯下打开了自己珍藏多年的日记本，无声地读着、读着，泪水不知不觉就掉了下来，而心早已飞向了那深蓝色的湖边了。

卢伟在拿到化验结果的时候已经是第二天上午了。化验单上显示：pH

值呈重度酸性，氯离子，硫酸根离子的含量都严重超标……这是再也明白不过的结果了，秋水湖的水已经是严重污染了。像这样的污水，是严禁直接向环境中排放的，更不用说是向饮用水源排放了。卢伟兴奋地拿着化验单看了又看，化验结论是没有问题的，但是仔细看，有几处数据不够准确，甚至有些数据指标还是空着的。他有些不理解，就拿去让负责的同志再核实一下，没想到人家拿着单子看也没看就直接说：按规定该测的都已经测到了，结果是没有问题的，让他拿去给环保局的人看，人家会明白的。卢伟很无奈，由于语言不太通的关系，他也就没有多说什么。反正人家是环保局指定的单位，他们的鉴定结论，环保局一定会认可的，况且时间很紧迫，卢伟也没有多想，就直接拿着化验单到环保局来见李站长。李站长看后也没有多说什么，卢伟还提醒了他有好几个不妥之处，李站长也说那是环保局指定的单位，应该是不会错的。他们就这样把化验单和李站长负责起草的《秋叶造纸厂排污超标情况的调查报告》一起交了上去。环保局的人说要与有关领导商议之后再提出解决方案，要他们回去等结果。

这样等了好几天都没有消息。这天正好是星期五，李站长还惦记着家里的事，就先回家了，卢伟因为事先与其他同学有约定，这天晚上在县城有个小聚会，就坐车去了县城。卢伟的同学们都是从全国各地来到这个小县城的志愿者，初来乍到，举目无亲，所以很快彼此之间就建立了联系，大家成了好朋友，一有时间就聚在一起交流一下感情。他们虽然相识不久，有的只是一面之缘，并不算熟悉，但是在这个陌生的环境里，共同的际遇使他们可以形成相互信赖、相互帮助的集体。他们之间就很自然地形成了亲如兄弟姐妹一样的关系。由于工作的关系，他们可能被分到不同的单位、不同的地方，彼此很少有机会见面，所以每次聚会都显得特别的难得，是不能错过的，今天这次也不例外。

卢伟先是在关系好的一个同学那里聊了一会儿，然后就是打电话联系其他人，最后就拉了一大帮十几个人一起去吃饭。这个县城不大，也不繁华，但是比较干净，阳光很充足，不过也有北方城市共同的特点——干燥，水泥路上还有灰尘，好在车并不多，所以空气还是比较新鲜的。此时已经是午后，街上并不太热，还有凉风在吹，感觉很凉爽。这个县城路线并不复杂，但是在几条街上有一些小餐馆，基本是卖面食的，这让初来这里的南方的同学很不适应，可供选择的地点也不多，所以很不容易才找了一个火锅店坐了下来。这个店并不大，但是环境不错，重要的是服务员会说普通话，这就在交流上面容易了很多。

彼此打过招呼后，就聊了起来。因为是刚到这里，大家的新鲜事还真不少，你一言我一语聊得还真热闹。因为有的同学是临时通知的，所以有人还没有来，大家就坐在那里一边聊，一边点菜，有的同学还因点什么样的菜而争得很激烈，不时有哄堂的笑声。正热闹时，门开了，进来两个女生，刚好卢伟旁边有空座位，她们就在他旁边坐了下来。卢伟侧身打招呼时才吃了一惊。就是那张熟悉的脸，那张在车子的反光镜上出现过的脸，那张让卢伟陷入回忆中的脸。如今这张脸却并不显得苍白，而是有些红润，充满活力，显然是走得太匆忙，有点热的缘故吧。她白皙的、略施粉黛的脸，长长的睫毛，高高的鼻子，无不显出清淡高雅的气质。这次卢伟没有陷入回忆里，而是把全部的注意力与惊异的眼神放在了她的脸上。

“你好，欢迎你的到来！”卢伟先向她打招呼。

“你好，很高兴见到你！”那位女子莞尔一笑，应道。

“哎，你们两个女生迟到了，别光只顾着说话，要罚酒的，先喝两杯再说。”不经意间，对面那位男生已经倒好了两大杯啤酒捧到了两位女生的面前。

“谢谢你，我们迟到了理应罚酒，但是我们是女生，小女子不胜酒力，怎么能喝完那么多酒呢？但是不喝又不足以表达诚意，那就这样吧，我们每人只喝一口，剩下的后面慢慢喝吧。”那位女生并不慌张，很大方地退让。

“对啊，对啊，我们迟到了，应该先敬你们才对，这次正好借花献佛，就用这杯酒敬大家了，来，大家一起喝。”跟她一起来的另一位女生也随声附和道。

“这怎么行，太不讲规矩了，不行不行，你们每人非喝两杯不可。”那位男生硬是劝道。

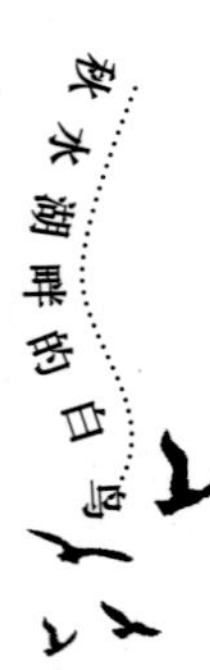

“规矩是你们定的，我们为什么要去服从呢？这太不公平了。况且我们是女生，喝酒哪能和你们男生比呢，你们懂不懂得怜香惜玉啊？”那位女子假装有些生气说道，但她的话却令众男生无言以对。

“好啦，好啦，我们是男生，男同志应该照顾一下女同志嘛！我看一大口酒算了，点到为止，来，来，来，男生每人一杯，大家举起杯来一起干了。”卢伟率先举起杯来，打了个圆场。

“来，来，来，干了，干了，干了。”好几个人都举起了手中的杯子。那位男生再也没办法了，硬是把递过来的两杯酒收了回去。就这样大家一齐举杯，捧杯后一饮而尽。

卢伟从拿酒杯的指缝间斜视了一下那位女生的脸。她的脸有些微红，但是很镇定，丝毫没有一般女子那种喝酒时不适应的感觉。他看着她慢慢喝完，放下了杯子，连那动作都是那么的从容而优雅，可见她的酒量不一般，而且是个酒场高手。

锅里的汤也已经沸腾了，于是大家把盘子里的菜放进去煮，一会儿又夹出来吃，忙得不亦乐乎，就这样边吃边聊，很是热闹。

“刚才光顾着喝酒了，还没有请教你的大名，这会儿问，希望你不要介意。”其实卢伟大概知道她的名字，只是不知道她姓什么，这会儿问，只是创造了一个说话的机会。

“我叫袁鹭，那么你呢？”袁鹭笑道。

“我叫卢伟，你叫袁露，白露的露？”

“对，白鹭的鹭。”袁鹭的笑依然是那样的安静。

说来也真巧，就在卢伟和袁鹭小声说话的时候，刚才逼袁鹭喝酒的那位男生又端起了杯子说道：“这位同学，刚才敬你时你就不喝，这次你一定要给面子啊！咱们俩认识一下吧，我叫孙浩翔，浩荡的浩，飞翔的翔，意思就是在浩瀚的天空飞翔。那么你呢？你贵姓？”孙浩翔的脸上浮出无限的自豪。

“免贵，我叫袁鹭，这次随意吧。”袁鹭只是平静地一笑，用唇轻轻地碰了一下杯子就放下了。

但是孙浩翔却喝了个底朝天，然后放下杯子说：“‘蒹葭苍苍，白露为霜’的‘露’”？

“不，应该是‘一行白鹭上青天’的‘鹭’。你说错了，该罚。”袁鹭笑道。

此时早有人为他斟满了酒。孙浩翔假装很无辜的样子，端起杯子又喝了下去，已经是红光满面了。

“噢，白鹭，一种很美丽的水鸟！”卢伟赞叹道。

“对，芦苇不也是一种很美丽的水生植物吗？”袁鹭笑着回应他。

没等他们继续说下去，又一轮喝酒的热潮开始了，有人划圈，有人劝酒，场面很是火爆。卢伟和袁鹭也苦于应酬，没时间说话了。根据这里的规矩：在座的每一个人都必须敬其他人一杯，转一圈为一轮。一圈以后第二个人又开始下一轮，依次循环。卢伟自愧酒量有限，不敢主动挑战，只有招架的份了。

“哎，卢伟，你在哪个单位工作啊？”孙浩翔举杯示意。

“我在环保局下属的一个环保站工作，地点就在县城东南的秋水湖边上。”卢伟笑着回答，同时举杯回敬。

“你每天都干什么工作啊？”孙浩翔又问。

“刚开始也没什么可干的，就是清理环境垃圾而已。那么你呢，你在哪个单位工作？”卢伟转变话题反问。

“我啊，我被分配到了县委办公室工作。”孙浩翔的脸上洋溢着一种优越感。

“哦，那是个好单位啊！有前途，工作一定很忙吧？”卢伟又问。

“忙是很忙，不过干的都是小事，整天跑腿，把一些文件从这个单位送到那个单位，要么就是打字。”孙浩翔叹着气沮丧地说。

真是一石激起千层浪，孙浩翔这么一说，竟然引发一场大讨论，大家你一句我一句越说越起劲。卢伟听了他们的话只是笑一笑，其实他心里明白：他的工作条件没有一点是比他们好的，但是他能说什么好呢，条件差是事实，但这毕竟是西部，是农村，如果条件好，还要我们来干什么呢？

“你那边工作怎样？卢伟，听说你整天跟着一群人在湖边跑，一定很有意思吧！”坐在另一边的小张问卢伟。

"还算可以，我本来就是学环境的，能让我在一个环保部门工作，我是很满足的，至于环境差，这个我知道，而且我早有心理准备。这里毕竟是西部嘛，哪里有我们上学时的优越环境呢，我们也是刚毕业，人家怎么会把重要的工作让咱们做呢。所以我认为我们不要只是抱怨什么，而应该做好我们的本职工作，做好了简单的事，才有可能做复杂的事嘛。"卢伟不同意其他人的看法。

"说得对，有道理。"有人附和道。

"既来之则安之。"卢伟笑着说，"这里是落后地区，条件艰苦那是难免的，但是人还是蛮纯朴的嘛。我希望大家不要忘了自己来这里的使命，我们来这里是干什么的，我们不是来旅游的，我们是来传播先进的文明的。我们只有改变这里的落后的思想和生活方式，才能从根本上改变这里落后的社会现实。"卢伟很平静地侃侃而谈。

一席话使大家顿时无言，都陷入了沉思。

负责组织工作的小王没想到大家有这样多的牢骚，一时控制不了局面，有些慌乱。现在卢伟的一番话终于使大家安静了下来，他也看到自己做工作的时机终于来了。于是赶紧接着说："工作不好，环境差，这是事实，大家都是一样的。要说环境差，卢伟的单位环境是在座各位当中最不好的，但是他却有这样高的觉悟，我们还有什么好说的。我们都是刚毕业的大学生，又刚到这个偏僻的农村来工作，当然不会一下子适应的，这都是可以理解的。但是我们选择了西部，我们就无怨无悔，既然我们来了，我们就应当安分工作，认真做事，不要好高骛远，要从小事做起，才能成就大事嘛。"

于是餐桌上的气氛又转入了低潮，大家吃的吃，喝的喝，慢慢地有人就把话题引向了别处。

"我原以为你只是个文学青年，有诗人气质，没想到你讲话还头头是道，更适合做官了。"这次袁鹭终于主动和卢伟搭话。

"何以见得？"卢伟不解地问。

"你的大作我拜读过，因此我知道你的一面，从刚才你的讲话中我又了解了你的另一面。"袁鹭笑着说。

卢伟更加纳闷了，自己的作品以前从未发表过，他们此前也并不认识，她怎么会读到自己的作品呢？于是他疑惑地问：“不会吧？你什么时候，在什么地点读过我的作品呢？”

“你忘了，就在前不久，在我们培训的地方。”袁鹭说。

卢伟终于想起来了，那是来这里之前，他们参加培训的时候，他应邀写的一篇文章和两首诗被贴在了宣传板报上，她一定是在那里看到的。卢伟有些不好意思地说：“那没什么啦，只不过是我随便写了几句，算不上什么作品。”

“我认为写得蛮不错的。”袁鹭说。

“我只是为了完成领导交办的任务，随便写了两首，你不要见笑。”卢伟红着脸说。

“那么你能不能让我拜读你真正的作品呢？”

“看起来你也是文学青年，咱们也算是志同道合啊，好吧，我答应你，只是以后再说吧。还有，记住，以后不要再用‘拜读’之类的词了。”

“我只是个文学爱好者，不是创作者。好吧，我今后就当你的粉丝了。”

“朋友就行，不用什么粉丝。噢，对了，能不能把你的电话给我。”

“好啊，顺便把你的拨过来。”

不知不觉已经到了晚上九点，东西也吃得差不多了，桌上一片狼藉。于是大家收拾好东西，出了餐厅。大街上有点凉，路灯有些昏暗，人也很少，大家的醉意也醒了许多。为了赶时间，大家没有多说什么就各自散了。

卢伟不能回去，就寄宿在同学小张的住处，但他还惦记着袁鹭。

“袁鹭，你醉了吧，可以回去吧？”卢伟关切地问。

“没事，我和小杜住一起，你明天就回去吗？”袁鹭反问。

“对，站上有事，我明天得回去，那么再见吧。”卢伟挥手道别。

“再见。”在转身时袁鹭的眼神里有种失落。

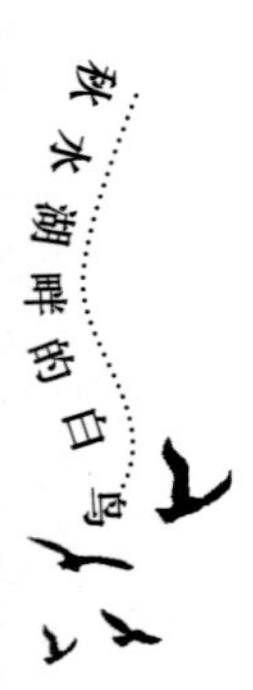

湖边小屋

关于申请禁止秋叶造纸厂超标排污的事情一直没有结果。李站长亲自到环保局催问了好几次，负责接待的人都说讨论结果还没有出来，让他回去慢慢等。但是厂家没有等，他们继续向秋水湖排放大量的污水。眼看秋水湖的这一角就快要变成臭水沟了，大量水生动物死亡，而且污染区还在不断向外扩展，情况十分紧急。时间不等人，快到夏秋季节了，雨季也来到了，连续几天的暴雨下个不停，水田里的积水都没过了膝盖，旱田都变成了沼泽，庄稼都倒成了一片。人被困在家里出不了门，眼睁睁看着地里的庄稼被糟蹋却无能为力。

卢伟这几天却并没有闲着。每年这个时候总是他们站里最忙的时候。他得跟着李站长他们出去巡湖。巡湖是干什么呢？其实这是他们站里的日常工作，就是平时到湖边走走，防止有人在湖上打猎、破坏水产、破坏堤坝什么的，也没什么特别的。但是这个时节不同，因为这是在汛期，倒不是怕有人盗猎，在这样的坏天气里，没有人会去冒这个险的。他们巡湖是查看湖堤有没有漏水的地方，因为这里的地形是北高南低，秋水河的水从北边注入，在南边修了堤坝，堤坝拦截河水在两边的山之间形成了湖泊。整个湖只在南边的堤坝中间留了一个出水口，所以万一那里决堤了，就会淹没很多村庄农田，后果很严重。另外，他们站上的人也有自己经营的水田、荷塘、鱼池什么的，需要照管（虽然国家机关工作人员因为是吃财政饭的，所以政策不允许自己经营产业，但是像他们这样的小单位是属于事业单位编制的，日常开支由县财政支付，只有正、副站长是拿工资的，其他的人没有在编制之内，是聘任制的，没有工资，平时站上自己经营的水产卖了收入一点钱给他们发补贴，那一点钱是不够养家糊口的，所以这些人就自己种地、养殖一些其他什么的自力更生了。而地方财政养活不起这些人，但工作又需要人去做，所以政策上就对这样的行为默许了）。最后，就是防止有些人趁没人看见的情况下把垃圾运来倒入湖中。这些情况很少，但并不是说没有发生过，以前就有一些工厂将整车垃圾倒入湖中，造成湖水的污染。尽管卢伟刚到这里，老站长不会让他干太多的活，但是看到别人都在忙，自己怎么能一个人闲着呢？所以他也跟着别人出来走走，多了解一些这里的情况。

这天，雨终于停了，但是天并没有晴，浓浓的雾笼罩着湖面，看不清哪里是天空，哪里是地面，只能看见一些低低矮矮的房子，蜷缩在树荫里。凉爽的风吹着，带着挥之不去的湿气，整个湖边的村庄都沉浸在一片烟雾凄迷之中。

卢伟依旧和老站长他们一同出去检查工作。经过田间时，他们看见田野好像经历了一场浩劫，庄稼被打得七零八落，树枝被风吹断，稻田被水淹没，令人好不痛惜。湖边的路面被水冲得不成样子了，走起来很不方便。再看湖中，湖水涨了许多，淹没了湖中的洲子和岸边的草甸。那些水鸟的家园与坟墓都不见了，它们还能在那里栖息吗？这是自然的惩罚吗？似乎有些不公平，但卢伟不敢多想。昏黄的湖水和昏黄的天空混合了，这真的叫作水天一色啊！只是那时涛声太大，令人战栗。

李站长一行人正走着，忽然对面走来一个人，四十岁左右，皮肤黝黑，中等个子，农民的打扮，由于路滑，那个人走起路来一瘸一拐的。从他慌慌张张的眼神里可以看出他一定有什么急事。

“喂，小张，出了什么事，慌慌张张的？”李站长叫住了那个人问。

“哎呀，李站长，是你们啊！我们村里的那所小学有两间房子塌了，我

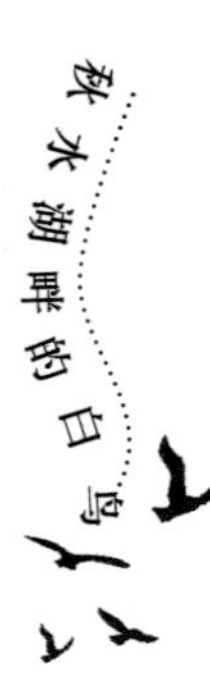

正要找村主任汇报呢。”那个人回答。

“没有人员伤亡吧？房子是怎样塌的？”李站长又问。

“还好，没有人员伤亡。倒塌的是两间土房子，可能是因为风吹雨淋时间长了，就塌了。这还不算太要紧，关键是倒了的房子的屋架砸在旁边新建的一座教室的墙上，弄不好那两间教室也会被弄塌了。我正要去找人修呢。”那个人说完就要走。

“那就这样吧，你先去通知村主任，再找几个人来帮忙，我们几个先过去看看，情况紧急，就先这么办吧。”李站长想了想又说：“这些事情虽然不属于我们管，但是情况紧急，我们不能袖手旁观啊。”

“这样不好吧，耽搁了你们的工作怎么办？”那个人充满歉意地说。

“唉，都什么时候了，你还说这样的话，抢救房子要紧，我们的工作可以放一放嘛！就这样了，你先去吧。”李站长不由分说就带着他们几个人朝那所小学的方向走去。

“是哪一所学校出了事？”在路上，卢伟问李站长。

“关庙小学。”李站长说。

“那，那不会有人伤着了吧？”卢伟打了个颤，战战兢兢地问。

“刚才小张说了，没有人员伤亡，我想不会有事的。”李站长还是那么沉着冷静。

卢伟不再问什么了。四个人就这么走着，沿着泥泞的小路，他们走了十几分钟才到了那个小学。这所学校并不大，由几间房子和院墙围成一个院子，中间是操场，两边的砖房子就是教室了，倒塌的两间土房子是库房，没有人住，所以没有伤到人。土房子此时已经不成样子了，屋顶的瓦与塌下的墙土落下来混成了一堆，屋架倒了一大片，没有倒下的靠在了旁边砖房子的墙上，很是危险。

“有人伤着了没有？”李站长问在场的人。

“没有，学校放假了，所以没有人住在这里，也没有人员伤亡。”一个人回答。

附近有些村民已经赶过来，在忙着清理现场。有的在抢砖瓦，有的在抢木头。看到这种情况，李站长很担心，他怕还没有倒下来的屋架会随时倒下来砸伤人，所以他连忙制止那些人。

“大家不要乱动，不要搬东西，太危险了，小心上边的木头倒下来砸伤人啊。大家先不要急，等村主任来了再做处理。”

听见有人在制止，原先抢东西的人才停了下来。李站长在这里工作了多年，这里的人都认识他，他在这里还算有威信。所以他制止大家，这些人还算听话，都没有说什么，只待在原地没有动。

“哎呀，是李站长啊，你快来看看吧，这房子不知什么原因就倒了，多可惜。我们大伙儿看到这些砖瓦木头埋在这里怪可惜的，所以就抢着把它们搬出来。”一个年纪大一些的村民有些尴尬地说。

“东西要紧，但是生命更要紧，不要只顾抢救东西而忘了安全啊。万一这些木头倒下来砸着人怎么办？弄不好把旁边的房子也给弄到了，那样损失就更大了。你们先别急，等村主任来了再说。”李站长怕伤了大家的面子，所以故意把“抢”说成了“抢救”。

不一会儿，村主任带了几个人来了，他们勘察了一下现场，确定房子是因为风雨太大，被水浸泡时间过长而倒塌的，无人员伤亡，旁边的房子也没有危险后才让几个有经验的青壮年把木料搬开，放在一旁等待处理。

大家正忙的时候，关萍萍忽然从远处跑了过来，看样子很着急，头发和衣服都被露水打湿了，裤管卷着，一双鞋子沾满了泥。

“这么坏的天气，你跑出来干什么？”卢伟伸出沾满泥的双手拦住了她说。

“我听说学校里的房子倒了，很担心，很着急，所以就跑了过来。对了，有没有人伤着？是不是教室倒了？”关萍萍一边喘着气一边问。

“没事，就是几间土房子倒了，教室没有问题，也没有人员伤亡，不碍事的。改天找人清理一下，重修几间就可以了。”卢伟说。

“没事就好，我就是担心教室出了什么问题，马上就要开学了，万一教室倒了，孩子们可要到什么地方上课去呢？看到教室安然无恙，我就放心了。”关萍萍用目光飞快地扫视了一下四周，确定教室完好无损之后，才松了一口气。

几个人忙了一会儿，才把埋在瓦砾下面的木头搬了出来。有的搬不出来和已经折断的废料也就只能留在那里当垃圾了。至于靠在教室的墙上的还未倒下的屋架因为没有工具所以一时无法拆下来就只能暂时放在那里，等雨停了，再找人来拆。等这一切都收拾得差不多了，李站长这才转过头来关切地问：“萍萍，雨下了这么几天，你家的房子没有漏雨吧？”

“没事，李爷爷，屋顶上没有漏雨，只是从墙根下面渗进来一点点水，不过不要紧的。”关萍萍微微红了脸有点不好意思地说。

“水进得不多吧？”李站长又问。

“不要紧，只是一点点，是墙根下的排水管道不通的缘故，我把水道挖深了就没事了。”关萍萍回答。

“没事就好，我们走吧，继续我们的工作。”李站长对他带来的几个人说。

“我也要去。”关萍萍恳求说。

“你就算了吧，女孩子家，整天在雨水里跑，对身体不好的。”李站长拒绝了她的要求。

“没事的，我妈妈不在家，我待在家里也没什么事情可做。”关萍萍坚持着。

“我也要去，我是男孩子，可以帮上忙的。”卢伟也坚持要一起去。

“算了吧，干脆你们两个都别去了。站里的人都出来了，万一有电话或者信笺来了没有人接收，所以卢伟还是回去吧。”李站长也坚持着。

“这样不公平，大家都去了我不去怎么行呢？”卢伟还在争取。

“这是命令，没有什么公平不公平的，你要服从领导。况且干什么工作都是为人民服务嘛，工作没有贵贱之分，你还是回去吧。”李站长的话不容反对。

卢伟和关萍萍不好再说什么了，只好眼睁睁地看着李站长带着几个人向湖边走去，他们只能站在那里发呆，心里很失望。半晌，卢伟才回过神来，说：

“既然我们去不了了，那么我们到你家去看看吧？”

“这个……让我想想。”关萍萍有些为难。

“怎么，不欢迎吗？”卢伟故意笑着问。

“不，不是的，当然欢迎，只是……好吧，反正今天我妈妈不在家，你可以去我家的。”关萍萍鼓了很大的勇气才说出了这句话。其实卢伟不知道，关萍萍不仅怕被她母亲看见，而且有其他很多的顾虑。

“那好啊，走吧。”卢伟示意关萍萍在前边带路。

于是，关萍萍在前，卢伟在后，他们朝关萍萍的家走去。其实到关萍萍家的路还是要经过湖边的，只是和李站长他们走的不是一个方向罢了。他们沿着泥泞的小道走上了河堤。还好，河堤上有草和沙子，走起来还算舒服。他们就这样在河堤上慢慢地走着，更多的时候，他们只是低头走路，很少说话。关萍萍一直红着脸，专挑隐蔽的地方走，好像在故意躲着什么似的。卢伟看得出她很害羞，怕被别人看见。这一点他能够理解：人家毕竟是女孩子嘛，又是农村的，哪像城里的女孩子那样开放呢？但就是这一点恰好显示出她独特的气质，让卢伟感到一种城里人没有的魅力。再看她的眼睛，不停地在忽闪着打转，像一双淘气的小兔子，机灵动人，所以卢伟也不多说什么，只是静静地欣赏这景、这人。

涌动的湖水淹没了湖中的洲子和岸边的草滩，许多植物也被一同淹没了，只有长得茂盛的芦苇还能勉强地伸出半截身子，在灰色的湖水中挣扎着、摇摆着。湖面上偶尔有几只鸟急速飞过，像是在寻失去的窝巢。但是它们已经无处落脚了，因为它们栖息的地方被水淹没了，如今只能看见在水面漂浮着的一片片的草叶、浮萍和一些不知名的东西。

“多么可怜的生命啊！”面对那些岌岌可危的水草，卢伟叹息道。

“什么，什么可怜的生命？”关萍萍奇怪地问。

“那些芦苇啊，你看它们长得多么纤细柔弱，在水中挣扎得多么艰难，难道这就是命运吗？面对大自然的残酷它们显得是那么无助。”卢伟默默地说。

“我并不认为它们可怜，恰恰相反，我感到那些芦苇是坚强的，是一种柔韧的坚强。你看那细细的躯干面对波浪一次次的冲击，纵然不停摇摆，但从未断掉。”关萍萍不同意卢伟的观点。

“你倒是很乐观啊，看问题总是别有一番见解。”卢伟好奇地说。

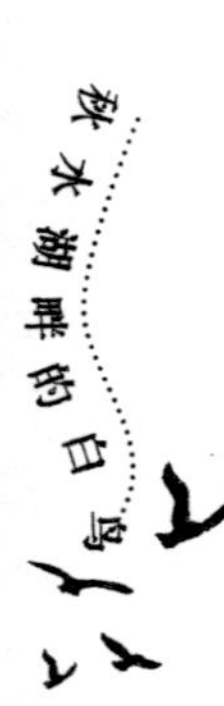

“我凭什么要悲观呢？上天给人一张脸是用来笑的而不是用来哭的，如同天空是用来放太阳的而不是用来挂满乌云的。我只是直觉上这样认为罢了，谈不上什么见解。”

“我真羡慕你，我怎么就没有你这样的直觉呢？如果让我将人与植物比较的话，我还是觉得植物比较脆弱。”卢伟坚持自己的观点。

“这是因为你太聪明了，遇到事情总是想得太多。说一说，为什么植物就一定比人脆弱呢？”关萍萍问。

“人生一世，草木一秋嘛。”卢伟故作神秘。

“怎么讲？”关萍萍一时猜不出他的意思。

“你想想，人要活一世，也就是一百年，而草木才活一年，这一年与一百年怎么能比呢？”卢伟笑着说。

“你们这些大学生啊，是不是书念得太多了？都变酸了，总是喜欢咬文嚼字。谁知道草木就一定因为只活了一秋而伤悲，人就一定因为可以活一世而欢喜呢？短暂有短暂的好处，长久也有长久的烦恼啊，你想，如果人真的有一天可以长生不老了，该有多么可怕啊？”关萍萍一本正经地说。

“嗯，说的也是。”卢伟笑着点点头。

“所以嘛，我说你是自找苦吃的，难道你的父母给你取这个名字，就是希望你长得像芦苇一样柔弱吗？又细又长，不堪一击。”关萍萍笑着说。

“我的名字怎么了？这跟……”卢伟一时还没有想到关萍萍的意思，但是当他的话刚问到一半，才恍然大悟，于是那另一半的话就被强行咽下了喉咙。

“你不是叫卢伟吗？我第一次听到这个名字的时候，就联想到那一种长得又细又长的植物。”关萍萍笑着打卢伟的趣。

“谁说的？我的名字是伟大的伟，我父母当然希望我长成一个高大的男子汉了。”卢伟假装没好气地说。其实他是被她的聪明睿智所折服的，“你的想象也太离谱了吧。”

关萍萍看着卢伟，他中等身材、不胖不瘦，看起来书生气十足，但是怎么看也不会与那细细长长的芦苇有任何的相似之处。她越看越想笑：“长得是不像，但是名字却是同音的，这难道是巧合吗？”

“是谐音又怎么样，难道我像一个柔柔弱弱的小女生吗？”卢伟被关萍萍的话、也被自己的话说得脸红了。

“其实也未必，应该是这样理解的：你的父母给你起名字的时候是希望你长大后成为一个有学问的人，既能虚心（空心）上进，又能外柔内刚，做事张弛有度，刚柔相济。”关萍萍看见卢伟的窘样，就打个圆场说。

“嗯，也是啊，听起来蛮有道理的，你的见解更深一层了。”卢伟笑着说。

“哎，哎，你今天已经是第二次说这句话了。”关萍萍打趣地说。

“你这个鬼丫头，总是拿我打趣，看我怎么收拾你。”卢伟假装生气，说着就要揪关萍萍的辫子。

“是你嘴笨，还怪人家。”关萍萍说着就要跑开。

一阵风吹来，很清凉、很湿润。关萍萍不禁裹紧衣服，一副楚楚动人的样子。天还是阴的，但是雨已经停了，一道阳光从云层里射下来，在湖面上反射出耀眼的白光，那些苍翠的芦苇更加显得苍茫了。

“其实芦苇并不算最可怜的，最起码它们还有一片可以生长的土地，有可以相依为命的伙伴，这已经算是很幸福的了。”关萍萍说。

“那你认为什么才是最可怜的？”卢伟问。

“那些浮萍啊，那些漂在湖面上碎成一片片的浮萍啊！”关萍萍若有所思地说。

卢伟没有说什么，他只是注视着湖面，在水面上果真有一片片的浮萍，深绿色的，在波浪之间隐现。

“它们才可怜呢，它们随意地长在那一片平静的湖面上，有水的地方就可以生存，但不知是什么时候，又会很轻易地被哪怕是一丁点的风波冲散，然后就漂泊江湖，最后不知在什么地方死去。”关萍萍像是在自言自语。

“你这好像是在自叹身世啊，这浮萍与人生有什么关系？”卢伟用深情的目光注视着她，说道。

“没有啊，我只是就事论事而已。”关萍萍淡淡一笑说，“当然，我的名字里有一个萍字，但我母亲给我起这个名字的时候，本意当然并不是希望我

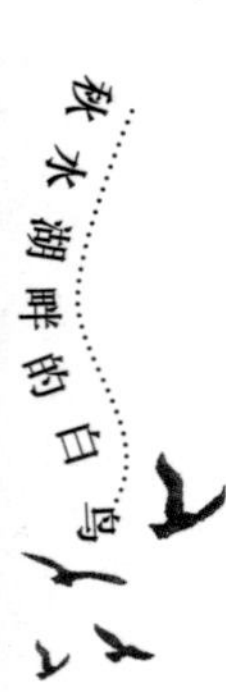

长大后成为一个漂泊的人，而是希望我能像这湖边的绿萍一样永远守护在这个湖边。听妈妈说我出生的时候，这个湖边长满了绿色的浮萍。”

“你妈妈为什么只希望你待在这个小小的湖边呢？外面的世界很精彩，为什么不想体验一下呢？”卢伟问。

“外面的世界是很精彩，但是也充满了陷阱、虚伪与欺诈。”关萍萍说。

“谁说的？”卢伟问。

“我母亲说的。”关萍萍说。

“这样说未免有些片面，有些武断了，难道你的母亲在外面经历了很多挫折吗？”卢伟问。

“这个我不知道，但是我听说我母亲从未离开过这个山城的，她应该不会在外边经历过太多的事情吧。倒是我的父亲，听说他就是从外地来到这里的，他应该经历过很多的事情。”关萍萍若有所思地说。

“这么说你母亲对外边世界的看法应该是听你父亲说的吧？那么你的父亲为什么不直接对你说呢？”卢伟问。

“我从未见过我的父亲，他在我还未出生的时候就去世了。”关萍萍有些伤感地说。

“哦，对不起，我又勾起了你的伤心往事，我不是故意的，真是不好意思。”卢伟感到手足无措，显得很是尴尬。

“没什么，这都是很早的事情了。也许你说得对，但是这是我母亲亲口对我说的，我不知道她说的到底是真是假，也没有机会了解，但是我认为她不至于骗我吧。”也许，在关萍萍的记忆里并没有关于父亲的印象，所以她并不显得十分伤感，只是眼中充满了迷惑，好像是在记忆中寻找一段并不曾存在过的景象。

“其实，浮萍也是一种很坚强的生物啊！你看它在波浪之间起起伏伏，被打散了又聚在一起，那是多么坚强的生命力啊。还有，它们是很会适应环境的，不论在哪里都能生长。”卢伟很认真地说。

“你说的不完全对，对于一般藻类而言，只要有水的地方就可以生长，而对于真正的绿藻而言，它们只生长在芦苇丛中，而且是干净的水域，它们对于生存环境是非常挑剔的。”关萍萍说。

“真的是这样的吗？”卢伟惊奇地问。

“不信你可以自己去看呐，只是你现在很难看见了，因为这里的水已经不太干净了。”关萍萍的语气中充满了惋惜之情。

“原来你也很悲观啊，也有一种悲天悯人的情怀。”卢伟说。

“悲观与乐观并不写在脸上，而是藏在心里，柔弱与坚强并不在于形体，而在于意志，就如这些芦苇和浮萍，看起来很柔弱，其实它们也很坚强。我想人也是一样吧，有悲观的时候，也有乐观的时候，有柔弱的一面，也有坚强的一面。”关萍萍说。

“也许是这样的吧，不过我总是觉得它们之间是有分别的。”卢伟说。

“有什么分别？”关萍萍问。

“芦苇是渴望流浪的，但它们总是在守候；浮萍是渴望停留的，但它们总是在漂泊。我发现我更像是浮萍，而你更像是芦苇。”卢伟说。

“噢，这个观点倒是很新颖，也许是命吧？”关萍萍叹道。

“这么快就学会我了。”卢伟笑道。

“也许是吧，啊，什么学会你了？”关萍萍突然意识到自己说漏了嘴，急忙转口反问。

“一句话重复两次，这可是我的专利啊。”卢伟说。接着两个人相视一笑。

之后便是许久的沉默，只能听见湖水拍打堤岸的声音和风吹过树叶的沙沙声。这段路并不长，但他们走得却很慢，其实两个人谁都明白：他们追求的不是目的地，而是在一起走路的感觉。

“其实不论是芦苇还是浮萍都不是最可怜的。”卢伟又说。

“那是什么？”关萍萍问。

“这些秋水湖上的白鸟啊！你看它们栖息的地方被水淹没，没有可以落脚的地方，在空中飞来飞去多么可怜。”卢伟指着天空说。

关萍萍看着那些在天空中徘徊的白鸟，没有说什么，在她的心中似乎涌起太多的事情。许久沉默之后，她才说：

“对啊，失去了窝巢，它们该是多么的可怜。但是卢伟，你知道吗？真正值得同情的不是它们失去了栖息之所，而是在这一片湖面上却没有它们生存的权利和空间。”

“为什么呢？”卢伟问。

“因为人们的捕杀，人们排放污水，围湖造田的行为已经使得这些鸟儿无法在这里生存下去了。”关萍萍说。

“这不是一样的吗？天灾和人祸不是一样的可悲吗？”卢伟说。

“不一样，这些水鸟大都是候鸟，夏天飞来，秋天飞去。水淹没了它们的栖息地，没什么，它们可以另找地方，没有了巢，它们可以另建。自然对人和其他生物都是一样公平的，这是我们无法控制的，而且包括人类在内的一切生物都学会了适应大自然的办法。但是人祸不一样，人的威胁无处不在，时刻都在危及其他生物的安全。人类的行为是毁灭性的，一旦一只鸟被打死，就永远无法复活，一旦这片湖面被污染，就不可能恢复纯净，所以人祸比天灾更为可怕。人并不是必须以靠捕猎才能生存的，他们捕杀鸟类只是为了取乐，为了享受生活，说白了就是为了满足自己嗜血的欲望，这种想法多么可怕啊！人类嗜血的欲望从未泯灭，而且愈演愈烈，只不过是以另一种方式存在罢了”关萍萍悲愤地说。

“可怕的不是武器，而是人类控制武器的欲望。”卢伟补充说。

“人类和鸟类应该是平等的，人凭什么要捕杀鸟类呢？难道仅仅是因为人类比鸟类强大吗？这太不公平了。人是文明的动物，为什么还要将动物界弱肉强食的传统继承下来呢？因为我们是人类，所以我们就可以捕食鸟类，这难道就是人类这个词所应有的内涵吗？这样的人类和动物有什么分别呢？人是有感情的，可以控制自己的思想和行为，但为什么不能控制自己的欲望呢？人们不以杀生为耻，反而以食肉为荣，认为这是理所当然的。我真不敢想象，这个世界会变成什么样子？”关萍萍痛心地说。

“没有人类和只有人类的世界是同样的可怕。”卢伟叹道。

“但是又有几个人能意识到这一点呢？人类的欲望总是比同情多一些。”关萍萍叹息地说。

“应该有很多人吧，而且还会有更多的人意识到这一点，人毕竟是朝着文明进化的。”卢伟说。

“文明并不是一个褒义词呀，你看那些城市里所谓的文明人，进入这个小地方狩猎，比这里的人不知凶狠多少倍。你不知道他们嗜血的本性，简直比原始人更加野蛮。”关萍萍愤愤不平地说。

卢伟像是被人狠狠地抽了一个耳光，感到脸火辣辣地发烫。作为一个城里人，他的自尊心受到了严重的打击，但是面对关萍萍的话，他还能说些什么呢？她说的难道不是事实吗？他想反驳，但是没有反驳的勇气，他想解释，但是找不到解释的词。文明是一个很宽泛的词，当然有好的方面也有坏的方面，城市文明代替农村文明是一个很复杂的历史现象，他一时半会儿怎么向她解释清楚呢？她愿意听他解释吗？她能够听得懂吗？卢伟一时语塞，想了想，他才说：

“人类和鸟类应该是平等的，他们之间不是一种食与被食的关系。世界是一个大舞台，自然为我们提供了无限的美好。我想，如果努力保护，唤醒人民的环保意识，人与自然是可以和谐相处的。”

“也许是这样的吧。”关萍萍说道，但眼神中仍是将信将疑。

关萍萍所在的村子到了，她却越发显得小心谨慎，生怕被人看到似的。卢伟也就不跟她说什么了，只是跟在她后面走，就这样七拐八拐到了她家。关萍萍的家很小，只有几间瓦房，土墙布瓦，屋顶上都长出了草，看起来很久没有翻修。关萍萍的家里这时候只有爷爷在，关萍萍只是向他打了一个招呼就进屋了，看得出，她和爷爷的关系很一般。卢伟也向老人问了声好，但老人不知什么原因，一直用警惕的目光冷冷地盯着他，始终没有说一句话。

关萍萍带着卢伟进了自己的房间，这个房间不大，阴暗潮湿。屋里的家具也不多，只有一张床、一张桌子、一个柜子和几把椅子，其他的再也没有什么了，而且这些家具都显得很旧了。唯一能吸引卢伟眼球的就是放在柜子上的一叠书。卢伟一向对书有特别的感情，当然，对喜欢读书的人他总是感到特别投缘，尤其是在这个陌生的地方，让他不由得对这些书和书的主人刮目相看。

“请坐吧，屋里很乱，真不好意思。”关萍萍把墙角的一把椅子擦了又

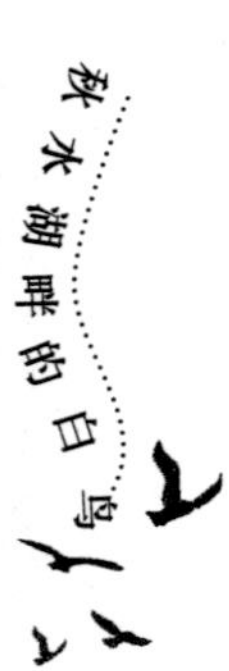

擦，然后让卢伟坐下。

“噢，不，这里蛮好的，比我住的地方好多了，真的。”卢伟回答。坐下之后，卢伟突然觉得没什么话题可说了，看看关萍萍，她也是显得有些局促，眼神闪烁不定，手指在不停地揉搓着衣服的一角。沉默良久之后，卢伟指着柜子上的那几本书说：

“你平时都看一些什么书啊？”

“也没有什么，就是一些家里的旧书，没事的时候拿出来翻一翻。我是医专毕业的，本来书就读得不多，和你们这些大学生相比，简直就是小巫见大巫。”关萍萍给卢伟倒了一杯水说。

“你看你，又谦虚了不是？我们看的书不一定就多，况且书看多了也不一定就有用。”卢伟说。

“看书不一定非得有用，只要喜欢就行，我们的专业书籍倒是有用的很，但是说实在的，我不太喜欢。”关萍萍笑着说。

“那你可以找你喜欢的书来看啊。”卢伟说。

“上哪儿去找呢？我们这里没有几个读书人，向谁借呢？城里的书店除了学生的辅导书就是四大名著了，想买也买不到。我们这里毕竟是小地方，哪像你们城里，出门就可以买到书。”关萍萍惋惜地笑着说，她的笑容多少有些无奈。

“那么这样好吧，下次我从城里回来的时候给你带几本好书好吗？”卢伟笑着说。

“好啊，一言为定。”关萍萍天真地笑着说。

卢伟走近柜子旁，随手翻开最上边的一本书来看，正如关萍萍所说的，无非是一些医学方面的书籍，没什么可看的。但是当卢伟把上边的书都拿了起来，翻到了下边的一个日记本的时候，关萍萍很惊慌地一把夺了过去。

“女孩子的东西，不要随便乱看的。”关萍萍假装很生气的样子，不过她真的是怕卢伟看到自己写的心事。

“我什么都没有看见，你在场的，我连打开它都没有，你就抢了过去，我怎么会看到呢？”卢伟显得很无辜的样子，“其实我也知道女孩子的日记无非是写一些多愁善感的心事罢了，没有经过你的允许，我怎么敢偷看呢？”

“谁说女孩子只会写一些多愁善感的文字，难道我就不能写别的什么，比如说：蓝的天、绿的草、美丽的梦什么的，反正我愿意写什么就写什么，关你什么事？”关萍萍为自己辩解。

“我不信，我又没看，怎么知道你写的就是你所说的？”卢伟笑着说。

“你休想诈我，我才不上你的当呢，你是想让我将日记本给你看是吧？我才没有那么傻呢？”关萍萍像一个小孩子似的将那个日记本抱在怀里更紧了。

“不看就不看，我找别的看。”卢伟说着又朝下边翻，在最下边翻到一本已经发黄的很旧的书，没有书皮，页脚好像是被火烧过似的焦黄。卢伟拿过来一看，吃了一惊：竟然是《诗经》。

“这是《诗经》吧？你也在看呐？”卢伟惊奇地说。

“难道只许你们城里人看，不许我们乡下人看吗？”关萍萍反驳道。

“我不是这个意思，我只是想，一个能看懂《诗经》的人应该是一个很有思想的人。”卢伟解释说。

“其实我也不大看得懂，只是好读书不求甚解罢了。”关萍萍有些不好意思。

“这些书是你买的吗？”卢伟问。

“不是，是我家里本来就有的。”关萍萍回答。

“那么你家里以前出过很有学问的人？”卢伟问。看着书页上有人用钢笔写的批注，字写得很好，内容也相当有水准，卢伟断定那不是一般人用过的书。

“没有啊！不过我也说不准，也许是我父亲留下来的。但是我的父亲去世得早，对于他的身世和经历我几乎是一概不知，当然更不知道他有没有上过大学。”关萍萍有些难为情地说。

“唉，对不起，我又说错了话。”卢伟知道关萍萍的父亲去世得早，而自己又在无意之间提起了这段伤心往事，不免有些尴尬，自知理亏，也就不说什么了，转而去看书的内容。其实《诗经》卢伟早已经看过很多遍了，对其

中经典的诗章也早已烂熟于胸，所以他和关萍萍一起来重温这本经典，只是为了和她找到共同的话题。

卢伟并没有在关萍萍的家里待很长时间，因为关萍萍的爷爷每隔一段时间就来关萍萍的房间里看一下，但是也不说什么又走开了，就这样看了好几次。卢伟知道人家是很介意自己和他的孙女单独在一起的。而且关萍萍每次看见爷爷进来的时候总是显得很紧张，卢伟明白关萍萍是怕家里人说些什么，万一被村里的人看见说些闲话也不好。关萍萍的母亲不知道什么时候会回来，天还是阴着，随时都有可能下雨，所以卢伟待了一会就走了。

当卢伟回到站里的时候，李站长他们已经回来了。卢伟随便编造一句谎话就搪塞了过去。晚上他躺在床上难以入睡，仿佛自己还在关萍萍的身边。快到半夜时，突然有人发来一条短信：

你若是那含泪的射手，我就是那一只，决心不再躲闪的白鸟。只等那羽箭破空而来，射入我早已碎裂的胸怀……

卢伟知道这是席慕蓉的《白鸟之死》，他也很喜欢这首诗。只是没想到袁鹭平时看起来很沉静、很矜持，却发来这样一首火热的诗。她发这首诗的前半部分，很明显，她是想让卢伟来接下半部分。卢伟拿起手机想回复，但是不知怎么的，当他的手指按下第一个按键时，他却停了下来。一个无数次在他脑海中闪现的景象又一次出现了：一声枪响，一只白鸟的尖叫，然后坠落，白羽纷飞，最后挣扎，死去……卢伟终于还是没有回复。

受伤的白鸟

间歇性的大雨终于停了。听老站长说：往年这个季节都会有大雨，但很少像今年这样持续这么长时间的。这次雨季断断续续一个多月，这对于这个北方半干旱地区来说是罕见的，所以人们没有做好充分的防涝准备，致使这次大雨的破坏程度特别大。由于没有做好准备工作，大雨一来，人们只能看着大雨肆虐而无能为力。更可怕的是，这么长时间的大雨对这个生态环境本来就很脆弱的地方而言无疑是雪上加霜，结果是山体滑坡，湖水泛滥，城里的污水与河水混在一起共同倾注到湖里，一系列环境问题都出现了。

李站长这几天正在写关于这次大雨对秋水湖生态环境造成的破坏情况的调查报告，涉及很多问题，比如：湖水泛滥造成的直接损失，大雨对秋水湖环境系统直接或潜在的影响，恢复秋水湖水域生态系统所必须付出的代价，等等。这些都要在实际调查之后才能得出真实情况和数据，不能纸上谈兵。站里的人干了十几天才统计出初步的数据，还得继续调查。不论是人类还是自然灾害对环境的破坏都是影响深远的，潜在威胁是链式传递的，所以这项工作是复杂而艰巨的。卢伟自视笔杆子还可以，想帮老站长写，但遇到的实际问题他却感到无从下笔。原来在学校学的东西都是理论性的，不太实用，要么就是太程式化，在多变的实际工作中就显得老套。为了不影响工作质量，他只好主动下去干一些实际的工作，比如调查、抽样化验等一些简单的活，为集体尽一分力量。

袁鹭给卢伟发的短信一直没有得到回复，她对此耿耿于怀。她想再给他发条短信问一下，但又感到不服气，自己毕竟是一个女孩子，主动给男孩子发短信已经很没面子，对方还故作高傲，不回短信，太不像话了，所以她一直跟自己赌气。她的心里总不是滋味，心想是不是自己把卢伟的号码记错了，打听了好几个朋友，都说号码是对的，她就更加不理解和郁闷了。

这天，单位里没有什么事情，袁鹭就用办公室的电脑上网，刚刚登录上QQ号，志愿者群就有人上线了。QQ的志愿者群是留在县城的几个志愿者建立的，成员都是今年来这里的志愿者，大家平时以此建立经常性的联系。但是袁鹭从未见过卢伟上线（其实她并不知道卢伟工作的地方根本就没有电脑）。袁鹭点击一看，是孙浩翔在线。他一上线就给袁鹭发了一朵大大的玫瑰，后面附了问候语：你好啊，好久不见了，一直想你（在线），很高兴见到你。呵！臭美，前几天才聊过的，还好久不见呢，真酸！而且语气那么肉麻，还送玫瑰，哎，又一个情圣，网络恋人。袁鹭感到好笑，但又一想，人家孙浩翔并没有什么不好的。哎，如今的年轻人，这样的聊天方式已经习惯了，反正闲着没事，不妨和他聊聊。于是她的手指轻轻地敲动键盘。

“很高兴电（见）到你，肉麻王子，怎么，不好好工作，又在网上钓鱼了，小心被人发现，煮了你。”

袁鹭的信息发出以后，很快就得到孙浩翔的回复：“其实我一直在这里潜伏着，就等着你上线，人家只是想和你聊聊，干吗说的那样酸？我可不是那种游手好闲的轻薄之徒。”

“好啦，我的多情王子，这个称号怎么样，今天忙什么呢？”袁鹭问。

“还不错，我可以接受，今天也不怎么忙，无非是接个电话，整理文件什么的。你看，我像是在向你汇报工作呢，我的公主。”孙浩翔回复。

“别臭美了，谁是你的公主？我才懒得知道你的事呢。”

“你不是称我为王子吗，那么我就送你一个公主名号也蛮般配的嘛。”

“你还真以为自己是王子，不过是一只青蛙而已。”

“那么你就是天鹅了？”

“你再和我贫嘴我就不和你聊天了。”袁鹭发过去一张生气的表情。

“好了，我投降了，不再贫嘴了。对了，今天下午有没有空？我们一起出去吃饭好不好？”孙浩翔问。

“有啊，只是今天是一个平常的日子，吃饭有什么理由吗？”

“吃饭需要理由吗？”

“当然。”

“因为饿了。”

“这也算理由？”

“其实，有一件重要的事情你忘了。”

“什么事？”

“我们认识刚好一个月，不该庆祝吗？”

“这有什么值得庆祝的呢？”

“这表明我们的缘分开始了已经一个月了，难道不值得庆祝吗？”

“你又贫嘴，好，反正有人请客吃饭，我是不吃白不吃。好吧，什么时候，什么时间，在什么地方？”

“下班后我在你单位门口等你。”

“开着宝马吗？”

“不，开着奔驰。”

“哈哈，下午六点，不见不散。”

“不见不散，拜拜。”

其实，袁鹭本不想去，他对孙浩翔并没有特别的感觉，只是觉得这个人很热情、很幽默而已。但是孙浩翔的热情袁鹭无法拒绝，况且大家经常在一起玩，出去吃顿饭没什么大不了的。如果非要说是什么女朋友，鬼才信呢？最多只是算得上普通的朋友吧。还有，那就是卢伟一直没有回复她的短信，她还在赌气呢。谁说世界上只有卢伟一个好男生？没有你我照样活得潇洒。她答应别人就像是对自己心理的一种平衡。

下班时间很快到了，袁鹭提着包从办公楼走出来，孙浩翔已经在门口等了。他今天看起来是经过精心打扮的，显得很正式，像是第一次约会。

袁鹭看了一下就想笑，但没有笑出来，只是说："你爽约了。"

"我怎么爽约了，我不是来了吗？"孙浩翔好奇地反问。

"你早到了。"袁鹭提醒他说。

"我是怕迟到，所以才早到的。"孙浩翔解释说。

"有意思，我们走吧。"袁鹭和孙浩翔边走边说。

他们挑了一个门面小，但是还算干净雅致的饭店坐下，服务员端上了茶水，孙浩翔喝了一口茶水说：

"袁鹭，来了这么长时间，你对这里的生活还习惯吧？"

"还行吧，不习惯又能怎样？既来之，则安之嘛。"袁鹭说。

"真为难你了，一个女孩子家，大老远的从大城市来到这小县城受苦，有些委屈吧？"

"没什么，当初是我自愿选择来这里的，怨不得别人，即便是苦些又有什么，我无怨无悔。"

"我欣赏你的坚强。"

"谢谢。"

"你将来怎么打算？总不能在这里待一辈子吧？"孙浩翔又问。

"当然不会，其实我毕业的时候已经找到工作了，是在一家公司里当文秘。但是那段时间我的心情有些乱，想找个地方静一静，所以就到这里来了。等服务期满后，我还会回去找工作的。毕竟我的父母都在那里，我不可能一个人在这里待很长时间的。"袁鹭很坦诚地说。

"你还真行，还能找到合适的工作。我就没有那么幸运，现在就业形势那么严峻，我的专业不好，家又在农村，没有什么背景，所以毕业就等于失业。这几年，我们法律专业的毕业生就像牛毛一样多，到单位应聘，人家不是要求有工作经验，就是要求通过司法考试。我一个本科的应届毕业生，人家看都不看一眼。没有办法，只能到这里来，暂时缓一下，慢慢找工作。所谓志愿者，也只能是对别人说的，其实其中的无奈，只能将苦水往肚子里咽了。"孙浩翔叹息着说。

“不要叹息嘛，天无绝人之路，你可以考司法考试，也可以报名公务员考试嘛。”袁鹭安慰他说。

“你说得对，我正在复习，准备明年的公务员考试和司法考试。只要能通过一个，我就心满意足了。”孙浩翔自信地说。

袁鹭微微一笑，轻轻喝了一小口茶，没有说什么。她感到孙浩翔真是一个蛮现实的人，不过倒也诚实稳重，并不像在网上聊天时那一个花花公子的形象，不由得对他又多了一层好感。

“哎，你在网上聊天是那么健谈，为什么现在又那么矜持。”孙浩翔问。

“没有啊，我一直在说。”袁鹭笑着说。

“那是我一直在问你问题，你只是在回答而已。”

“也许我们在网上各处一方，将对方只是当作聊天的对象而已，并没有现场感，彼此可以毫无顾忌地海阔天空。而当我们坐在一起的时候，就会很自然地产生拘束感。”

“该不是有意在保持一种淑女形象吧？”

“不是的，真的，我平时也不是说很多话的人，而且我们认识并不是很久嘛？”

“哦，原来是这样的，那我们以后就要加强联系了。你平时都做些什么？”

“也没什么特别的事情，除了日常的收发文件，就是看看书，上上网罢了。你呢？”

“我们单位平时就比较忙，要收发的文件和起草的文件较多，而且隔三岔五还要开会，所以上网看书的时间就比较少。今天偶尔上网就碰到了你，真是巧。”

“哦，真是很巧，你平时都在看什么书？”

“专业书啊，我在准备考试。”

“其他呢？”

“你是指课外书，我也爱好文学，只是平时没有时间。毕竟那不是我的专业，也不是特长，所以我不会在那上面花费太多的时间。”

袁鹭有些失望，她不能接受一个人将看书当成是浪费时间的事情，更不能理解一个伪文学爱好者，所以她不再多问了。饭菜来了，他们只是默默地吃饭。孙浩翔觉得很奇怪，为什么袁鹭刚才还是好好的，一会儿就又不说话了。他不知道自己说错了什么话，但是又不好问。所以后面就随便聊了几句，陪袁鹭吃完饭就送她回去了。

这天晚上，袁鹭刚躺下，就有人给她发短信，打开一看，屏幕上显示："为什么我的眼里常含泪水，因为我对这土地爱得深沉。"短信来自卢伟。

这是艾青《我爱这土地》中的句子，袁鹭一看便知。但是她不明白，卢伟为什么要发这样一条短信，他是什么意思呢？记得上次自己发给他的是《白鸟之死》中的句子，他一直没有回复。现在又莫名其妙地发了这条短信。她还在生他的气，本来是不想回复他的，但又止不住内心的好奇，于是她回复了一句："什么意思？我不明白。"

"久违了，袁鹭，真的不好意思，上次你发的短信，我没有时间回复，这里向你赔礼道歉了。对了，你现在过得怎么样？"卢伟问。

鬼话，你骗谁啊。是没有时间还是根本就不想回？难道你回复一条短信的时间比你从驻地走到县城所用的时间还长吗？这个理由太苍白了，这也算是道歉吗？袁鹭更加生气了，但是她还是忍住气回复："没有事，我是闲着无聊，随便发着玩的，你不要当真啊。应该是我打扰了你，应该是我向你道歉才对，对不起了。"

哦，原来人家只是开玩笑而已，并不是真的向自己示爱，都怪自己太天真，还差点信以为真呢。袁鹭的故作冷漠使卢伟那一点本来就建立在好奇心基础上的热情又熄灭了。于是他发了一句："哦，其实我也是一样，随便说说而已，没关系的。"

袁鹭差点哭出来，她恨他恨得咬牙切齿，但是不知是恨他的负心还是恨他的冷漠。自己只是说一句赌气的话，他竟然还看不出来。而且从他的语气中可以听出人家对自己根本就没有感觉。于是袁鹭移动颤抖的手指，回复到："那么再见吧，我的射手，不要再碰我了，一只水瓶是很容易破碎的。"

"但是你的箭已经射中我了，难道你想一走了之吗？"卢伟好长时间才明白袁鹭的心思，为了在袁鹭关机之前向他说明，他以最快的速度拨响了袁鹭的电话。

袁鹭终于流出了眼泪，那应该是幸福的眼泪吧？对方终于明白了自己的心思。于是她用哽咽的声音说：

“你那天为什么不回我的短信？”

“我非常想回，但是我无法接受……”卢伟说道。

“无法接受什么？”袁鹭的心又一阵抽动。

“你知道我刚才第一条短信是什么意思吗？”卢伟问。

“不知道，所以我才问你的，你没有说啊。”袁鹭说。

“那么让我告诉你一个故事吧，是我亲眼看见的一个真实的事。”卢伟缓了口气用平静的语气说，“那天我正在湖边散步，看到湖中小岛上有很多白色的水鸟在活动，其中有一只正在展翅准备高飞，那样子宛若美丽的仙子在翩翩起舞。但是忽然，一声枪响，我分明看见那只水鸟飞散的羽毛，坠落的身影，甚至听见它惨烈的惊叫，还有在地上抽搐的四肢，张大的嘴和身上的血迹。它死了，每想到这一幕，我都感到惊悚。你那天发给我的那首诗，是我最喜欢的。但是就是那首诗勾起了我的回忆。我的心感到惊恐和痛苦，所以我没有勇气回复你。”

卢伟的故事有些虚构，但是感情是绝对真实的。

“对不起，我不知道，误解你了。”袁鹭说。

“没什么，也许是我太神经质了，不过现在好多了。”卢伟说。

“那么我可不可以去你传说中的秋水湖看一下呢？”袁鹭问。

“当然可以，不过我们这里是小地方，没有地方接待你啊。”卢伟说。

“不用接待，我自己会去，只要你做个向导就可以了。”袁鹭说。

“好吧，就这个周六吧，我等你。”卢伟说。

“那就周末见吧，再见。”袁鹭终于挂了电话。

这一夜，卢伟又失眠了，他不知道自己刚才做了些什么，这么快就表达了自己对一个女孩子的爱意，他们之间还不太了解。这样太突然，但是有什么办法？在那一刻他就像喝醉酒一样，完全被感情左右，无法控制自己的意识。还有，自己该怎样面对关萍萍呢？难道对她说自己同时爱上了两个女孩子，这像话吗？她会接受吗？卢伟不知道自己到底是爱谁多一点，或者说这一切与爱情无关，只是自己对两个普通朋友的误解而已。他的脑子很乱，甚至有些后怕。

这个周末的天气不错，袁鹭大上午就到了秋水湖边的卢伟那里。看得出她是经过一番打扮的。她做了新的发型，原本长长的直发烫成了卷发，在脑后束起一条马尾辫，粉红色短袖配一条深蓝色及膝的裙子，彰显出一个都市女孩特有的气质。她面色红润，微笑可亲，完全不像第一次在来时的车上见到的那副苍白无力的表情。卢伟眼前一亮，对她又多了一层新鲜的美感，但是他抑制住了心中的惊喜，很热情大方地接待了袁鹭。

由于是周末，站里的人很少，除了卢伟就是李站长在。他向李站长打了声招呼就去干自己的事了。卢伟陪袁鹭在自己的房间坐了一会儿，喝了一杯水休息一下就带着她上路了。她的热情与好奇冲淡了路途的疲劳。

刚刚雨过天晴，空气的能见度很高，远远地可以看见远处的山峦。虽然是中午，但是不是很热，感觉已经有很明显的秋天气息。天空是深蓝色的，几乎无云，阳光很灿烂，但是照在身上已经没有夏天的灼热感。路边的树上出现了黄色的叶子，田中一片丰收的景象。

大概是怕碰到关萍萍的缘故吧，在走上湖边的道路时，他故意选择与平时走的相反的方向。湖边很清、很静，湖水被天空映成深蓝色，可以看见湖中的小岛和对岸隐约的山。湖水退了很多，留下了大片的草坪和沙滩，卢伟和袁鹭肩并肩走在湖边，一边聊着，一边欣赏风景，很是惬意。袁鹭欢乐得像一个小孩子，一边走，还不时捡起脚下的石子，抛向湖中，要么就是摘一棵草、一朵花，玩够了就随意地扔掉。而卢伟总是跟在她的后面，也不说什么，只是微笑。

“哎，你为什么总是不说话，老是那么深沉干吗？”袁鹭笑着问。

“没有啊，我只是被这美丽的风景吸引了而已。”卢伟还是微微一笑。

“被什么吸引？”袁鹭低下头故意问。

“这景、这人。”卢伟的回答还是那样的简单。

袁鹭感到有些脸红，低下头默默地走，不再说什么，但是心里还是很高兴的。

“你最近还在写东西吗？”袁鹭还是从他们之间最感兴趣的话题入手，打破沉默。

“是想写些什么，但是一直都未动笔。”

“为什么？”

“前一段时间我的心情很乱，性情浮躁，这几天又刚到这里，心还未完全静下来，所以还未找到合适的动笔时机，可能是心里还没有想好怎样开头，所以干脆还是不写为好，省得浪费笔墨。”卢伟感慨地说。

“那么以前写的呢？能不能将以前写的诗拿出来与我分享呢？”袁鹭追问。

“以前写的？你是说大学时候写的吗？我大学时候写的诗大都是现代主义的，风格似乎与眼前这种田园风光不大协调吧。而高中时候写的，勉强称得上是浪漫主义的，但是基本上都忘了。”卢伟笑着摇摇头说，腼腆得像一个小孩。

“你有女朋友吗？”袁鹭突然问。

“你为什么突然问这样一个问题呢？”卢伟反问。

“不要误会，我只是想知道你也会为你的女朋友写情诗吗？”袁鹭红着脸忙解释说。

“怎么说呢？跟大多数文学青年一样，我上高中时也有过初恋女友，我也为她写过一些情意绵绵的所谓的情诗。但是后来我们分手了，我也就忘记情诗是怎样写了。而我大学时的女友，根本就不懂诗歌，所以我就没有为她写过一首诗。”卢伟的心情很沉重，因为她又勾起了他那些伤心的记忆。

袁鹭感到歉意，所以也就不再问了。

“其实，我大学时候的女友很像你，只是性格不太一样。”卢伟自言自语地继续说。

“哦，怎么会呢？”袁鹭有些不安。

“那你的诗歌在报刊上发表过吗？”袁鹭转变了话题。

“发表过，但是只有一两首而已，而且并不是我认为最好的作品。我最好的作品从未被采用过，我很不理解。其实，我知道，那些编辑并不懂我的作品，他们只会按照自己的偏好随意删减罢了，所以后来我干脆就不向那些报刊投稿了。与其让别人糟蹋自己的作品，还不如把它们留下来献给诗神。”卢伟叹着气自嘲似的说。

“那么你就让它们永远只成为自己的日记吗？”袁鹭又问。

“那样有什么不好吗？写诗的意义在于创造本身，而不是你的诗会不会被别人看到。”卢伟笑着说。

“你看如今的诗坛那么萧条，读诗的人还没有写诗的人多，诗坛缺少真正优秀的作品，难道你不想做一点贡献吗？”

“你太高看我了，我又不是救世主，怎么能挽救这样的颓势呢？这是一个商业化的时代，诗歌的衰落是很正常的。如今诗人写不出好的作品，恰恰是因为他们太浮躁了，越是急功近利，越写不出好的作品。”卢伟只是无奈地摇摇头。

“所以你就消极避世吗？”袁鹭反问。

“不完全对，诗歌只是一种艺术形式，它并不是上帝的福音。我也只是将写诗当作是一种消遣的方式，并不想用它来拯救世界。我还有很多其他的事要做，所以我并不是一个职业诗人。”卢伟笑着说。

“我一直以为你是一个很感性的人，没想到你还这么理性，真的想不到。”袁鹭用打趣的目光看着卢伟。

“哪里，哪里，我只不过正如尼采所说的，是一个阿波罗与狄俄尼索斯的复合体。作为一个诗人，我太理性了，但是作为一个常人，我又太感性了，所以我是一个一无是处的人。”卢伟笑道。

“你太谦虚了，简直有点自虐。”袁鹭半开玩笑似的说。

“也许是吧。”卢伟也笑着说。

一阵风吹来，路边的树上有几片叶子飘了下来。已经偏西的太阳把树影和人影映在水里，那水面被风一吹，打起无数的褶皱，影子都化作碎片了。

“你这一阵子光顾着说了，你怎么也不介绍一下自己呢？”卢伟问。

“我嘛，没什么好说的，凡人一个。”袁鹭摇摇头说。

"我也是一个平凡的人嘛，你为什么对我的事那样感兴趣呢？不要谦虚了，你喜欢谁的作品？"

"你知道的，为什么还要问呢？"

"席慕蓉的诗？"

"你也喜欢的。"

"她的作品曾经可是我的最爱，说实话，我就是因为看到她的诗才喜欢诗歌的。但是后来我发觉她的诗歌写得像歌词，不过是迎合人们的怀旧情绪罢了。而诗真正的美并不只是感情，而是诗本身。"

"那么你是在嘲笑我的浅薄了？"

"不是浅薄，而是爱好不同罢了。我现在已经不喜欢那种抒情风格的作品了。"

"你也写诗吗？"卢伟问。

"我，我没有，我说过只是爱好而已。"袁鹭说。

"爱好就要学着写嘛。"

"我可没有你的才华啊。"

"什么才华不才华的，你也很有才华的，只是你不愿承认罢了。"

袁鹭不语，只是低下头笑。

他们走到一处陆地突出到湖中的小草甸上，在那里有一条伸到湖中的小栈板。由于栈板被雨水冲刷过，还算干净。袁鹭走过去坐在栈板的边缘，将两只脚垂下去在水面上拍打，一边玩一边笑。卢伟怕那些木板不结实，怕她会掉进水里，想过去拉她，但是袁鹭不让。卢伟就没有坚持，干脆坐下来和她一起玩。

"你知道这秋水湖的名字是怎么来的吗？"袁鹭问。

"这里秋水河的水注入这个湖泊，所以才叫秋水湖的嘛。"卢伟说。

"那么你知道这河为什么叫秋水河吗？"

"这个嘛，我就不知道了。"

"让我来告诉你吧。传说上古时期天上有十个太阳，空气炙热，大海干涸，大地龟裂，万物涂炭。后来有一个叫后羿的人善射，一怒之下就拔箭将其中的九个射了下来。在他准备射第十个的时候，他的妻子嫦娥苦苦哀求，他才留下那唯一的一个太阳，万物生命才得以延续。后来后羿的脾气越来越暴躁，嫦娥无法忍受，就偷了他的长生不老药飞到月亮上去。嫦娥因为思念后羿，日夜以泪洗面，泪水滴落在人间，汇成一条河，人们叫它泪河，也叫秋水河，因为人们往往用秋水这个词来形容眼睛。后来河水汇成了湖泊，人们自然也就叫它秋水湖。这就是秋水河的故事。”袁鹭娓娓道来。

“你怎么知道得这么多，你从哪里得来的？”卢伟问。

“听这里的人说的呀。”袁鹭回答。

“道听途说，不足为信，况且那都是神话传说，是后人的附会之词，又有几分是真的呢？”卢伟不以为然。

“是真的，不信你可以去看这里的县志，上面有记载的。”袁鹭说。

“是吗？那我有时间要好好看一下。既然是传说，真的假的又有什么必要分得太清呢？反正这样一个美丽的地方加上这样一个美丽的传说就显得更加迷人了。想不到我们现在驻足的地方竟然是后羿射日、嫦娥奔月的地方，真的不可思议。”卢伟兴奋地说。

“也许是天意吧。”袁鹭深情地说，她已经有些害羞了。

“什么天意？”卢伟不解地问。

“如果你是那含泪的射手……”袁鹭小声提醒。

“哦，真的，怎么那么巧合。但我更像是那只白鸟，而你就是那个含泪的射手。”卢伟说。

“不是巧合，是命中注定。而你就是那个射手，我才是白鸟，那嫦娥，为你的欢乐而笑，为了你的痛苦而哭。”袁鹭说话的时候身子自然地向卢伟倾斜并想要靠上去的样子，眼中充满幸福的光。

“但是嫦娥如果知道自己终要奔月，在一开始就不要爱上后羿。”卢伟用手挡住了袁鹭靠过来的身子。

“但是这个世界上有未卜先知吗？她已经爱上他，而且是义无反顾，除非是被抛弃，否则她是不会弃他而去。要不是后羿对她不好，她怎么会奔向寒冷的月宫独守空房呢？”袁鹭直视着卢伟问，眼中顿时充满失望的泪水。

“人总是要面对现实，懂得放弃。”卢伟无奈地说。

“我为什么要放弃？难道你那天说的是假的吗？”袁鹭追问。

“不，那是真的，但当时我很冲动。其实我们都很冲动，而冲动是魔鬼，感情在现实面前是不堪一击的，我们现在什么都没有。”卢伟说。

“我什么都不要，只要拥有彼此。”袁鹭开始哭了。

“不要闹了，我们什么都没有。”卢伟还是面无表情。

“够了，我算看清你了。就当我什么都没有对你说过，就算我们根本就不认识。”袁鹭说完站起来就走。

“袁鹭，你听我说。”卢伟追上去想解释，但袁鹭根本就不听，只是大步地向前走，就这样一会儿就到了大路边。卢伟还想挽留，但是袁鹭已经拦下了一辆车，卢伟无奈，只好送她上车。

他们就这样不欢而散。卢伟不知自己怎么了，面对这样一个可爱的女孩，自己竟然这样绝情，这不是他的风格。他这样一边想一边往回走，不知不觉就回到了小站。

李站长一见到他，就严肃地问：“你把她送走了。”

“送走了。”卢伟心不在焉地说。

“玩的还高兴吗？”李站长又问。

“还行吧。”卢伟回答。

“对了，你在学校谈过女朋友吗？”李站长笑着问。

“没有啊，你为什么问这个呢？”卢伟有些不明白。

“没有就好，你们年轻人啊，事业还没有成就，最好不要谈对象，省得浪费时间，自找麻烦。”李站长意味深长地说。

卢伟觉得李站长话中有话，但也没有多问什么，只是嗯了一声就走开了。

“造纸厂的事情我们不能再等了。下周一我们就去县里问，如果还没有结果，我们就去法院，申请强制措施，你准备一下。”李站长说完就走开了。

查封造纸厂

关于禁止秋叶厂排污的事情迟迟没有结论，李站长和卢伟来到环保局就直接进了局长办公室。

“您好，局长，打扰一下，我找您就是想问一下秋叶造纸厂非法排污的事情处理得怎么样了？”李站长一进门就开门见山。

“噢，是老李啊，你先不要着急，坐下来听我慢慢地讲。”局长的表现还算热情，请李站长和卢伟在沙发上坐了下来。

“这个秋叶造纸厂排污量大，排污时间长，对秋水湖水域的生态环境影响很大。调查报告我们已经早都报上来了，您应该看到了吧？”李站长心里很着急，匆匆地问。

“哦，秋叶厂啊，这件事我知道了，你们的调查报告我也看到了，这件事我们正在处理当中。你知道，凡事都要讲程序，现在还没有批下来呢。”局长无奈地说。

“我们已经等了两个多星期了，还要等多久？”李站长不解地问。

“我也和你们一样着急呀，但是没办法，我们还得一级一级地报告吗？”局长说。

“这办事效率也太低了。”坐在一旁的卢伟插话了。

“哦，你是刚来的志愿者吧？高才生啊，果然是初生牛犊不怕虎啊。不过年轻人，有些事情并不是你想象的那样简单，有些道理也不是你在书本里学的那个样子，凡事要具体问题具体分析，不可冲动，早下结论。”局长笑着说。

“那么在结果还没有出来之前，我们最起码得采取强制措施来防止污染进一步恶化啊，要不然将来造成的损失将是无法挽回的。”李站长急切地说。

“采取措施了，怎么没有？我早就给厂里的领导打电话了，让他们保持克制，尽量少量排污，不要超标排污。”局长显得有些不耐烦。

“但是污水还在排放，污染还在扩大啊。”李站长说。

“我不是说过吗？在处理结果出来之前，我们只能要求人家尽量少排污，不要超标排污，但是在县上领导没有做出批示之前，我们无权查封人家的厂子。老李啊，你是老同志了，在咱们站上工作了几十年了，应该懂得这个道理吧？”局长说话的语气像是在责怪下属。

“那么现在怎么办，难道就这样死等吗？”李站长极力克制住自己的愤怒，痛心地说。

“是要等，但是不是死等，你要有信心，结果是一定会有的，你要有耐心一点。”局长说。

“我看这样吧，与其坐着干等，还不如在结果出来之前找公安、工商等部门联合起来执法比较容易一些。”李站长说。

“你想干啥？你是想抓人还是想吊销人家的许可证啊？谁给你这么大的权力？这么点儿小事你就要搞得满城风雨，你有没有注意群众影响和县上的建设大局？”局长终于动了怒。

“怎么是小事？秋水湖的治理可是关系到当地千秋万代的大事啊，要是现在不赶紧采取措施的话，秋水湖的污染是永远无法恢复的。”李站长也压不住心中的怒火了。

“老李啊，你这是什么意思？难道是我不想管吗？我这不是也在想办法吗？你的心情我能理解，其实大家都在着急，你是老同志了，应该理解我们工作的难度，应该服从组织安排。这样吧，我现在派人去县委问一下，看文

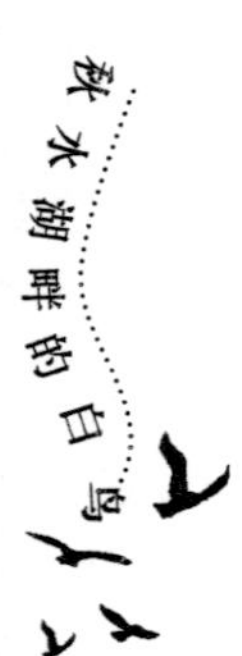

件批下来没有，你们先在这里等一下。”局长强压住火气，语气缓和了许多。

这里不可能再待了，李站长和卢伟都这样认为。他们出了环保局，就到公安局、工商局咨询了一下。两个单位的人都说这件事属于环保局管，应该由环保局出面来解决比较合适，他们不好直接插手，当然如果在执法过程中遇到什么困难他们可以出面协助。他们又去了法院，法院的人说：这是行政执法问题，还没有进入司法程序，法院暂时还无权过问，否则就是司法干预行政，所以这件事还得由环保局先解决。李站长看到求助无望，就和卢伟回到环保局，在一个老同志的家里休息了一下。李站长在这里工作了几十年了，真正靠得住的朋友还是有的。

下午，局长派人来通知说县上领导的批示下来了，要召集李站长与局里的几个主要负责人员召开一次临时会议，讨论如何处理秋叶造纸厂超标排污的问题。在会上，局长特别强调了县委、县政府的批示：请环保局顾全大局，结合本县实际情况依法行政，妥善处理好这件事情。会议经过讨论最后决定，成立以环保局副局长、污水排放综合治理办公室主任为组长，以局里和站上的几个同志为成员的专项执法小组，赴现场调查处理。李站长当然是成员之一，卢伟因为不是他们的正式工作人员，所以未被列入成员名单，但是他可以和他们一起去协助工作。临行时，局长特别强调只是依法办理，不可把事情闹大。

秋叶造纸厂就建在秋水湖边上，厂里的取水用水都是来自于秋水湖，用过的污水也直接排放到了秋水湖里面。执法人员到达现场的时候，看见污水还在不断地向湖中排放。他们先去找厂里的领导，厂长不在，副厂长接待了他们。组长赵主任向厂方出示了工作证、执法文件等，向厂方直接出示了该厂的污水排放严重超标，严重污染环境，应当依法立刻停止排放，等待净化处理后才可以排放或者自己修建污水池的决定。这位副厂长先是表示厂长不在，自己做不了主，再就是托词说厂里的污水净化设备还没有建设好，拖延、拒绝执行环保局的决定。组长赵主任急了，命令执法人员马上关闭该厂的所有设备，切断排水管道，责令厂方立刻停止生产，等待污水净化设备建成后再恢复生产。

那位副厂长一看有些害怕了，急忙说：“各位领导，有话好好说，一切都还可以商量。”并拿出建厂时与政府签的协议，其中有一条这么规定：厂方在投入生产后两年内可以免费取水用水，废水可以自行处理，政府不收任何税费。厂方以此为挡箭牌，试图与执法人员抗衡，最后还指出污水采样化验单中的数据不明确，无法证明该厂排放的污水超标，拒绝履行自己的义务。

赵主任被唬住了。厂方提供的协议上是这样写的，那是当初政府为了吸引外资而做出的一项临时性优惠政策。其本意并不是放纵甚至鼓励企业滥用乱排污染水资源。不过这条政策确实在制定上存在漏洞，这才被厂方抓住把柄，作为今天在执法过程中的护身符。一条好的政策，到了厂方嘴里却变了味，但是赵主任一时却无言以对。

“自行处理不等于任意排放，企业的一切行为必须符合法律和政策的规定，况且政府在协议里明确规定是要你们厂方处理污水而不是将超标的污水直接排放到湖中。”卢伟在一旁小声提醒。

“对，政府是有这么一条规定，那是给你们投资方的一种优惠政策，但这并不是放纵你们滥用权利、污染环境。而且，你们厂方作为政策受益方，也应当担负起处理污水、保护环境的社会责任，将经济效益与社会效益结合嘛。”赵主任义正词严地说。

副厂长终于软了下来，缓了口气说：“那是，那是，凡是政府要求的工作，我们一定大力支持，在以后的工作中我们一定注意。”

赵主任下令暂时封闭厂里的设备，进行停业整顿，什么时候把污水处理达标了再恢复生产。

那位副厂长见要封厂，马上着急了，急忙说：“赵主任，不要着急嘛，有话好好说。我们厂子是经县上领导批准的，是今年的投资大户。你们如果现在就将我们厂查封了，对上边恐怕也不好交代吧。我们要是撤回了投资，大家的损失可都很大了。况且有这么多兄弟在我们这里上班，他们还得养家糊口呢，你们要是将他们的饭碗给砸了，他们就得找你们要饭吃去了。请赵主任以大局为重啊。”

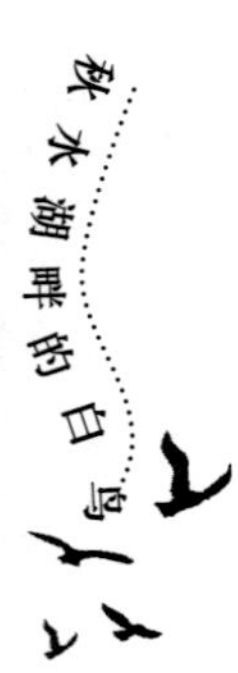

“我们是依法办事，这与政府的政策并不冲突。你们厂如果能依法生产，我们自然不会为难，还会支持你们，但是，如果你们违法生产，我们是绝对不会坐视不管的。你们的行为已经违法，应当依法马上停止。给你们说实话，我们这次专门执法，是经过县上领导批示的，你们不要老是拿领导来压人。”面对厂方的威胁，赵主任并不畏惧。

“但是我们并没有违法啊。”那位副厂长狡辩说。

“你们超标排污就是违法。”赵主任说。

“好，好，就算你说我们超标排污，违法生产，但是，我们以后在生产中注意一下，将污水排放指标降下来就是了，没有必要一棒子打死，现在就关闭我们的厂子吧。再说了，你们不为我们厂子着想，也要为厂里的百十号人着想呀，如果我们的厂子倒了，这些人就要失业，到时候，他们谁来管呢？”

但是形势并没有朝好的方向变化，双方只是僵持着。就这样过了好久，李站长见没有人敢出面阻拦，就对身后的执法人员说：

“走，关闭机器，切断排水管道。”

执法人员终于暂时关闭了造纸厂。在这以后，卢伟对李站长的认识又加深了一层，以前他一直认为李站长有些迂腐，虽然人不错，挺关心人，却也很严格，凡事都讲一些条条框框的老规矩，但是今天他却显得那样大度，那样干练，富有工作经验，看得出他在群众中的威望很高。经过这件事，卢伟也直接了解到在农村基层工作中的困难，但他并不害怕，只是觉得很有必要向老同志们学习，之后，他在工作中一定要更加努力，力争不落人后。

卢伟本打算这段工作完了之后去找袁鹭的，没想到事情会这样复杂，难以收拾，他也就忘了那些事情。上次的不欢而散，他知道，自己伤了袁鹭的心，但他不是故意的，这是没有办法的事情，他不能欺骗自己，不能欺骗袁鹭，更不能欺骗感情，所以他做出了那件自己不愿意做但又很无奈的事。他想亲自向袁鹭解释，但又不知从何说起。

但是袁鹭并不这样想，从卢伟那里回来之后，好长一段时间，她一直沉浸在痛苦之中。从她与卢伟的谈话中得知：卢伟有过女朋友，而且不止一个，更要紧的是他与最近的一个女朋友还保持着联系（卢伟并没有告诉她自己已经与女朋友分手了）。她甚至认为卢伟是一个无情无义的人，认为他平时对女孩子的好只是逢场作戏，只是欺骗女孩子的感情而已。所以袁鹭感到绝望，她平生第一次向一个男孩子敞开心扉，却得到拒绝，她的心中一片冰冷。

在一片迷惘中，袁鹭拨响了孙浩翔的电话："我现在很烦，你能陪我一下吗？"

"我愿意在任何时间陪在你身边，只要你愿意。你的痛苦就是我的痛苦，你说吧，我愿意与你分担。"凭着对女人心情敏锐的洞察力，孙浩翔猜出了袁鹭一定有心事。

"不，不要你分担，只要你能陪我一会就行"。袁鹭不知道自己为什么要这样做。说实在的，她对孙浩翔并没有什么好感，在自己心情好的时候，甚至都想不起这个人，但是在痛苦的时候，她真的需要一个人来陪，听自己倾诉，所以就想起了孙浩翔。她不知自己为什么突然变得如此随便，如此依赖一个男人。在以前，面对无数男生的追求，她始终能够保持冷静的头脑，但是今天，她却突然轻易地给了一个男生一个机会，甚至是主动请求别人侵入自己的心灵。她不知道这是对卢伟的报复，还是对自己的惩罚。

孙浩翔放下电话就跑出办公室。他是一个很守纪律的人，要是在平时，他即使没有工作可干，也要坚持到下班时间才走，但这次他却顾不了那么多。也许他真的是中了爱情的魔，鬼迷了心窍。

孙浩翔将袁鹭从单位接了出来，陪他一块逛街。袁鹭很少说话，孙浩翔问什么，她都只是"嗯，嗯"回答，要么就干脆什么都不回答，只是本能地迈着步子，眼中充满了失落的神情。孙浩翔看得出袁鹭很伤心，猜她一定是感情出了问题，但是任他旁敲侧击也问不出什么，干脆就不再问了，只是陪着她漫无目的地走。他们就这样在河滨公园里走，谁也不知道该往哪里走，只是两个人都不约而同地选择了同样的方向，这也是他们之间产生的第一次默契。

河滨公园是建在秋水河边的公共场所，两边柳树成行，中间有花圃、草坪和石凳，环境安静优雅。因为今天还是工作日，所以公园里的人并不多。孙浩翔就这样陪着袁鹭在公园里慢慢地走着，或许两个人都有心事，无心欣赏风景。这天的天气并不晴朗，天空灰蒙蒙的，太阳偏西了，只留下一个圆晕。凉风轻轻地吹着，不时带来一些黄色的叶子。秋水河的水静静地流着，从岸上看显出一片灰色的沉静，从那些深绿色的河滩上，不时飞起一只只的白鸟……

“怎么能让我遇见你，在我最美丽的时刻。为此，我在佛前祈求了五百年，求佛，为我们结一段尘缘……”

袁鹭像是在自言自语，从口中轻轻呢喃出几个断断续续的句子。孙浩翔不知道她在说什么，但又不好意思问，只好用好奇的目光看着袁鹭，希望从她的脸上看出些什么。

“而当你终于无视地走过，那落了一地的，朋友啊！那不是花瓣，那是我凋落的泪。”袁鹭还是自言自语地念着，好像她的身边并没有人存在，只是她的眼中充满了泪光。

“你怎么了，袁鹭？”孙浩翔关切地问。

“没，没什么。”袁鹭像是从梦中刚醒来，低声说。

“从你刚才的话里，我已经听出你的心中一定有什么难言的痛苦，只是我读书太少，不知其中意思，你能不能说得明白一些？”孙浩翔说。

“没什么，反正你听不懂，说得明白不明白也没有什么关系，又何必说清呢？”袁鹭摇摇头说。

“但是我真的想听，请原谅我的冒昧，我不是故意打听你的隐私，但是我真的想知道究竟发生了什么，我想替你分担忧愁。说吧，袁鹭，说出来会好受一点。看到你一言不发的样子，我的心好痛啊。”孙浩翔恳切地说。

“我真的没什么，只是心中不好受，你不要胡乱猜。”

“不会的，人不可能无缘无故地痛苦。”

“那好，我问你一个问题。”袁鹭理了理额前的头发说，“假如你喜欢上一个人，而她又不喜欢你，你将怎么样？”

“我会锲而不舍地追下去的。”

“但是她不喜欢你啊。”

“她也许一开始不喜欢我，那可能是因为她还不了解我，并不代表她永远不会喜欢上我。爱情是需要培养的，我相信：精诚所至，金石为开，总有一天她会被我的诚意打动的。”

“但是当她正在爱着另一个人呢？”

“我会让她在两个人之间选择。”

“但如果她选择的不是你呢？”

“你怎么知道她选的一定不是我，况且开始的选择并不代表最后的结局，如果她一开始并没有选择我，那么我会与另一个人公平竞争的。”

“追求一个没有希望的爱情，你不觉得无聊吗？”

“不，这是珍惜，只因为太在乎，所以不会轻易放弃。”

“那么，在你爱的人和爱你的人之间你将如何选择呢？”

“怎么说呢，一方面，如果我爱一个人，我会为她付出一切，但是另一方面，爱情是不可以强求的，如果我真的挽不回她的心，我也会放手，只要她幸福，我也会幸福的。至于爱我的人，我不是说过吗，感情是需要培养的。”

“哦，我明白了。”袁鹭若有所思。

“你叫我出来难道就是问我这些吗？”孙浩翔反问。

“不仅仅是这些。其实我并不赞同你的观点。感情是要讲究缘分的，如果没有缘分，再追求也是徒然。”她挑了一个干净的长椅坐下说。

“难道你要放弃他吗？”孙浩翔问。

“谁？”袁鹭反问。

“别装了，其实你刚才已经说了，只是还没有说明而已。”

“没有，我只是随便说说罢了。”袁鹭有些慌张。

“但是我认为你是认真的，你不要骗我，也不要骗你自己了。感情是不可以逃避的，你必须去面对，必须做出选择。”孙浩翔认真地说。

“不要说了，我的心里很乱，我真的很痛苦。”刚刚恢复平静的袁鹭又陷入了痛苦，她用手捂着头，大声地说。

“你痛苦恰恰是因为你将什么事情都放在心中，而不愿说出来，不敢去正视它，该追求的就不要考虑太多，该割舍的就不要觉得可惜。”孙浩翔也大声说。

“你不要管，我的事情与你有什么关系？”袁鹭有些歇斯底里。

“对啊，你的事情与我有什么关系，我只不过是自作多情而已。谁让我这么没有出息，听见你哭泣，我的心里就开始滴泪，看见你不高兴，我的心就开始痛，这都是我自作自受。”孙浩翔说。

“不，不，这是为什么，为什么会这样？”面对孙浩翔表白似的话语，袁鹭感到一种突如其来的震撼，她知道这个男孩子对自己有一点意思，但是她并不喜欢他。她该怎么办呢？他已经展开攻势，而她还没有准备好。面对那一双激动而炙热的眼神，她满脸泪痕，全身在发抖。

“不为什么，只因为我在乎你，袁鹭。”孙浩翔深情地说。他伸出双手，想拥抱袁鹭摇摇晃晃的身体。

“不，不，不要这样。”袁鹭本能地躲开。她不知道是应该接受还是应该拒绝，她的心里更加矛盾了。

“袁鹭，我喜欢你，我爱你，从见到你的第一天起，我就知道你就是我今生的唯一。”孙浩翔的双手在袁鹭的面前停下了，他在等待她的回应。

“不，不是的。”在孙浩翔的手快要触到袁鹭肩膀的时候，袁鹭突然闪开了，趴在长椅的背上哭起来。

“你不要来安慰我，小孙，我知道你是个好人，但是不要用这样的话来哄我，我不是你想象中那样好的女孩，我会令你很失望的。”袁鹭哭泣着说。

“不，我是认真的，我不是在安慰你，我说的都是真心话。袁鹭请相信我，我知道自己在做什么。”孙浩翔说着将手轻轻地放在了袁鹭的肩上。

这次袁鹭没有拒绝，但也没有做出任何回应，只是轻声说：“你知道我爱着另一个人。”

“我和你一样执着，明知道自己追求的是一段没有回报的爱情，但我们都不会放弃。”孙浩翔深情一笑。

“你怎么知道我不会放弃？”袁鹭问。

“你如果打算放弃，现在就不会这样伤心了。”孙浩翔说。

“为什么会这样？我也不愿意自己这样痛苦与纠结，但是我又无法欺骗自己的感情。”袁鹭说。

“也许这才是真正的爱情吧？”孙浩翔说。

“难道爱情就意味着无尽的痛苦吗？”袁鹭问。

“不，那是因为我们都在追求自己的幸福。”孙浩翔说。

袁鹭不再说什么，只是静静地看着孙浩翔，眼中充满了温柔而迷茫的神情。过了一会儿，她才说：“你知道他是谁吗？”

“不管是谁，我都会和他竞争的，不过我还是想认识他。”孙浩翔自信地说。

“他……其实你也认识，他就是卢伟。”袁鹭下了很大的勇气才说出他的名字，而且还是害羞地低下了头。

“是他！”孙浩翔很吃惊，据他所知，他们认识时间不长，感情会发展得那样快吗？而且自己竟然还不知情，真是太不可思议了。

“你们以前认识吗？”孙浩翔问。

“不，其实我认识他的时间并不比你早，但是从我看见他的第一眼起，我就莫名其妙地喜欢上了他。或许我根本就不该认识他。”袁鹭失望地说。

“你应该感到高兴才是啊，他是个很不错的男生。”孙浩翔说。

“只是他……”袁鹭没有说下去。

“你应当坚持，不应该轻易放弃。”孙浩翔说。

“你真的希望我这样吗？”袁鹭问。

“不，说实在的，你追他并不是我希望的，而是我害怕的，其实我真的希望你赶快放弃他，这样我就有机会了。请不要笑我的小气，因为我爱你，而爱又是自私的。但是我不强求你，你有追求爱的权利。你看我多么矛盾。”孙浩翔笑着说。

“那么你呢？”袁鹭问。

“我跟你一样，也不会放弃的。”孙浩翔说。

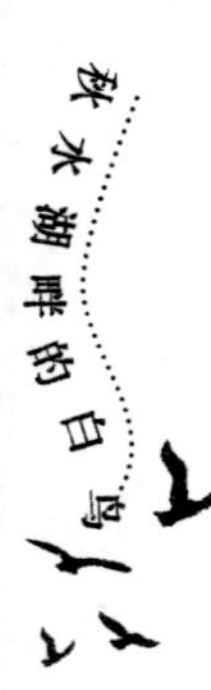

袁鹭不再说什么，她俯下身子，用手撑着头，静静地看着河堤下慢慢流淌的河水，在那里应该有许多细碎的声音吧？孙浩翔也不再说什么，他的目光从袁鹭的身上移开，看到远处的太阳已经落了，雾霭升起，大地渐渐入睡。其实万物何曾睡去，只是在酝酿一场更大的爆发罢了。

六

在水一方

国庆节快要到了，卢伟终于可以有了一个较长的假期，他想回家看看父母。况且今年的中秋节正好在“十一”黄金周，他终于可以在家里与亲人过节了，这该是多么令人高兴的事情啊！这几年，因为在外求学，再加上时间总是赶不上，中秋节他一直是在外面过的。和家人团聚，在一起吃月饼是他做了好长时间的梦了。所以这次，卢伟非常期待这次长假，等待着圆梦的这一天。每一次，当他闭上眼睛，都好像可以看见亲人的笑脸。

这几天天气一直不错，太阳总是金灿灿的，天上没有一丝云，蓝得清澈，蓝得深邃。偶尔在天空还可以看见几只向南飞去的鸟和几片飘落的叶子。天气不冷不热，正适合出行。卢伟这几天待在站里一直没有事情可干，闲得无聊，想到好几天没有看见关萍萍了，真有点想她。自从上次去萍萍家以后，他就再也没有见过她了，前几天工作很忙，一直没有抽出时间去看她。而关萍萍似乎也很忙，也没见她出来过。还有一件事，那就是上次约袁鹭到秋水湖边玩了一个下午，他一直为此事感到内疚。他是喜欢关萍萍的，但是却和另一个女孩子约会，这似乎有些不妥。还好，他没有和袁鹭发展到恋爱的程度，想到这里，他的心里稍微有了一些安慰，但是不管怎么说，他的心里总是像堵着一些什么。他觉得自己不够单纯，不够诚实，对不起她，

所以也就没有去找她。

这天刚好是周五，卢伟想关萍萍一定不是很忙，还待在她们的乡村医院里，就决定在这个时间去找关萍萍。因为这个时候医院里的人一定很少，正是一个见面的好时机。

卢伟住的地方离关萍萍的医院并不远，步行半个小时就到了。今天站里没有事情，卢伟在站里待不住，他急切地想见到关萍萍，下午两点钟就出发了。今天的天气依然不错，阳光很好，空气很清，远近的景色尽收眼底。但是卢伟并没有心思欣赏景色，他的心早已经飞到关萍萍那里，所以一路上走得很快。当他到医院的时候时间还早，从看门的老大爷口中得知：关萍萍出诊去了，还没有回来，卢伟只好在院子里等。

这个院子不大，用砖墙围着，里面是一栋三间两层的旧楼房。院子里没有人，很静，卢伟在院子里随便走着，一边看着院子里的布置，一边在脑子里猜想着关萍萍到底什么时候回来。院子的地面是土的，只有在角落里有两个用砖头砌成的花坛，虽是秋天，花坛里的花却开得正艳。院墙底下种了几棵洋槐树，看样子好长时间没有修剪了，显得参差不齐。医院的房子是用砖建成的，外面没有刷涂料，已经很旧了，红色的墙面都长上了斑驳的青苔。房子的窗户也很旧了，有的玻璃都缺损了。卢伟从开着的窗户望进去，房子里的设备也很简陋，好像只有一张病床和几个装着药的柜子。不知怎么，卢伟忽然想起了小时候在老家，爸爸带他到那里的乡村医院看医生，见到的房子也是这个样子。但是那些情景离现在已经很远了，而今天在这里忽然又发现了同样的房子，时间有时候走得那样快，但有时候又像是从未改变。

不知什么时候，关萍萍回来了，她对卢伟的到来感到很意外，但是也很惊喜："你怎么找到这个地方的？"

"我是向这里的乡亲打听才找到这里的，原来离我工作的地方并不远嘛。"卢伟笑着对她说。

"那让你久等了，不好意思。"关萍萍笑着说。

"应该是我打扰了你的工作，我才有些不好意思。"卢伟连忙解释说。

"哎，对了，你找我有什么事吗？"关萍萍问。

“没什么事，只是好久不见你了，想找你聊聊。”卢伟说。

“好啊，今天是星期五，正好有时间。”关萍萍说。

“那么好吧，我们正好可以出去走走，今天的天气不错。”卢伟说。

“行啊，不过你等一下，我先将东西收拾一下。”关萍萍说。

“好，我在这里等你，你快一点儿啊。”卢伟说。

卢伟在大门口等了一会儿，关萍萍换了一件衣服就出来了。卢伟就陪着她走出了院子。

“去哪儿？”关萍萍问。

“你决定吧，反正你对这里熟悉。”卢伟说。

“好吧，你就跟着我，小心别走丢了。我今天带你到一个你绝对想不到的地方。”关萍萍神秘地说。

“那好啊，我就跟定你了，失踪了也有你陪啊，我甘愿做你的护花使者。”卢伟笑着说。

说走就走。他们一起走出了村子，沿着乡间小道向河边走去。路很窄，不好走，长满了杂草，关萍萍在前边引路，卢伟在后面跟着。秋天的田野一派丰收的景象，大片的玉米整齐地立着，露出了红色的须和金色的粒。一块块绿油油的菜地，像春天一样充满生机。不一会儿就到了秋水湖的源头——秋水河边上。

卢伟几乎天天都能看见秋水湖，但是从来不知道秋水湖的水源在什么地方。这次，他终于见到秋水湖的水源了。秋水河的水很清，虽然这里靠近田地，河岸都是河水冲积成的土坝，但是这里的土质很黏实，泥土并没有被冲到水中变成污泥，这大概就是秋水河的好处吧。河并不宽，站在河岸上可以清楚地看见对岸的田地和村庄。河岸上长满了草，人踩上去觉得很软，很舒适，就像踩在羊绒地毯上一样。河水很缓，可以看见层层粼光。而关萍萍不时捡起小石子，投入湖中，激起点点水花。

他们沿河而下。崎岖的小路时有时无，不过在草滩上，走哪里都一样，没人管你。河流愈到下游就愈宽阔，水也变得愈深，颜色愈暗。

“你看，梦想就在眼前。”关萍萍指着远方说。

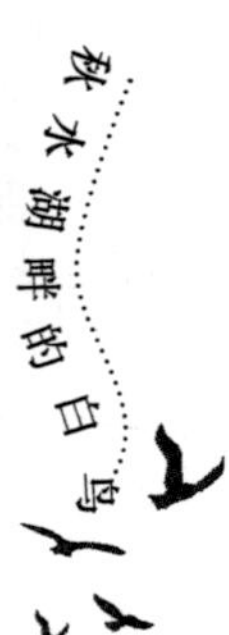

顺着关萍萍的指向，卢伟望去，看见在很远的地方，几乎是与天相接的地方，有一条蓝色的线被两端的山扯开，整个景象就像是一只展开翅膀的大雁。

“那是什么啊？”卢伟惊喜地问。

“那就是秋水湖啊，你不是见过吗？”关萍萍说。

“秋水湖不是很宽吗，为什么看起来那样狭长呢？”卢伟问。

“谁说秋水湖不够宽，你一会看见就知道了。”关萍萍说。

他们说着笑着，在草坪上走。河流七拐八拐，看不到尽头，河边有钓鱼的孩子，河岸上是野茫茫的一片没膝的野草。听关萍萍说，这里以前是一片稻田，但是一到秋天河水会涨，就会淹没田地，所以后来就没有人种了，现在荒芜成一片草地。离河远一点的地方种着成片的白杨树，显然是刚栽的，还不是很高，但是很整齐，叶子都黄了，像一片黄色的火。

他们在草地上走了大约半个小时，才看见突然开阔的水面，再回头望去，自己已经在水的中央了。原来他们走到了一个突出水面的“半岛”的尽头，三面全被湖水包围。水面的颜色由远及近依次呈现白色、蓝色和灰色。站在水边，看见风将水面吹起层层的波纹，卢伟感到自己在动，就像坐在船上向前行驶。

“你知道这个湖为什么叫秋水湖吗？”关萍萍问。

“不是传说中后羿射日和嫦娥奔月的故事吗？听说秋水湖的名字与这些有关。”卢伟说。

“这些只是民间传说而已，但是你从这个名字分析，它的原意就是秋天的湖泊。”关萍萍说。

“这个怎么说？”卢伟不解地问。

“你不知道吧，这个湖不是天然形成的，而是人工拦截秋水河的水形成的。原本秋水河是从这些群山之间穿过的，流向很远的地方，而这里的土地一直都受到干旱的困扰。后来人们想到了在山间筑坝将河水堵住，慢慢积水就形成了这个秋水湖。但是在湖底被水淹没了许多的小山，在像这样的多水季节，那些小山就自然会被水淹没在湖底，人们看不见，这个湖自然就是一个湖，但是在缺水的季节，湖水下降，湖面变小，从天空看就像一个小水塘。秋水湖的名字就是这样得来的。”关萍萍娓娓道来。

“但是我没有看见它变小呀？”卢伟问。

“那是因为这是在多水季节啊。等到枯水的季节，你就能看见这个湖面变小了很多。”关萍萍解释说。

“哦，原来是这样啊，我来的时间不长还没看见过湖水的变化。”卢伟说。

“我经常梦见自己变成一只白鸟，飞上了天空，看见了秋水湖的全貌。”关萍萍兴奋地说。

“笑话，梦怎么能作为证据呢？”卢伟还是追问不停。

“如果你相信它是真的，它就是真的。”关萍萍固执地说。

“有意思，好吧，那么我就相信你一次。”卢伟笑着说。

关萍萍没有说话，她只是看着卢伟发笑，她觉得这个人很有意思，因为他是她今生见过的第一个相信她的傻话的人。他们肩并肩蹲在湖边，看着一片白茫茫的湖水发呆，谁也没有说话。一波连一波的浪从远处涌过来，在岸边发出哗哗的声音，声音轻快而富有节奏，那种声音有一种沁人心脾的震撼力。关萍萍伸出手，掬起一捧水，又轻轻松开手，让水从她的指间滑落，反复地玩着。而卢伟则用一根草在水中摇来摇去。

远处的湖边长满了茂盛的水草，陆地的大部分已经被水淹没了，变成了沼泽地。湿地上有几只水鸟，有的在低头觅食，像辛勤的农民；有的在金鸡独立，像高贵的公主；而有的展翅欲飞，像飘然的仙子。

“蒹葭苍苍，白露为霜……”关萍萍自言自语地念道。

“所谓伊人，在水一方。”卢伟接着她的话语念道。

关萍萍不知为什么突然害羞似的红了脸不再出声了，只是低下头继续玩着水。

“你怎么忽然想到这首诗呢？”卢伟问。

“我看见对岸的芦苇，所以才想到这首诗。”关萍萍指着对岸说。

卢伟这才想到“蒹葭”这个词原来就是芦苇的古称。他不得不佩服关萍萍的想象力了，不过他并没有将自己的情绪表露在外面，而是问：“但是那

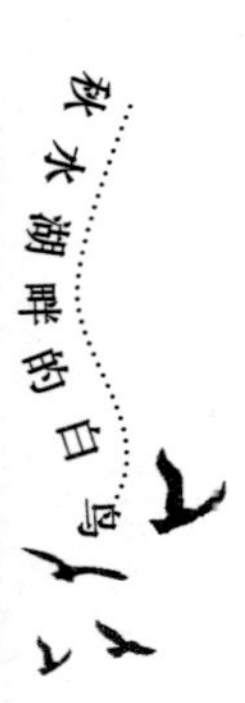

里没有露和霜啊。”

“我这就给你撒一些露，经风一吹不就变成霜了吗？”关萍萍一边俏皮地说着，一边用手沾了水，向卢伟的头上撒去。

“哎，你为什么要往我的头上洒水呢？”卢伟一边忙着躲，一边大声问。

“难道你不是‘芦苇’（卢伟）吗？难道你不是蒹葭吗？”关萍萍说着咯咯地笑了。

卢伟又好气又好笑，关萍萍太机灵了，自己又上了她的当，他想报复她一下，但又没有想到合适的手段，只好想了想说：“难道那些水鸟能叫作‘伊人’吗？”

“难道它们亭亭玉立的样子不像美人吗？”关萍萍知道卢伟在说自己，但她故意装作不懂，顺着他的话题反问。

“是啊，它们是很像。但是我说的是真的有一位美人在那里让我去溯游从之。”卢伟说。

“没有啊，那里并没有人啊？”关萍萍红着脸说。

“你还没有发现吗？其实远在天边，近在眼前啊。”卢伟风趣地说。

“哎呀，你太坏了，又拿我开玩笑了，我不跟你说话了。”关萍萍假装生气，甩开手就走。

卢伟也跟着她走去，他没有多解释什么，只是继续沉默着陪她走。他知道关萍萍并没有生自己的气，只是不好意思再说下去而已。虚伪是女人的天性，而撒谎又是她们的天赋，其表演的技能不亚于任何一位艺术家。她们可以用最拙劣的手段让最聪明的男人把心掏出来给她们看。所以卢伟觉得任何解释都是多余的，爱是一切问题最合理的答案，他唯一要做的就是静静地等她的回应。但是关萍萍的羞赧与矜持更说明她已经动了心，这更加给了卢伟进一步表达爱意的信心和勇气。

其实关萍萍并没有走多远就停了下来，背对着卢伟站着，两只手握在一起揉搓好像不知道往哪儿放似的。从她赤红的耳郭，卢伟可以猜出关萍萍的脸一定是红透了。

“萍萍，你真美。”卢伟在关萍萍背后轻声地说。

"啊，不。"关萍萍本能地尖叫起来，她平生第一次听见一个男孩子这样称呼自己。她的心不由得跳得更快了，脸变得更加火辣辣的，不禁将头埋得更加低了。

"真的，萍萍，我说的都是真的，你是我见过最美的女孩，我喜欢你。我是认真的，请你相信我。经过这么多年，这么多天，我才发现你是我真正要寻觅的人。只有在与你在一起的这几天，我才感觉自己是真正生活过的。"卢伟走到关萍萍的面前，用温和的语气，认真地说。

"你要寻觅的人在水的一方，在远方的城市里，而我就在你的面前啊，你不用'追我'的。"关萍萍一语双关，其实她现在的心都快提到嗓子眼了，感到头晕目眩，她在极力控制自己的情绪。

"不，萍萍，你就是我的梦中的'伊人'，你就是我苦苦追寻的结果。虽然我们现在终于在一起了，但是你应该承认，我们才刚刚开始，我们还是在爱河的两岸，遥遥相望，我们之间还有许多的路要走，萍萍，请你等着我，我的心与我的船会慢慢地向你驶去。"卢伟深情地说。

"但是我们毕竟是两个世界的人，你终究要回到你原来的世界去，找到属于你的爱人，或者在那里继续寻觅。而我只能留在这里，继续我的生活。你真的很优秀，但是我配不上你。我们之间不会发生什么的，卢伟你不要冲动。"关萍萍把自己的语气控制得很冰冷。

"你不要装了，萍萍，我知道你的心里是有我的。而我，早就认定你是我今生唯一的爱人，萍萍，你不知道你在我的心里有多么的重要。我承认，我以前是有过女朋友，而且我也对她说过我爱她，但是我现在才发现我当时的爱是多么的错误。我爱过，也伤过，在经历了爱情的创伤之后我才发现什么是真正的爱情。今天上帝安排我找到了你，我终于找到了自己的真爱。萍萍，爱情是没有界限的，我们都是有血有肉的人，我们都有感情，不要让我们的感情被那些世俗观念所束缚，我们应当承认内心的感受，倾听内心的呼声。萍萍，不要再让我的心流浪了，不要再让我的爱虚无缥缈了，好吗？"卢伟抢上前一步一把抓住了关萍萍手，用火热的目光直逼着关萍萍的脸等候她的回答。

但是关萍萍只是低着头不语，眼睛紧闭着，她不敢面对卢伟如此逼人的热情。她的心在跳，全身在颤抖，有种摇摇欲坠的感觉，如果卢伟再上前一步，她说不定就会倒在他的怀里。但是卢伟并没有进一步的举动，他还是站在那里等待她的回应。而她并没有点头，也没有摇头，只是站在那里，手也没有抽走，他以为这就是默许了。其实如果他再靠近一步，她说不定就答应了，但是他没有，她很失望，但同时也感到安心，因为她虽然渴望，但心中很怕那一幕真的出现。

他们两个就这样站着，双手紧握，沉默不语。卢伟早就想拥关萍萍入怀，但是考虑到人家是农村姑娘，不像城里人那样开放，不能太鲁莽，弄不好就会弄出误会来。关萍萍早已经坚持不住了，但是卢伟的迟疑给了她控制情绪的机会，她静了静神，才发现自己的手被卢伟紧紧地抓着。她想抽开，但是面对卢伟热情的面孔，她的心又软了，理智和感情在心里纠缠着，她不知道该怎么办才好。她只是站在那里任凭卢伟握着自己的手，沉浸在一种从未有过的幸福与紧张之中。

许久，卢伟才从冲动的眩晕中醒来，为自己的举动羞怯不已。他松开了自己的手，不好意思地背过身去不知该说些什么才好。还是关萍萍先说话了：

“好了，天色不早了，我们回去吧。”

其实天色并不是很晚，只是天空有些阴暗，天空飘来一层薄薄的云，光线透不下来。湖水由深蓝色变成灰白色。远处起雾了，涛声变得更大了。从湖面上吹来的风有些凉。于是两个人就往回走。在路上两个人都没有说什么，只是肩并肩沉默地走着，就像两个做错了事的孩子，心跳得厉害，脸红得厉害，但却不敢向对方说。他们就这样在茫茫的草地上走着，向着来时的方向。

卢伟的爱情时光并没有想象中的那么浪漫。他和关萍萍工作的地方离得并不远，但是不能天天见面，关萍萍没有手机，所以他们也不能随时通信。他们都还有自己的工作要做，只有在周末的时候才可以小聚一下。就这样还得避人耳目，以免引起人们的议论，所以他们的恋情一直都是秘密进行的。

不过，暂时的分离反而会增加他们见面时的亲切感。好在两个人都是慢热型的，虽然相恋了，在心里总是思念着对方，但是并不奢望朝朝暮暮的厮守。他们就在这样的环境中小心翼翼但是甜蜜地相处着。

但是李站长还是发现了一些不太对劲的苗头，首先就是卢伟时不时请假，不知是在干些什么，工作时也心不在焉。再就是关萍萍有事没事老往站里跑，来了总爱和卢伟待在一起。李站长本就是一个思想传统的人，怕这两个小青年出问题。再加上他视关萍萍为自己的亲生孙女一样，他怎么会让她和一个初来乍到的城里的小青年学坏呢？所以他好几次都暗示性地批评过他们，但是两个青年人不知是听不懂还是根本不想听，依然我行我素，这令他很生气，但是也无可奈何。

这天，县团委组织志愿者们开展一次迎双节（国庆节、中秋节）的大会。原本是组织大家汇报工作，但结果却开成了吐槽大会。也许对他们这些刚毕业的大学生来说，这两个月来的现实与原先的理想之间的差距实在是太大了。原先他们梦想着能到这些边远的地区来服务，就是要将自己的所学用于实践，帮助这些落后地区尽快脱贫，没想到到了这里却被分配到一些整天无所事事的单位干一些与自己所学的专业根本就没有关系的琐碎事情。况且这里的人也没有想象中的热情，环境也没有想象中的好，于是原先的热情渐渐地被失落所代替。

当然，也有的志愿者从好的方面来讲，但是总感到不够深入，不够切入实际，只不过是在讲一些大话、空话罢了。卢伟没有发言，他感到没有什么事情好说。本来他就对这里的期望不高，也不想做多大的贡献，他来这里只不过是为了换一下环境，体验一下这里的生活而已。既然志愿服务只不过是人生的一次短程旅行，那么沿途遇到的不管是好的还是坏的事物也就应当坦然面对的。况且，作为一名志愿服务西部的志愿者，来这里是为当地服务的，不是来享受的，环境不好应该是意料之中的事情，学会吃苦耐劳应该是在这里最大的收获了。作为一个普通人，我们又怎能奢望自己会做出什么样的惊天动地的大事情呢？无论什么工作，都得从小事做起，干不了琐碎的小

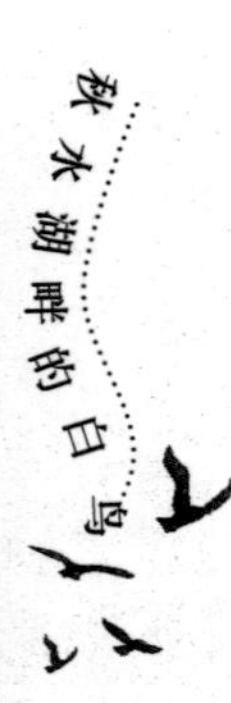

事，怎么会干大事呢？卢伟是这样想的，也就不再说什么了，在别人大声抱怨的时候，他只是在慢慢地品着茶，听别人说话，更多的时间则是在注视着袁鹭。袁鹭今天也没有多说什么，只是淡淡地谈了一下自己的感受，没有涉及实际问题，其实她本来就是一个不切实际的人。当她说话的时候，卢伟一直用目光注视着她，偶尔，袁鹭也用目光轻轻地装作不经意地扫视卢伟一眼，但是当她的目光与卢伟的目光相撞的一刹那，她就突然将目光立即收了回去，好像在故意逃避什么似的。

会后，所有参会的人在一起吃了一顿简单的饭，算是提前庆祝一下即将到来的中秋节吧（因为中秋节刚好在国庆节长假里，大家要各自回家，在一起聚一下几乎没有时间）。领导在饭前吩咐过禁止饮酒，所以吃饭的场面也不怎么热闹。袁鹭好像是在故意躲避着卢伟，故意没有和卢伟坐在一张桌子上，而是坐在另外一张桌上，与孙浩翔在一起。但是卢伟还是在关注着她，他知道她的心思：她不和他在一起是为了躲他，和孙浩翔在一起也是为了气他。其实卢伟的心里也挺不好受的，毕竟是自己对不起袁鹭，是自己伤了人家女孩子的心。说实在的，袁鹭是一个好女孩，人不但长得漂亮，而且很有才气，家是城里的，与卢伟也算得上是蛮般配的，他没有理由不接受她，如果没有关萍萍的话他也许会喜欢上她。但是爱情就是这样难以捉摸，只有每个人内心才能知道自己真正想要的。有时候，在别人看来是很合适的一对，但是就是不能产生爱情。而被别人说成是完全不搭边的两个人，却莫明其妙地相爱了，卢伟与关萍萍之间就是这样。如果从客观上讲，袁鹭无论从长相、学问、家庭环境等方面都要比关萍萍强，更与卢伟相配。但是命运有时就是这样捉弄人，连卢伟自己也不知道为什么就喜欢上了关萍萍而不是袁鹭。这一点卢伟是明确的，他懂得什么是爱情什么是友情。有一位朋友说过：在这个感情功利化的年代，在这个缺乏美女的地方对感情的要求不要太理想化，要现实一点。但是卢伟不这样认为，他要追求自己的真爱，哪怕是一条不归路，他也绝不后悔。

席间，坐在卢伟旁边的铁哥们小张偷偷地对卢伟说，袁鹭正在跟孙浩翔谈恋爱，还唆使卢伟也去追，说什么美女不要被别人抢走了（他不知道卢伟与袁鹭之间的事情）。卢伟不理会他，只是装作没事人似的淡淡一笑。说实在的，尽管他的心里并不觉得可惜，甚至还为袁鹭终于找到自己的感情归宿而欣慰，但是不知怎的，他的心还是有些失落，袁鹭这么快就有了自己的新欢，不知是早就和孙浩翔谈上了，和自己只不过是逢场作戏，还是和孙浩翔谈恋爱只是为了报复自己？卢伟不得而知。“脆弱啊，你的名字叫作女人！”卢伟在心里愤愤地念道，但是在脸上没有表现出任何的异常。

饭后，因为天空突然下起了小雨，县城里也没有什么好玩的，大家就各自散了。但是卢伟还不想走，他叫住了袁鹭，有话对她说。

“你有什么事吗？”袁鹭冷冷地问。

“没什么事，只是想问一下你这几天过得还好吧？”

“我很好，谢谢你，没什么事我就走了。”袁鹭说着就要转身走开。

“等一下，我还有一件事。”卢伟拉住了她。

“什么事，快说吧，干吗这样？”袁鹭的语气和表情冷得让人彻骨。

“我只是想问一下，你，你是不是找到了另一个，一个，我是指男朋友？”卢伟说话时有些结巴。

“找到了，又怎么样，这与你有什么关系？难道除了某一个人这个世界上就没有好男人了吗？”袁鹭的话带点讽刺。

卢伟本来心存怨气，又受到袁鹭的侮辱，心中的火噌的一下就上来了，他想发作，但是强忍了下去，只是用生硬的语气说：

“是的，这个世界上好男人多的是，你想和谁好就和谁好，何必为了一个人认真呢？”

“你……”袁鹭的脸忽地就红了，她用圆瞪的眼睛盯着卢伟，举起一只手就要给卢伟一个耳光，她从小还从未受过这样大的侮辱。

“袁鹭，你在干什么啊？”孙浩翔在远处叫袁鹭。

袁鹭没有回答，只是狠狠地放下手，气呼呼地转过身去，侧对着卢伟和孙浩翔，她大概是怕孙浩翔看见自己因生气而变得通红的脸吧。但是孙浩翔已经看见了卢伟，就走了过来，站在袁鹭身边对卢伟说：

“你好，卢伟！久仰大名，其实我们早就见过的，只是一直不太熟。”

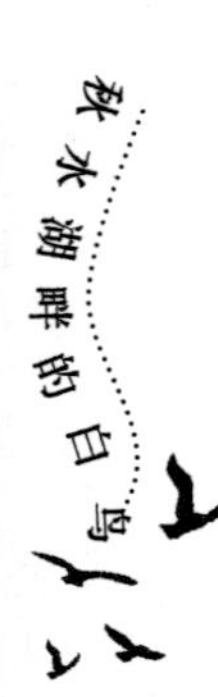

“你好，孙浩翔，你太客气了，见到你很高兴。”卢伟笑着说。

“天下着雨，我们回去吧。”袁鹭拉着孙浩翔就要走。

“哎，我和卢伟刚见面还没说几句话，怎么就要走呢？”孙浩翔并不知道在袁鹭和卢伟之间刚才发生了的事情，反而被袁鹭的举动弄得莫名其妙。

“有什么话以后再说吧，今天下雨，你们回去吧，我也要走了。”卢伟顺水推舟。

“原来你们早就认识啊，那就更要多说一会儿的。”孙浩翔还是不肯走。

“要说你们说吧，我先走了。”袁鹭一甩手走开了。

孙浩翔想挽留她，但是袁鹭走得很坚决，他也就不再说什么了，只是无奈地摇摇头。

“其实袁鹭一直都是很喜欢你的，她是一个好女孩，你为什么又要拒绝她呢？”孙浩翔开门见山。

“既然你都知道了，我就实话实说吧，袁鹭是个好女孩，但是却不适合我，她不是我要的那种女孩。感情是不可以勉强的，不过她选择你才是正确的。”卢伟说。

“我相信我会给她幸福的，不过，你后悔吗？希望你说实话。”孙浩翔问。

“我不后悔，因为我并没有爱过她。怎么你怕了？”卢伟笑着问。

“我为什么要怕？我只是替你惋惜，惋惜你错过了这样一个好女孩，不过你要反悔还来得及，她现在的心中依然还有你，只不过我多了一个对手而已。”孙浩翔说。

“这对你也许是机会，但对我却未必是，我很想与你竞争，但却不是在感情方面，我没有那个兴趣，也没有那个必要。真的，我和袁鹭之间没有什么，你不要有戒心，你应该大胆地追她，希望你能给她想要的幸福。”卢伟说。

“但愿你说的是真的，那就祝你好运。”孙浩翔说着伸出了手。

“我想是真的，祝你们幸福。”卢伟紧紧握住孙浩翔的手，像是在较劲。

法庭上的较量

“十一”假期之后，天空渐渐变得晴朗起来，秋高气爽，终于有了秋天的感觉。天空蓝得透彻，蓝得深邃，很少能寻找到云的踪迹。金灿灿的太阳照着，很暖和、很舒适。田野的庄稼、瓜果都成熟了，树叶子颜色一天比一天深，由绿变黄，再由黄变红，被秋风轻轻一吹，便漫天飞舞，仿佛翩翩的彩蝶。如果你站在阳光下，闭上眼睛静静享受这秋色，你会恍然若在梦中，好像又回到了鲜花盛开的春天。

卢伟在假期刚满的时候便回到了秋水湖。如果说在刚到秋水湖的几个月里他还有些想家的话，那么在国庆节假期在家的这几天，他又有些想念这个地方了，想念秋水湖，想念秋水湖上的鸟，想念秋水湖边的人。他尤其牵挂的人就是关萍萍，想着她一个人在远方等着他，他的心里有一种说不出的凄凉。她也像自己想念她一样想着自己吗？那是一定的。卢伟这样想着，看着天上的那轮明月慢慢地变成她的脸了，哀怨而凄清，她此时正在注视着自己呢。卢伟开始后悔当初自己要那样坚决地回家，如果当初自己留下来陪在她身边的话，现在就不会有这样的思念之痛。但是当初他只是一心想着回家见到自己的亲人，和亲人团聚，现在团聚了，心里又在想着别处，他真的不知道自己这是怎么了。“此事古难全”啊，在亲人和恋人之间，他无法兼顾，所以只能对月兴叹。同时，他也借这一轮明月寄去对秋水里之外恋人的思念与祝福。

收假后的第一个周末，卢伟就迫不及待地去找关萍萍了。这次关萍萍并没有在医院，也没有在家，而是在水田里，卢伟费了好大的周折才找到她。他见到她的时候，她正在稻田里收割成熟的稻谷。她穿着一身短衣，头发扎在脑后，脸上红扑扑的，还在渗着汗水，显然是劳作了很长时间。

卢伟看到这一幕后很感动，也很心痛：她这样娇弱的身躯怎么能经受得起这样繁重的劳动呢？农村的艰苦生活是他不能想象的。他不忍去看甚至不愿去打扰她。过了好一会，卢伟才轻轻地唤了一声："萍萍。"关萍萍正在田地里弯着腰干活，没注意卢伟的到来，当她听到有人叫她，才直起腰来，发现卢伟就站在身旁，她有些不知所措，不知道是惊喜，还是不愿意让卢伟看见自己干农活的样子，站在那里低着头双手搓着衣角不知道干什么好。

关萍萍并没有卢伟想象中的浪漫举动：感动得泪流满面，跑过来一下子扑到卢伟的怀里。卢伟快步走过去，紧紧地握住关萍萍那双握着镰刀的手，眼睛紧紧地盯着她那张沾着汗水的脸，久久没有说出话来。那种怜惜的感觉如湖水从心底涌出来一般，淹没了他的眼睛和喉咙。而关萍萍此时是理智的，她从最初的惊喜中醒来之后，立即挣脱了卢伟的手。她还不习惯他突如其来的举动和灼人的热情，最重要的是她害怕被人看见他们在一起。农村的孩子对这一点是非常忌讳的，尤其是女孩子，那是关系名节的大事。虽然她的心中也渴望卢伟的拥抱，但是希望通过一种更加温和与间接的方式表达出来。

卢伟被关萍萍羞涩的举动镇住了，他原本设想她会同样紧握自己的手，说一些热情的话，没想到她却显得如此冷淡，不知道她的心中在想些什么？要知道，卢伟在前面已经向关萍萍表白过，才过了这么几天，关萍萍的热情就全没有了，难道她变了心，所以才故作冷淡，故意给他泼冷水？卢伟相信关萍萍不是那种人，她的冷淡不是真的而只是一种克制，是一种在激情到来之后迫于习惯的道德意识而产生的本能的节制，这正说明她是爱自己的。他分明看见她眼中闪烁的泪光和燃烧的火焰。

为了掩饰自己的尴尬，卢伟转手夺过关萍萍手中的镰刀，慌乱地在田中割了起来，口中语无伦次地说："我来帮你，我来帮你。"

但是卢伟以前根本就没有干过农活，甚至也没有见过别人收割稻谷，所以不知道怎么割，只是慌乱地抓住一把稻秆用刀去砍，但是怎么也砍不断，反而自己的手被稻谷叶子扎得刺痛。怎么会这样，这是人干的吗？我一个男子汉都干不了，她一个女孩子怎么能干呢？卢伟想，他心中的关萍萍应该是一位月下的仙子，水中的花朵，一尘不染的玉人，怎么会干这些粗活呢？他心中的关萍萍应该是一个纯洁的村姑，一个提着小竹篮坐在小舟上采一些菱角、莲子什么的，与柴米油盐这些东西完全沾不上边的，更不会干这些重体力活的。但是今天的所见令他不可思议，残酷的现实把他从神话般的爱情梦中拉了回来。他在心中一遍一遍地想着，手却在不停地挥动。

站在一旁的关萍萍急了，看见他收割稻子的时候手忙脚乱的样子，就知道他不会干农活，因此她害怕他累坏了，更怕他不小心伤了手，就在一旁劝说道：

"还是让我来吧，你不会干的，小心伤了手。"

"我会的，你先歇一会，我能行。"卢伟固执地忍着痛继续干。

关萍萍见劝不住他，也就随他去了，只是在一旁叮嘱他要小心，如何使用镰刀，如何抓稻草等一些细节。过了一会儿，卢伟也将就着割了一大片。可是他却累得腰都直不起来了，口中直喘气，脸上也在淌着汗。

关萍萍见卢伟累成了这样，心中很过意不去，忙劝卢伟坐下来休息一会，一边用毛巾替他擦汗，一边还在他的耳边轻轻地吹着凉风。这时田里没有人，关萍萍这是第一次对异性做出如此亲昵的举动，将一个少女的温柔体贴情不自禁地表露了出来。卢伟静静地坐着享受她的照顾。此时，卢伟就是再累，也不会感觉到，因为他已经陷入了另一种陶醉里。在关萍萍吐气如兰的馨香中，卢伟沉醉在恋人的温存、爱情的甜蜜中。他真想转过脸去吻她一下，但是他不敢，生怕这样会惹怒她。他只好闭上眼睛享受这种难得的惬意。

"你看你，都累成了这样了，快别干了。"关萍萍怜惜地说。

"我哪里是累啊，我是心痛啊，你一个女孩子家，都要干这样重的活，我能站在一边吗？别管我了，我没事的，我只是心疼你啊。”卢伟安慰她说。

“我是农村长大的，从小就干这样的活，已经习惯了，哪像你们城里长大的孩子，从来就没有干过这样的重活，自然是吃不消的。”关萍萍责怪似的说。

“谁说我不能干，我刚才不是干得挺好的吗？不过我以后一定努力，帮你分担这种艰苦的生活。”卢伟半开玩笑似的说。

“谁让你分担啊，你还是回去干你自己的事吧，我能够靠自己的双手养活自己的。”关萍萍红了脸，故意曲解卢伟的意思。

“我不是这个意思，我的意思是说我要和你一起创造更加美好的生活。”卢伟进一步解释说。

“哎呀，你不要说了，什么你们我们的，谁跟谁啊。”关萍萍的脸红得就像是天边的夕阳。

“好了，不说就不说了，反正我们就是我们嘛，还不好意思了？”卢伟将关萍萍的手拉过来贴在自己的脸上，而关萍萍则将羞红的脸转向一边，手却是似拒非拒。

田地里没有人，收割的稻谷被扎成一束一束地立在地里，像遍地的草人。秋天的水田，水已经干了，泥土结成一块一块很有规则的图案。他们两个人终于又可以单独地无拘无束地待在一起，可以享受这片美景，享受这种浪漫了。

“秋风中金黄的稻束，沉默如每个勤劳的母亲，肩负着伟大的劳动，在它的身旁，历史，也只不过是一条小河。”卢伟自言自语地吟诵道。

“这应该是一首现代诗吧？我听不大懂。”关萍萍摇摇头说。

“对，是一首现代诗，我也不大懂，可能是赞美母亲与劳动的吧。我只是觉得这几句与面前的情景非常符合，就随便诵了出来，其实也没什么。”卢伟的雅兴被打断，感到无趣，又见关萍萍听不懂，更有些失望，他本想向她解释，但是见她真的不懂，知道再多解释也无用，反而会让她自卑，就作罢了。

“你不喜欢现代诗吗？”卢伟问。

“不是不喜欢，而是不理解。传统诗是直接表达感情的，一般都讲究押韵，读起来亲切易懂；现代诗的表达方式是那样的晦涩，而且形式怪异，没有韵律，读起来既不能理解也没有韵味，所以也就不大喜欢。”关萍萍叹着气说。

“这也难怪，古人过着一种田园式的生活，人与自然和谐相处，自然会用一种贴近自然的方式表达自己的感情。而现在不同了，工业生产、信息技术的发展破坏了人与自然的和谐关系，造成了人与自然的对立。人们的感觉器官都染上了时代病，当然写不出那么优美的诗歌。正如古人写信，叫作‘驿寄梅花，鱼传尺素’，那种意境多么优美。而现代人通信只有打电话、发短信，连最后一点浪漫情调都消失了。不过现代人都习惯了，正如城里人习惯了噪音而到了乡村里却突然感到不适应一样。每个时代有每个时代的文学，现在写古典诗歌还会有人看吗？”卢伟就这样倚着关萍萍侃侃而谈，像是没有说给任何人听，但是又像是说给每个人听。

“但是我还是不喜欢那样的表达方式，不习惯那样的诗歌语言，好像是把事物撕裂开来又重新拼凑起来一样，怎么会协调呢？怎么会称得上是完美呢？”关萍萍不理解地说。

“也许你是对的，但也许你在根本上是错的。我们生活在一个没有任何参照系的价值漩涡中，也许一切对的都是错的，也许一切错的都是对的，谁知道呢？谁说了都不算，而历史也没有给我们证明的机会。”卢伟说。

“那么你怎样认为呢？”关萍萍问。

“我不知道，我不知道新生的事物是不是一定就必然代替旧的事物，也不知道现存的一切是不是就是对的，更不知道我追求的所谓理想是不是一定就是真理，我也很茫然。”卢伟无奈地说。

“但是你必须相信你追求的一定是对的。你应该相信自己一定能找到一种恰当的表达方式，一种可以与自然对话的诗歌语言，否则你怎么会去努力呢？这正如信神的人都知道神是不存在的，但是依然相信它的存在，因为他们只是想找到一个灵魂的寄托，而这并不关乎真理本身。”关萍萍俏皮地说。

“这明明是自欺欺人，只有你才会说出这种大逆不道的话。”卢伟笑着刮

了一下关萍萍的鼻子。

“但是我就是认为自己是对的啊，不管你怎么说。”关萍萍还不服气。

“好吧，我的怀旧天使，世界上最后一位田园诗人，我相信你是对的，因为你就是我的女神。努力吧，坚持吧，如果你写的诗没有人看，我也会将它当作圣经一样揣在怀里天天诵读。不管怎么说，我都会支持你的。”卢伟用双手抱住了关萍萍的肩膀，深情地说。

“瞧你，干吗说这样肉麻的话，我只是说说罢了，你却搞得这样严肃，多酸啊。”关萍萍假装嗔怒地说。

“好的，我的女皇，我坚决服从你的旨意，从此再也不假装正经了。”卢伟学着绅士的样子单膝跪在关萍萍的面前。两个人都乐了。

他们就这样漫无边际地聊了很久，正如随意潇洒的风对于春天的柳枝是最快意；缠绵的雨对于秋天的叶子是最惬意的关怀。两个人的声音虽不句句含情，字字真理，但是对于恋爱初期的人们已经是最大的欢乐了。这些只言片语将是他们彼此沟通的桥梁、了解对方的镜子和珍藏爱意的盒子。只要两个人待在一起，即使不说什么，那种爱慕的心情已经溢于言表了。

时间对于恋爱中的人来讲总是过得太快，不知不觉夜幕已经降下来。卢伟帮关萍萍收割完最后一片稻子，天就黑了。由于是新收割的稻子，所以一般不用运回家，而是先扎成稻束放在田里，等晒干了再运回家去，所以卢伟也就再没有将稻谷运回家，就这样两人依依分别。

对于卢伟来讲，孤独的生活似乎已经一去不复返，他一有空就往关萍萍那里跑，而关萍萍有事没事也总爱到卢伟这里来找他。虽然卢伟与关萍萍之间的恋情并没有公开，但是卢伟已经向她表白，尽管她暂时还没有明确表态，但这只不过是女孩子一时不好意思的矜持罢了，在她的心中，早已经对卢伟有了意思，只是表面上故作镇静罢了。这样一来二去，两个人就混得很熟了，几乎是无话不谈了。在爱情的路上他们是越走越近，但这一切暂时还都是秘密进行的，两人的约会还是背着李站长他们和关萍萍的家人进行。他们面临的阻力和压力也许比他们想象得更大，尤其是这些乡下人。在现实面前他们的爱情不知能不能经得起考验，但是在此刻，他们并未考虑太多，也不会在意现实情况的，他们完全沉浸在爱情的幻梦中。

然而这样平静而美好的生活并没有过多久，正如美好的秋天终究会有霜冻一样。一天，卢伟听这里的人说：环保局和他们检测站一起被秋叶造纸厂告上了法庭。卢伟有些吃惊，虽然他总感觉查封秋叶造纸厂超标排污那件事不可能就那样轻易算了，他们一定不会善罢甘休的，但是他没有想到他们会反应得那样快，这样肆无忌惮，而且还恶人先告状，先告上了法庭。李站长碰到卢伟就劈头盖脸地问道：

"你当时取的那份化验报告准不准确？"

"应该，还，还算是准确吧。"卢伟被吓了一跳，吞吞吐吐地说。

"什么叫应该算准确，到底准不准确？"李站长严肃地问。

"是的，很准确。"卢伟肯定地说。

"准确，那人家为什么在起诉书上写着我们的调查证据不合法。你知道吗？咱们被人家告上法庭了，就是因为你搞的那份化验单出了问题，被人家抓住了把柄。"李站长用沉痛的语气说。

卢伟悬着的一颗心终于沉了下来，而且是沉得很深很重。他万万没有想到自己单位的正义行为被坏人告上了法庭。他是反复看过那份化验报告的，竟然没有发现问题，他不知道究竟错在什么地方。但是，从李站长的话里可以听出事情的严重性，事实是确定无疑的，他们必须面对这次考验了。

这场官司是在秋日一个阴冷的早上进行的。因为不是本单位的正式工作人员，卢伟只能以旁听者的身份到庭。这次开庭的原告人数不多，但是旁听的人却不少，在这其中，绝大多数是秋叶造纸厂的工人，这可是与他们的工作有很大关系的事情。

原被告及旁听者在各自的位置坐定后，审判长宣布开庭。首先由书记员宣布法庭纪律及合议庭人员的情况。这些卢伟并不陌生，上大学的时候，卢伟在学校参加过本校法学院举办的法庭观摩辩论赛，所以他知道法庭的程序大致都是一样的，他就用这段空闲时间观察了一下原告席上的两个人。坐在原告席上左边的应该是秋叶造纸厂的老板，人长得肥头大耳，脸上的肉堆了

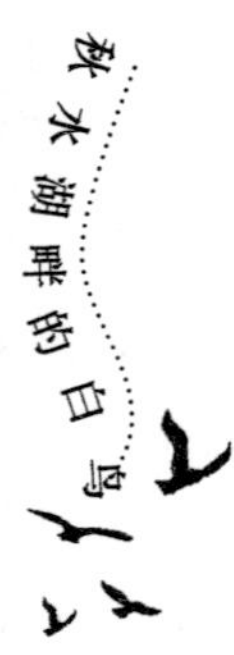

起来，打着一层一层的褶，显得十分臃肿，下巴旁边长了一个很大的痣，痣上边还长了几根毛，显得十分滑稽。他的头发稀疏，但是梳了个大背头并用发胶固定在头上，像戴了一顶帽子，一副志在必得、趾高气扬的神气，眼中露出轻蔑的目光。坐在右边的是他们聘请的律师，长的与那位老板恰好相反，清瘦高挑，脸上仿佛只剩下皮包骨头了，一身笔挺的西装显得一本正经。一副小眼镜后面藏着一对老鼠一样的眼睛，谨慎地扫视着在场的每一个人，看样子是在蓄势待发，像一条恶狼准备随时扑向眼前的猎物。与原告的表现恰好相反，坐在被告席上的两个人都神情沮丧，精神低迷。一个是赵主任，一个是李站长。赵主任四十来岁，显得沉着冷静，显然这样的场面他见得多了，虽然他对这场官司没有太大的把握，但是他处事经验丰富，处变不乱，沉着应对，尽力争取回旋的余地。李站长快六十多岁了，平时对任何事情都一丝不苟，只是年岁大了，再也打不起年轻时的精神。再加上他在心里自责，认为吃官司是自己的错，反而显得信心不足。

卢伟坐在旁听席上，心情比在被告席上的两位领导更加紧张和气愤，这场官司是自己引起的，要是当时自己再仔细一点，向有经验的老师们再多请教一点，也就不会有今天的被动局面。现在，自己做好事反而被人诬陷，真是实满肚子的苦说不出，有理无处申辩。他恨不得站起来将那两个原告打一顿，只要这样做可以挽回自己的过失的话，但是理智告诉他不能这样，法律他是懂的，弄不好自己反而可能身陷囹圄，那样官司就更难打了，所以必须保持克制。

“首先由原告宣读起诉书。”法官宣布。

“审判长、审判员、陪审员。”那位消瘦的律师拿起了面前厚厚的一沓稿纸念了起来：“我方当事人秋叶造纸厂始建于 2002 年 5 月，同年竣工，是由雪花纸业集团公司投资建设的。我方当事人的建设投资完全符合法律程序，符合国家的各项政策，取得了工商登记，各项生产指标和排放指标都符合国家标准和行业标准。几年来，企业效益良好，为地方经济做出了巨大的贡献，取得了良好的声誉。2006 年 8 月 21 日，被告的下属部门秋水县秋水湖环境检测站工作人员，在无任何执法依据的情况下欲强行拆除公司的排水管道，在我方当事人据理力争的情况下终未得逞。2006年9月17日，被告秋水县环保局和秋水湖环境检测站以《秋政字（2006）× 号》文件与《秋环字（2006）× 号》文件为依据，动用大批人员强行查封了我方当事人秋叶造纸厂，致使其生产无法继续，造成了巨大的损失。我方多次申请撤销查封无果，终于在2006年10月13日向秋水县人民法院起诉，请求法院判令被告停止侵权，排除妨害，恢复原状，并赔偿损失。"

"我方认为：被告所持的上述两份文件所依据的主要证据《秋水湖水质污染化验报告》存在很多问题，不能作为合法的证据使用。比如：所述事实不清，很多数字不准确，单据制作程序不合法等。另外，我方还认为被告秋水湖环境检测站在2006年8月21日的执法行为在程序上不合法，并对他们的执法权限产生怀疑。以上陈述请法庭明察。"

随着那位律师的陈述，他也将有关的证据材料一一呈上法庭。卢伟越听越气愤，他明明是在胡说，是强词夺理。他想大声喊，但是他是坐在旁听席上的，根本就没有说话的权利，所以他只能强压住自己心中的怒火，转过头看李站长那边，李站长还是铁青着脸，显然十分激动。

"现在由被告发言。"审判长宣布。

"审判长、审判员、陪审员。"赵主任也拿起了早已经准备好的应诉状念了起来："我方分别与2006年8月21日和9月17日对原告方秋叶造纸厂采取了强制措施，证据确凿，程序合法。2006年8月21日我局下属的秋水湖环境检测站发现原告秋叶造纸厂非法超标向秋水湖中排放污水，已经严重污染了大片的水域，如果不采取强制措施，就会发生更加严重的后果，造成无法弥补的损失，故我局下属的秋水湖环境检测站工作人员依法对其采取了强制措施，并在事后及时向我局做了报告，其行为合法合理。秋水湖环境检测站是经市环保局批准成立的专门管理秋水湖水域环境水文事务的机构，虽然隶属于我局，但是在执法权限上有独立行使权，不存在执法权限受质疑的事情。我局经过多方面的调查，取样化验，并将结果向政府有关领导做了汇报。由于我们向原告多次执法未果，遂于2006年9月17日依据《秋政字（2006）× 号》文件与《秋环字（2006）× 号》文件对原告秋叶造纸厂进行依法查封，责令其限期整改。我方执法所依据的证据确凿，程序合法，原告必须依法执行，但是我们在执法过程中却遇到原告方唆使工人妨碍执法，经我方的多次劝解才将其制止，使执法活动顺利完成。”

我方认为：我局在整个执法过程中程序合法，证据确凿，不存在原告上述的质疑，故请法庭依判决法维持我方的决定，并协助我方落实行政处罚决定。赵主任同样将己方的证据材料呈上法庭。

“现在开始质证，首先由原告发问。”审判长宣布。

“请问被告，”原告律师盯着被告席问道，“被告认为我方当事人非法超标排污的标准是什么标准？”

“地方标准。”赵主任说。

“哪个地方的标准，据我所知，秋水县并没有制定地方标准。”

“市环保局的标准。”

“市环保局有没有制定地方标准的权力？”

“你认为哪个单位有权力制定这个标准？”

“我们依据的是国家标准与行业标准。根据这两个标准，我方当事人并没有超标排污。我们认为国家标准优先于地方标准。”

“但是你们是地方单位，应当遵循地方标准。而且根据我国《资源环境保护法》的规定，有地方标准的应当优先使用地方标准。”

“那好，就以你所说的。”原告的律师拿出了那份化报告的复印件，“你们做出的行政处罚决定所依据的这张化验单上的数据准确吗？”

“当然准确。”

“但是，请大家看。”原告方的律师拿起那张化验单的复印件向着所有在法庭上的人说道，“在这份化验单上有很多地方字句不清，数字不明确，甚至有自相矛盾的地方，请法庭明查。”

赵主任无言以对，坐在一旁的李站长终于忍不住了，大声地打断了原告律师的话：“我们的化验单是县上的权威机构出具的，不会有任何问题。”

“既然被告说那份化验单是县上的权威机构出具的，那么为什么只盖了公章，而没有负责人的签字，这明显是不符合规定的，也就是说那份化验单作为证据在制作程序上是不合法的，不能作为行政执法的依据。”原告的律师抓住李站长的话紧追不放。

“这是他们单位内部的事情，况且没有签字只要有化验单位的也是具有权威性的，这并不妨碍它作为证据的合法性。”李站长辩解道。

“单位内部的规定能对抗法律吗？这份化验报告到底能不能作为证据不是由你们说了算的，而是由法庭说了算的。”原告律师咄咄逼人。

“好了，质证到此结束，接下来是辩论。”审判长打断了两个人的争论。

后面的法庭辩论已经变得像是走过场了，对案件本身已经没有多大意义了。原告就像是在数落犯了错误的孩子似的对被告频频发起攻势，而被告只有招架之势而无还手之力。最终的胜负已经了然分明。最后的陈述阶段双方都只说了简单的几句就草草收场。法庭在合议之后，决定择日宣判。

卢伟不知道自己是怎样走出法庭的，他觉得有无数责备的目光在盯着自己看。本案的败诉与他有着直接的关系，都怪自己在取证时疏忽大意，没有经验，才出现这么大的错误，造成今天这样的结局。卢伟陷入了深深的自责与痛苦之中。但是自始至终，赵主任和李站长他们都没有说什么，他们知道卢伟也是出于好心，只是工作上没有经验，才出现这样的错误，被别人抓住了把柄，况且人家秋叶造纸厂对这场官司是有备而来，志在必得的，他们又怎么能斗得过人家呢？所以他们也就不能再说什么了，只是默默地回到自己的岗位。在回站里的路上，李站长尽量装出一副轻松的样子，好像根本就没有发生过什么似的。但是卢伟看在眼里，痛在心里。外面下起了雨，天气显得更加阴冷了。

几天之后，审判结果终于出来了：被告秋水县环保局和秋水湖环境检测站做出的行政行为由于证据不合法而无效，限其在判决生效之日起五日内撤销其行政行为，排除妨害，恢复原状，赔偿原告的损失。原告秋叶造纸厂可以恢复生产，但是应当依法生产。

这个结果李站长并没有告诉给卢伟，他是从一位同事那里听说的，大概是李站长怕卢伟心理压力过大而故意隐瞒的吧。但是卢伟一直都沉浸在痛苦的反思之中。事实上，这几天站里的人都很沉默，好像大家都在反思这个问题。这次失败使卢伟的自尊心和工作热情受到了极大的打击。他以前是太自信了，现在才发现自己是多么的天真无知。原本以为单凭自己的知识和满腔的热情就可以为秋水湖做出一点贡献，现在看来，真是太幼稚了，自己只不过是来添乱而已。渐渐的，卢伟在心里产生了一个奇怪的念头：带上过去采集的水样和准备采集的水样到省城去一趟，让更加权威的机构再鉴定一次，看究竟秋叶造纸厂排放的污水到底超不超标，具体的数据是什么。他知道自己这样做也许只是徒劳，因为判决已经下来了，就算重新化验的结果确实证明秋叶造纸厂的排污超标又怎么样呢？到时候上诉期已经过了，法院的判决也已经生效，秋叶造纸厂也已经恢复排污，这一切能够挽回吗？但那时他想来想去认为还是有重新鉴定的必要的。一来是为了还单位和自己道义上的公道，让社会上的人知道他们的执法行为是没有错的。二来也给同事们心理上一个安慰，给秋叶造纸厂一个威慑。

说干就干，他对李站长说了自己的看法，得到默许后就说服站上的两个人一同去了秋水湖被污染的地方取了水样，还请当地的村民当了见证人，然后自己带着前后两次采来的水样去了省城。他到了自己的母校请自己大学时的老师用最先进的仪器做了化验，得出的结果果然是严重超标。不但是超过了国家标准，也超过了当地的地方标准，他还向老师咨询了相关法律法规，在取得了详细的资料之后又到了老师推荐的一家省城最权威的化验机构，重新进行了化验，结果与老师的结论完全相同，因为学校老师没有化验资格，化验结果也只能作为参考，不能成为证据。卢伟做完这一切后很满意，拿到化验单后有一种如释重负的感觉，自己终于可以给单位一个交代了。

从省城回来后，卢伟给站上做了汇报，大家很高兴，但是也只能等了，等待下一个机会的到来。经过上一次的挫败，他们显得更加谨慎了。根据行政法上“一事不再罚”的原则，他们在近期是不能再查封秋叶造纸厂了，只有等以后秋叶厂有其他的违法行为才可以对其采取措施。

左右为难

环保站败诉这件事成了卢伟心中一块难以消除的痛处。这些日子以来，他一直闷闷不乐，总感觉到自己做错了事，在别人面前抬不起头来。虽然站里的人谁都没有说什么，大家都在各干各的事情，好像是把这件事忘记了，气氛也是出奇的平静，但是愈平静卢伟却愈感到一种无形的压力在笼罩着自己，人们越是不说什么，他就越感到别人在用异样的目光看着自己，好像所有的人都在责备自己，所有的人都将责任推到自己身上。

其实事情并没有卢伟想象的那样严重，但是他的感觉也并不是毫无道理。其实在平时，他总能从这些本地同事们礼貌甚至有些客套的言行中就能觉察到一种暗示的信号：你是外来的。不管这种暗示是出于故意还是无意，甚至是一种下意识的流露，但总归是存在的。其实这种情绪的存在也并不是没有原因的：卢伟他们毕竟是志愿者，不是本单位的正式工作人员，在这里最多工作一两年就走了，而且更加严重的还是他们本来就都不是本地的人，在这里工作生活的时间不长，无法真正融入这里的生活圈子。对这里的人来讲，他们始终只是一个过客。所以这里的人们、卢伟的同事们最起码在心理上不会把这些志愿者当作是真正的“同志”，对他们总有一种介意，也不会把一些重要的事情交给他们去做。而对于卢伟他们这些志愿者来讲，他们能

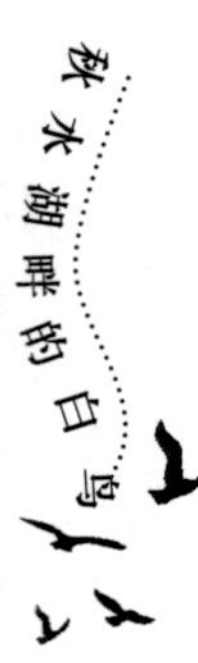

做的就是尽量去和这里的人沟通，努力去工作，争取同事们的信任。但是卢伟他们明白，他们可以取得单位的赞美和笑脸，但却无法取得他们心理上的认同，在他们心中那层隔膜始终无法消除。

所以，卢伟这几天的观察并不是杯弓蛇影，而是一种清醒的认识。李站长这几天与他说话的时间也少了，这不见得是一种责备，也许是一种失望与不信任。这也难怪，人家将那么重要的一件事交给你去做，结果却出了乱子，这能怪谁呢？怎么说你也是站里的一员，应该承担这个责任的。李站长本该批评他的，但是却没有，这正好说明人家就是把他当作外来人的，有怨气藏在心里不好意思说罢了。卢伟心知肚明，只是不好多问，省得没事找没趣，就这样谁都没有多说什么，大家相安无事，过得倒也平静。

但是卢伟无法忍受的是他有一天无意中听见副站长老罗在李站长耳边叽叽咕咕地发牢骚：我早就说过不要让那个志愿者去干那样要紧的事，你不听，还让他去化验水样，结果怎么样，还不是出了错？人家不拿你的工资，当然不会为咱们的事情负责，干得好了可以得到大家的表扬，干得不好也没有人说什么，说不定什么时候一拍屁股就走人了，留下一个烂摊子让咱们来收拾残局……虽然李站长小声地制止了老罗的埋怨，但是卢伟听了之后的心情还是像被泼了一盆凉水似的。本来人家就不把自己当作自己人来看，自己还那样满腔热血地去干，为的是什么啊？卢伟强忍着没有哭出来，他跑回了房间想：老罗平时就是一个阳奉阴违的人，现在终于露出狐狸尾巴了吧。那次李站长要查封秋叶造纸厂的时候，他就在李站长面前说什么胳膊拗不过大腿，弄不好引火烧身，被人家反咬一口怎么办等没有骨气的话。这次败诉了，他是更加小人得志了。卢伟鄙视他，不和他一般见识，但又躲不过他，心情更加沮丧了。

卢伟满腹的苦痛该向谁诉说呢？除了写进诗里、日记里，他还能讲给谁听呢？对他的同事们讲吧，那简直就是笑话，非但不能得到别人的理解，反而引来嘲笑。自己毕竟是外地人，在本地人面前讲本地人的不是，明显是在找打吗？向关萍萍讲吧，也有些不妥，因为关萍萍也是本地人，她听到这些话之后会做何感想，她一定又认为卢伟是在说他们这里人的坏话了，他一定是看不起这里的人了，她一定又该自卑了，在他们之间又会产生怎样的误会与隔膜了，这是卢伟不愿看到的，毕竟他们认识还不长时间，彼此的了解还有限，不是什么话都可以说的。况且关萍萍是那样一个单纯的农村姑娘，简单得一尘不染，她怎么会相信这些连卢伟都感到不太真实的钩心斗角呢？就算是她相信，她也不会接受这样的现实的，毕竟这离她生活的世界太远了。

但是一种情绪埋在心里久了就会变成一种负担，压得人喘不过气来，必须得到释放才能得以解脱。这几天，卢伟就是被这样一种痛苦所折磨。他心情低落，工作没有热情，对什么都是漠不关心的样子，就连平时最想见的关萍萍也不想见了。有一次，当他和关萍萍在一起的时候，卢伟不小心透露了一点工作中不如意的事情，关萍萍听了显得很惊讶的样子，口中喃喃地念道："怎么会是这个样子，怎么会是这个样子？"卢伟知道她的眼睛里揉不进沙子，对这些官场的斗争更是闻所未闻，当然接受不了这样的现实了，就不再说下去。关萍萍见卢伟突然不说了，就问发生了什么事。卢伟说没什么，忙把话题岔开了。后来就是长时间的沉默。在卢伟的心中，关萍萍太单纯了，甚至单纯得有些幼稚，根本无法理解自己的内心。而在关萍萍的心中，卢伟又是一个非常神秘的人物，好像在故意对自己隐瞒着什么。两个人就在这样的沉默与不理解中相互猜忌，心与心之间的距离也在拉开，两个人最初的热情也随之渐渐凉了下来。

在与卢伟的相处中，关萍萍渐渐发现他其实并不是一个特别阳光、特别乐观的人，而是一种内向的有点忧郁的气质，有时甚至有些神经质，而这一点正是吸引她的，不知为什么，她就是喜欢他这一点。也许这就是所谓的诗人气质吧？伤感中带着热情，感性中透着智慧，她喜欢他这种人，认为他人格很完美。但是有时候，关萍萍又有些无法忍受他的那种冷漠，把什么都藏在心中，仿佛他的心中有无数个海洋，但是就是吝啬地不分给她一滴水。这种介于忧郁与冷漠之间的气质既令她着迷又令她害怕。

但是卢伟却并没有意识到这一点，他有时觉得自己就像是一个先知，充满思想却无人理解，包括关萍萍在内。他的世界太广阔了，她只不过是其中的一朵花而已。他知道她不会理解自己的，甚至听不懂自己的话，但是他不怪她，反而喜欢她这种单纯和天真。对于女人而言，简单就是聪明，一个女人可以聪明，但是不可自作聪明。他见过太多自以为聪明的女人，已经厌倦了那种心机太重的女人，所以当他见到关萍萍时，就被她的单纯所震撼，义无反顾地喜欢上了她，就算她无法达到自己的思想高度也没什么，他们还可以相互欣赏。

有时候，卢伟却认为自己一无是处。自认为是一个诗人，至今却未发表过一首像样的诗歌；自认为是一个城里人，却看不惯城里那种纸醉金迷的生活。他感到自己像一个乞丐，在这个世界上漫无目的地流浪罢了。他真想找一个地方躲下去，不问世事，一辈子只读书、写作，不再回来。

卢伟最愿意与别人谈论的无非是文学与艺术的话题，而这一点关萍萍还不能和他站在一个水平线上，倒是袁鹭与自己有共同的语言。可惜，上次他与袁鹭闹得不太高兴，这个时候找人家说话又有些不好意思开口，更不好意思约人家出来了，见面应该是一件很尴尬的事情。他不知道自己当初为什么没有喜欢上袁鹭，这样他就不用为了心事找不到人倾诉而苦恼了，但是感情就是这么捉弄人，无法完美，你得到了这一点，就不可能再得到那一点。袁鹭有过人的才华，却没有关萍萍的纯真，而卢伟恰恰就是看中了后一点才选择关萍萍的。现在卢伟的心中已经认定关萍萍就是自己唯一的恋人，而袁鹭只不过是一个朋友而已，最多是一个知心朋友。但是现在的情况是，心中的话不能对恋人讲，对朋友又不好开口，他感到一种从未有过的失落与孤独。

这天晚上，卢伟很早就回到了房间，想睡觉，睡不着，想看书，又看不进去，思来想去，他还是拿起了手机给袁鹭发了一条短信：如果一次回眸的眼神 / 可以重复一段千年的恋情 / 如果一次拍击的声音 / 可以唤醒一个亘古的梦。

但是等了好一会儿，没有袁鹭的回信。他很失望，又试探性地发了第二条：那么面对这一片湖水，谁还能 / 记起那个放逐天外的灵魂 / 那碎波间浮动的光影，是不是 / 那颗燃烧了九个太阳的心。

这次袁鹭回信了："你还给我发短信干什么？"

“没什么，我只是一个人待着无聊，想找你聊聊天而已。”

“你把我当成什么了？驿站吗？寂寞的时候过来找我聊天，快乐的时候就把我忘到了脑后。我算什么？你找错人了，我不是你招之即来，挥之即去的玩具。”

“我不是这个意思，我只是想向你解释，向你道歉。”

“你没有什么好解释的，也不用道歉，因为我们本来就没有什么，谁也不欠谁的。”

“难道我们之间除了情人与敌人之外，就没有第三条路可选择吗？”

“谁要做你的情人，谁要做你的敌人？我不知道你在说些什么？我们之间根本就不用选择第三条路，因为我们之间只有一种关系：陌生人。”

“你不要这么绝情好不好？”

“到底是你绝情还是我绝情？”

“我到底做错了什么？”

“你没有做错什么，是我错了，是我不该那么痴情，我太傻了。”

“对不起，是我伤害了你，但是我不能欺骗你，更不能欺骗我自己。”

“我没有要你欺骗谁，我也不是那种自欺欺人的人。既然本就没有爱，又何必言情？也许正如你说的，我们之间真的是有缘无分了。”

“谢谢你这么理解我，那么我们还是好朋友吗？”

“我可以理解你，但是无法原谅你，因为就算我可以说服我的理智，但怎么也无法说服我的感情。既然我们连恋人都做不成了，还有做朋友的必要吗？”

“当然有必要，因为除了爱情之外，我发现你是一个很好的人，我想和你成为朋友。”

“你不要安慰我了，我再好，你也不会欣赏。我根本就不如她是吗？”

“我说过，只要不谈爱情，你比她好多了。”

“你真会说话。算了吧，你有什么事？”

“其实也没有什么大事，是我单位发生了一些小事，但是挺烦人的。大概你也听说了一点吧？就是因为我疏忽了一点致使我们单位同秋叶造纸厂的那场官司打输了。现在单位里的人都把责任推到我身上，说什么我自不量力、志大才疏、螳臂当车，结果给单位和同事们的脸上抹黑。他们都不理我，而且还在排斥我。”

“哦，原来是这么回事啊，我听小孙说了一些，其实责任也不全在你。你还是想开一点吧。”

“那你说怎么办？单位的人都在埋怨我，我的压力很大，给你说实话，我已经找到新的证据了，准备再打一场官司，这次一定要成功，你看怎么样？”

“我劝你还是暂时缓一下，避一避风头。上次输了一次，对方的气势正盛，对你们不利，你若这个时候再以同一事实起诉的话，法院会不受理的。”

“但是让那些人逍遥法外，让秋水湖污染一天天加重，我真的有些心不甘。”

“这个我知道，但是你不要冲动，凡事要冷静对待。你现在应该做的就是坐下来冷静地想一想，分析形势。第一，违法行为一定会得到法律的严惩，这一点你要相信；第二，秋水湖的污染肯定是要治理的，但是这是长远之计，有当地政府出面，你不要心急，在我们力所能及的范围内尽力做好改善秋水湖环境的事情就行了，凡事不要勉强。”

“你什么时候变得这样人情世故了。”

“我没有变，只不过是入乡随俗罢了。”

“我们不是志愿者吗？干吗这么快就被同化了。”

“对啊，我们是志愿者，不是救世主，国家并没有要我们去拯救世界。他们只是希望我们是一枚枚小小的种子，在这片荒芜的土地上生根发芽，然后给这片土地带来一抹绿色，把这片沙漠慢慢变成绿野。我们要做的就是去开垦、播种、灌溉，努力让种子变成绿洲。”

“那么我们来这里还有什么意义呢？”

“当然有啊，我们每一个人努力一点点，千万个人前赴后继，总有一天这里会发生大的改变的。有我们在与没有我们在肯定是不一样的。既然我们是一枚枚小小的螺丝钉，那么我们就不要总想着成为火车头。好好干自己的本职工作，不要强出风头，这样才是我们要做的。”

“我无言了。”

“我知道你无话可说，其实我说的就是你所想的，只不过你不愿相信罢了。好了，时间不早了，也该休息了。听我的话，年轻人，不要冲动，凡事要多思考，谋定而后动，这就是成长。”

“你什么时候也变成阿姨了，学会了教训别人。好吧，我听你的。”

“谁说我是阿姨，我比你还小呢，是你自己不长见识嘛。好了不和你说了，再见。”

“好的，我会学的，谢谢你，晚安，再见。”

卢伟挂了电话，想了很久，无法入睡。袁鹭的话好像很有道理，但是又好像一点道理都没有，他一时也弄不明白，不过心情倒是好多了。

但是袁鹭却把这些话放在了心上。在她善良的心里，总会把别人的痛苦当成自己的痛苦，就像是自己遭遇了不幸似的。虽然她嘴上不说，心里还是关心卢伟的，尽管他并没有接受她的爱，但是她并不恨他，总是放不下他，也许这种感情称不上是爱情，但是还是那样强烈。所以在这以后的日子里，她一直为他深感不安，周六孙浩翔去找她的时候，她总是有意无意间提到卢伟的事情，时不时地打听关于卢伟那件事情的发展情况，以寻求解决的方法。说实在的，对这件事情，卢伟都无法解决，她也找不出更好的办法，只不过是心中牵挂而已。

孙浩翔早就听出了袁鹭话语中的焦虑，他的心中有些不快。这也难怪，作为一个男人，当他心爱的女孩在同自己讲话时却总是提到另一个男孩，他会做何感想，他难道不会郁闷吗？说到吃醋，男人并不比女人差。只不过男人会忍耐，不会轻易表露出来罢了。孙浩翔还算有风度，没有直接说出来，只是话中有话地说：

“你对卢伟还挺关心的？”

“什么啊，大家都是朋友，关心一下也是应该的嘛。你不要这样小气好不好。”袁鹭急忙掩饰道。

“我不是小气，我是说你啊，有些太过于杞人忧天了。卢伟那件事大家是知道的，没有什么大不了的。官司的输赢是他们单位的事情，与他有什么

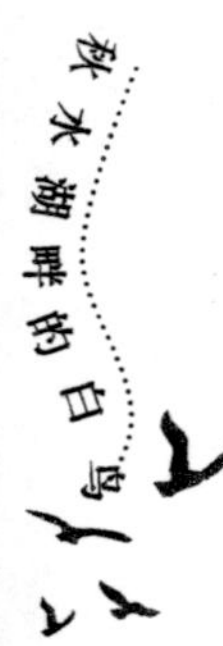

关系。卢伟又不是单位的正式工作人员，他们不会去追究他个人的责任的。像卢伟这样的人，纯粹是自找麻烦，所以才沾了一身的晦气，你现在也要沾吗？听我的，快点收手吧，要不然也会引火烧身的。”孙浩翔明显地感到不满，带着讽刺的语气说。其实他并不是真瞧不起卢伟，而是想试探卢伟在袁鹭心中到底有多么重要。

袁鹭有些不快，她不容许他对卢伟做那样的评价，更听不惯他言辞中那些庸俗的论调。但是同时她也担心自己的反应太强烈会让孙浩翔窥见自己的心思，所以她虽然有些生气，但是并没有冲动，也没有表现出来，而是用一种柔中带刚的语气委婉地反驳了他：

“你啊你，在单位还没有待上几天就染上了臭毛病，做人要坚持原则，怎么能对任何事情都漠不关心，一副事不关己，高高挂起的不负责任的样子，遇到事情不去解决，而是站在一边说风凉话，这样的人怎么像一个男子汉，怎么能成得了大器呢？”

“我染上一身的毛病，那是因为我身边的那些人身上有毛病，我成不了大器，至少我不会惹上一身的臊气。”孙浩翔反驳说。

“分明是你自甘堕落，还怨别人。就你这素质还自称是名牌大学的毕业生，是志愿者，是来这里服务人民的，来改变这里的现状。我看呀，你那一肚子的臭水，倒是能把这里污染得更臭也说不定。我鄙视你，庸俗、庸俗、俗不可耐！”袁鹭扮着鬼脸，故意装出看不起孙浩翔的样子。

孙浩翔倒是好脾气，他没有被袁鹭的样子激怒，而是被逗乐了，大声笑着说：“我看你像一只小狗一样被人踩了尾巴还乱咬人。电影《无间道》你看过吗？里面有一句话：在这个世界上，往往不是人改变了事，而是事改变了人。多么深刻的句子啊，你知道不知道？”

“什么废话啊，就一个字‘俗’，我没有看过，也不想听。我看你才是狗呢，狗嘴里吐不出象牙。”袁鹭装作不屑一顾的样子。

“你说我狗嘴里吐不出象牙，那么你想不想尝试一下被狗嘴亲一下的感觉？”孙浩翔嬉皮笑脸地把嘴靠向了袁鹭。

“哎呀，真恶心，讨厌，你这不要脸的东西，我不理你了。”袁鹭就像是遇到煞神似的躲开了，脸上迅速被嗔怒与害羞的红色所笼罩。

“哎呀，好吧，你不理我，因为我庸俗，你讨厌我，因为我恶心。那么你去找你的大诗人吧，人家又高尚又文雅，他的怀抱一定很温暖吧？”孙浩翔的自尊心被伤害，终于忍不住用刻薄的语气发泄出了自己心中的怨气。

袁鹭就像是被人抽了一巴掌，眼前一片漆黑，站在那里半天没有反应过来，又像是被人泼了一盆冷水，打了一个冷战。她感觉到自己的体温像是降到了冰点，心仿佛也在瞬间停止了跳动。她愣在那里，脸上由红变白，又由白变成紫青色。泪珠子在她的眼眶中打着滚，就是流不出来。她的嘴唇抽搐着发青，无力的颤抖的手缓缓举起来，用手指着孙浩翔，半天才歇斯底里地哭了出来：

“好啊，孙浩翔，原来你绕了半天的圈子就是为了说出这句话，原来你对我根本就不信任，原来……呜……呜……呜……”袁鹭已经泣不成声了，她无法接受这种突如其来的打击。

“本来就是吗，还怕我说，跟我在一起的时候，你的嘴里都是他的名字，那么你不在我面前的时候，你是不是整天都在想着他呢？我在你的心中算得上什么？你把我当成了什么了？”孙浩翔说话的时候是背朝着袁鹭坐着的，他并没有看清她脸上的变化，只听见了她的抽泣声，但是他并没有认识到问题的严重性，否则他不会说出这句更加令袁鹭伤心的话。虽然他的心中充满了醋意，想发一下牢骚，但是毕竟他还是爱她的。

“孙浩翔你听着，现在我郑重地告诉你我心中是怎么想的。其实在我心中你只不过是一个心胸狭窄的小人，一个不分青红皂白的混蛋，你给我滚，马上滚，我再也不想见到你了。”袁鹭充满了怒气地大声喊道。她伤心极了，委屈极了，她想不到孙浩翔竟会说出这样不讲情理的话，愤怒的情绪已经冲昏了她的大脑。她已经失去做出解释的勇气和等待他道歉的耐心。

孙浩翔被袁鹭的咆哮惊醒了，他这才认识到问题的严重性。自从他们认识以来，从未红过脸，更别说吵架，他从未见她发这么大的脾气。这次她的表情、语言和动作都是他始料未及的。孙浩翔的心一沉，糟了，事情弄大了，得赶快设法及时弥补，所以他带着试探的怯懦的语气说：“袁鹭，你别

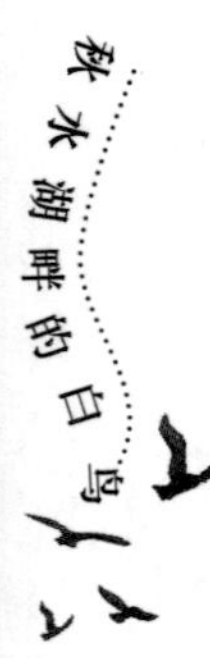

生气，我是瞎说的，你别在意，其实我是真的爱你，所以才这么在乎你。”

“你别再假装好人了，别再来骗我了，你快滚吧，不要再让我见到你。”袁鹭并没有被孙浩翔的话打动，她的心已经凉到冰点，已经碎成碎片，所以她根本就不理他的苦苦哀求，只是趴在桌子上哭，只用手指着门口说。

“真的，我不是故意伤害你的，我只是一时昏了头，才说出了那些混话，你不要伤心，我向你道歉了，请别再哭了。”孙浩翔想方设法安慰袁鹭，试图去接近她，用手试着扶她的肩膀。

不动还不要紧，这一动反而把袁鹭惹怒了，她忽地从桌子上爬起来，不由分说地将孙浩翔往外推，任凭孙浩翔怎么解释她都不听。孙浩翔就这样被推出门外，随后，门就被砰的一声关上了。

孙浩翔在外面一边敲门，一边恳求，但袁鹭怎么也不开门，他只能听见屋内的哭声。孙浩翔的心里很急，充满了后悔与内疚，但是袁鹭已经将自己拒之门外了，再怎么解释也不能使她回心转意。

孙浩翔在门外敲着，哀求着，但是无济于事，袁鹭就是不肯开门，他只能在门外的走廊上等，而屋内袁鹭的哭声也渐渐小了，止了，再没有其他的声音，一时间空气静得可怕。孙浩翔再也不敲门了，只是朝着屋内轻轻唤了几声袁鹭的名字，结果是没有回答。他只好作罢，只是怅然地望着天空发呆。

此时已是深秋时节，天空蓝得清澈，看不见一丝云。远处的山光秃秃的，一片灰黄，想必树叶子已经落光了吧。近处的树枝更是干净得可怜，而且是那样默默地站立着。一丝风吹来，让人感到有些微冷，脑子也清醒了许多。一切都显得那样的沉静，但是孙浩翔的心并不平静，回想刚才发生的一切，真的有些不敢相信，恍惚在梦中，仿佛是盛夏的天气，本来还是晴天白云的，一瞬间就风雨交加，把世界冲个底朝天。他怀疑自己刚才是不是中了邪，怎么会平白无故产生那么多的妒忌，而且在那么短的时间里就失去理智说了那些疯狂的话，这在平时他是绝不会做出的。本来自己是兴高采烈地来找袁鹭过周末的，但是却没有想到会在这么短的时间里闹成这个样子，伤了她的心，说不定会断送这段感情，这是他不愿看到的。孙浩翔是爱袁鹭的，他不想失去她。他在心中不停地念叨着：“袁鹭，我爱你，我不想伤害你。”但是这些话该怎么说出来呢？袁鹭不肯听他解释。他的心里很懊丧，抱着头对着天空欲哭无泪。

过了好长时间，孙浩翔才听见屋内有一丝响动，大概是袁鹭哭累了，挪一下趴在桌子上的身体吧。他想，她是不哭了，但是并不代表她已经原谅了自己，如果现在再敲门，肯定会引起她更大的反感。他迟疑了一会，想这样僵持下去也不是办法，就鼓起勇气走到袁鹭的门外轻轻地敲了一下她的门，小心翼翼地说：“袁鹭，一切都是我的错，是我胡思乱想，胡言乱语惹你生气，但是请你相信我是爱你的。我承认我有些小心眼，但是我是一个忠诚的人，就是因为太爱你了，太在乎你了，所以才怕失去你。我不是不信任你，而是在你面前我不够自信，我怕自己配不上你。但是上帝安排我义无反顾地爱上了你，那就请原谅我的过错，赐予我同样的爱吧。你是我手掌上捧的一只鸟，因为怕你飞了，所以才将你抓得很紧，所以才在无意间伤害了你；我的爱是挂在你叶尖上的一滴露，因为怕被风吹走，才将你紧紧抱住，所以才使你的眼中满含泪水。但这一切都不是我故意的，我只是太爱你了，才伤害了你。我知道我错了，我甘愿受罚，你打我骂我都行，只是请你不要不理我。请你原谅我，请你相信我。我真的想对你说一句话：亲爱的，对不起。”

孙浩翔说完，久久站在门外等待袁鹭的回应，但是，等了好久，也没有等到她的回音，他无奈地低下头。天色已经不早了，他必须回去了，但是他舍不下袁鹭，却又见不到袁鹭，他不知道该怎么办才好。他想了想，才下定决心隔着门向袁鹭的屋内说道：“袁鹭，我知道你不肯原谅我，那就算了吧，就让我的内心永远受到后悔与自责的折磨吧。你不要太难过了，早点休息，我要走了。但是我要告诉你，我不是放弃，我说过我是永远不会放弃的，我只是不想让你继续这样难过下去。我还会回来的，而且我一定要用行动证实我是爱你的，我会争取你的原谅，取得你的信任，再见。”

孙浩翔就这样走了，他的心里很不安，生怕这一走就是永远地离开自己所爱的人。他不敢想，任凭从这天地间涌出的黑暗渐渐淹没这眼前的一切。

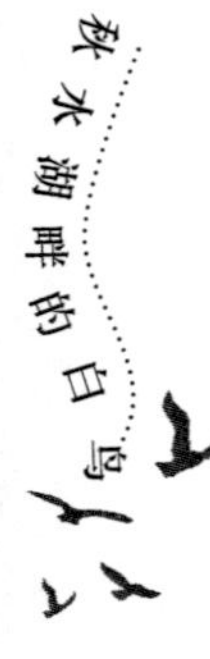

袁鹭在屋里哭够了，哭累了，一个人趴在桌上一动不动。她的心如死灰，在麻木中感到有些隐隐作痛。她恨孙浩翔，恨他的绝情与蛮不讲理。她一直以为他是爱自己的，信任自己，因为她自知没有什么事情欺骗他。但是从今天的谈话中她已经认识到原来他们的感情是多么脆弱，他对她是多么的不信任，她有一种被欺骗与被侮辱的感觉。她恨死他了，所以当孙浩翔在门外苦苦哀求的时候，袁鹭是那样绝情，她的心里竟然没有一点同情，任凭孙浩翔百般解释，她就是不肯开门，不肯原谅他。但是在哭过之后，袁鹭渐渐静下来，痛定思痛，才发现自己今天是有些不对。袁鹭觉得为了卢伟的事情，自己是过于心切了，竟然在孙浩翔面前三番两次地提到卢伟，而且是那样关切的样子，这一定伤害了孙浩翔的感情，更伤了他的自尊心。袁鹭本想给孙浩翔一个道歉的机会，但是一想到他激烈的言辞，她就气不打一处来，终于还是没有理他。所以在孙浩翔走的时候，她本想从桌子上爬起来叫住他，但是事到关头，她还是没有迈出那艰难的一步。

孙浩翔走后，袁鹭一个人静下来想了很久。她有时觉得自己很傻，为了一个不爱自己的人而伤害一个爱自己的人，这到底是为了什么？她不知道。想一想两个男人在她心目中的地位，她不知道哪一个重，哪一个轻。突然间她觉得这种比较很可笑：自己明明说过已经不喜欢卢伟了，为什么拿他和一个喜欢自己的人来比较呢？她越想心里越乱，不但找不到答案，而且又冒出了新的问题，新旧问题混在一起，真是烦透了。后来她索性就不去想了，暂时把那些痛苦的事情抛在脑后，为下周的工作做准备。

孙浩翔回到单位后，给袁鹭打了好几个电话，她都没有接，又发了几条短信，但是也没有得到回复。他很无奈，但也没有办法。恰好这几天县上召开党代会，孙浩翔也忙得不可开交：帮忙整理文件、组织会议、布置会场等。虽然，他在袁鹭面前说过这些政府机关的坏话，但是作为一名志愿者，他还是积极向上的，还能够保持在工作上的热情，并且在一定程度上还减轻了上次和袁鹭闹得不愉快带来的痛苦。

美丽的哀伤

在这个秋末冬初的季节，一切都在悄悄地变化着。首先是天空在变化：由原来的澄蓝色变成现在的浊青色，而且看不到云，倒是时不时地笼罩着一层薄雾。其次是树上发生了变化：原来红色的叶子变成了枯黄，有的干脆落得无影无踪。最后就是地上的变化：由原来的露变成了霜，再到后来就要下雪了。但是雪一直没有下，仿佛是这个黄色的季节不肯离去，而另一个白色的季节又姗姗来迟似的。不过天气是真的变冷了，在晨昏时分让人们明显地感觉到冬天的寒冷。

在这个小小的县城，人们的心也在发生着某种微妙的变化。比如说党代会，而这一次又是非常关键的一次：县里党政机关的权力交接正在悄悄进行。卢伟这几天倒是不怎么忙，除了用那台从别处借来的古董电脑打一些文件以外就没有什么事情可以干了。党代会过后，李站长已经是实质性地离岗了，由于新的站长还没有定下来，所以他还在站里象征性地主持工作。但是谁都知道，老罗是下一任站长的不二人选，因为他资历也老，所以大家都在心里确认他就是站长了，站里的大小事务都由他做主，李站长只是签字盖章罢了。卢伟对于老罗的印象并不好，但是人家毕竟是自己的领导，他也不好表露在外，只能敬而远之。

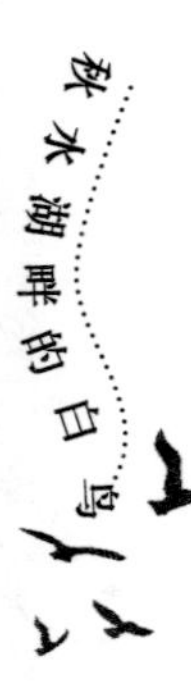

这天，卢伟突然接到袁鹭的电话，她说要到卢伟这里来玩，而且是一个人。卢伟很奇怪，他以为袁鹭再也不会主动和他说话了，今天怎么会主动来找他呢。但是人家女孩子都说了，自己也不好意思拒绝，所以就满口答应了，心中却满是狐疑，猜想着多种可能性。

袁鹭的确是高高兴兴地来了，她显得很轻松，好像跟卢伟之间根本就没有发生过什么似的，很自然、很大方地有说有笑。卢伟好几次试图从她的脸上或者眼神中捕捉到某种信息，但是都没有发现什么异常的，于是他也就不去多想、不去多问。袁鹭还很大方地请卢伟带她到附近好玩的地方。卢伟自然没有说什么就答应了。

这天天气很好，晴空万里。俗话说，十月小阳春，一点都不错。中午的太阳照得暖烘烘的，真的好像是到了四月的春天。路上的人很少，更不会遇到什么熟人。他们边走边聊，仿佛忘却了时间。但是卢伟还是显得很拘束，毕竟自己以前伤害过人家，而且现在人家又是有男朋友的人，跟她在一起总感到不自然。

“小孙最近还好吗？”卢伟问。

“他啊，也许吧，谁知道呢。”袁鹭掩饰似的回答，语气中有几分冷漠。

“什么话嘛，难道你不知道吗？”卢伟笑着问。

“他好不好，关我什么事。”袁鹭冷冷地说。

卢伟听出袁鹭的语气不对劲，但是又不知道为什么，便试探性地问：“怎么，又闹别扭了，瞧你这幅任性的样子，还在生人家的气呢？”

“谁任性了，他是他，我是我，我怎么知道他怎么样呢？”袁鹭故作镇静。

“看你这是什么话，他难道不是你的男朋友吗？你不关心他吗？”卢伟笑着说。

“你以后不要再用这个词来称呼我和孙浩翔之间的关系了。我们之间以后什么都不是，也许本来什么都不是。”袁鹭正色说道。

卢伟冷不防碰了一个软钉子，又好气，又好笑，他不敢再去直接问，便又旁敲侧击地安慰袁鹭说：“这天哪，有晴的时候，也会有阴的时候，人嘛，有和好的时候，也有不和的时候。你们吵架了，正说明你们彼此了解得更加深入了，这样不是很好吗？恋人之间吵架是很正常的，吵过就算了，你又何必计较呢？”

“我斤斤计较，我为什么要和他那种人斤斤计较呢？”袁鹭气愤地说。

“他怎么了？小孙是一个好男生，你不要跟人家吵了一架就对人家有成见，而且是一棒子打死，人嘛，总会有好的一面，也会有不好的一面，你又何必这样小气，用一只眼睛看人呢？”卢伟劝说道。

“你还说我小气，其实你不知道，他才是真正的小气鬼呢。”卢伟生气地说。

“他小气，怎么个小气法？”卢伟趁机探问。

“他，他，哎呀，反正他就是个小气鬼。一想到他我就生气。”袁鹭本想把那天的事情说出来，但是话到嘴边又咽了下去。

卢伟一看袁鹭就知道他与孙浩翔之间发生了冲突，而她又不好说出来，卢伟不知道是怎么回事，就又问：“什么吗？分明是你不对，还说人家小气，你们女孩子啊，都这样蛮不讲理。”

“你，你，哼。”袁鹭好像是受到了莫大的委屈似的，脸涨得通红，泪珠子在眼眶中打着转。她欲对卢伟说什么，但只是说出一个你字，就甩手向远处跑去了。卢伟意识到自己的话问得太多了，想道歉，连忙追了上去，但是没有追上。

下了公路就是一条通向湖边的小巷子。有庄户人家的柴房和小楼房，屋檐下都挂着金灿灿的鞭炮似的玉米棒子。巷子的水泥路面上有人晾晒着刚收获的谷物和豆类。从巷子向外走去就是一片玉米地和稻田，此时已经空空如也。田垄上偶尔会看见几棵柿子树，此时也挂满橙黄色的柿子，光彩诱人。

卢伟追了好长一段路程才追上袁鹭。她此时已经在湖边一个拐弯处的草地上蹲着，对着湖水发呆，看那样子，一定是掉过眼泪的。卢伟走到她的面前，她没有丝毫的反应。卢伟只好挨着她蹲下来，一句话也不说，陪着她发呆。

过了很久，卢伟才轻声说：“对不起，我刚才的玩笑开得太大了，我不是故意伤害你的。”

“你不用道歉，我不怪你，我只是怪自己。我为什么那么傻，为了别人而伤害自己，最后还让别人笑话。我真是自作多情，我活该受罪。”袁鹭满脸忧伤地说。

“你说什么？我怎么越听越糊涂，难道你和孙浩翔吵架是因为我吗？我不知道啊，你怎么不早点告诉我呢。”卢伟显得不知所措。

袁鹭没有说话，只是望着湖水独自落泪。这使卢伟更加感到内疚了，好像整个事情都是自己造成的。但是卢伟依然不知道发生了什么事情，他急于知道这一切，所以他用颤抖的双手抓住了袁鹭的肩膀，将她的身子转向自己，用热切而又凄厉的语气问道：

“袁鹭，求求你，请告诉我，你们之间到底发生了什么，为什么又把我牵扯进去了？我不想伤害你，更不想伤害小孙，我不想我们之间还存在影响你们感情的事情。求求你告诉我，我究竟做错了什么？如果我能够弥补的话我会尽量弥补的，如果我能证明什么问题，我会亲自向小孙说的。袁鹭请你相信我，告诉我该怎么办？”

袁鹭被卢伟逼人的气势震慑住了。她无力面对他，不敢面对他，只是挣脱了他的控制，然后用尽全身的力气才稳住了摇摇晃晃的身体，慢慢缓过神来，用抽泣的声音说：

“不关你的事，你不要瞎猜，都是我的错，是我自作自受。”

“不要骗我了，袁鹭，从你的眼神中我已经看出你在撒谎，你不告诉我真相是怕我伤心对不对？但是你知道吗，你这样一言不发只会令我更加担心，更加痛苦。难道你想让我跳进湖中你才肯说吗？”卢伟步步逼近。

此时的袁鹭，却表现出异常的坚定。她没有逃避，也没有哭，而是用笔直的目光盯着卢伟，像是在试探，又像是在审问。两双眼睛就这样对视着，好长时间没有移开。袁鹭那原本因伤心和惊恐而变得煞白的脸此时更添几分坚毅与决绝。卢伟知道，她正在做思想斗争，她是快下决心说话了。他屏住呼吸，等待她的答案。好长时间之后，袁鹭才用低沉的声音说道：

“事实上，这件事确实与你有关，但是没有你想象的那样严重，而且你也没有做错什么。还记得你们打官司那件事吗？我只是向他打听一下而已……”袁鹭将那天她与孙浩翔吵架的经过说了一遍，“其实你是无辜的，都怪我太不小心了。”袁鹭补充说。

卢伟听她说完之后，渐渐明白了，悬在嗓子眼的一颗心也落了下来，他慢慢地蹲下身子，直到完全坐在地上，半晌都没有说出话来。此刻，在他的心中只有内疚与自责。虽然袁鹭说了无数遍不怨他的话，但是他怎么能这样认为呢？毕竟人家是因为自己的事情才和男朋友吵架的。

袁鹭看见卢伟在那里发呆，知道他一定是在自责，这回，轮到她来安慰他了。她走过来拉他，没想到卢伟坐在那里不起来，反而一把拉住了袁鹭的手，用温情、诚恳又带内疚的目光看着她，直到她也挨着他坐下。

“你真傻，袁鹭，我的那件事与你们根本就没有关系，而且我早就释怀了，你又何必为了它与小孙闹别扭呢？他是个好孩子，但是作为男人，谁会愿意自己心爱的人把另一个人挂在嘴边呢。你是无辜的，但是人家也没有错啊。听我的话，原谅他吧。如果需要，我会劝他的，给他说明真相，我想他一定会理解你的。”卢伟说这句话的时候，语气充满了关怀，目光充满柔情，像一位父亲安慰哭过的女儿。

袁鹭被卢伟的深情融化了，但是她并没有失去一个女人的理智与矜持，很恰当地躲开了。

“我只是打听一下你那件事情有没有结果，也没有说什么，他就朝我发脾气，真是气死人了。”袁鹭说着就要站起身离开。卢伟这才发现自己的失态，赶快把手收了回来。他有些尴尬，但是袁鹭的心结已经解开了，他也感到很欣慰，就没有再说什么，跟着她继续往前走。

他们此时看到的地方，在秋水湖的上游，秋水的入口处。水面不宽，还被几个天然的洲子隔开。冬天的水位降低了许多，露出大片的淤泥和沙滩。水面很静、很清，仿佛停止了流动。在水中央依然长着枯黄的芦苇和其他的水草，稀稀落落地立在那里，像是被时光遗忘的感情，既无法生长，也不肯离去。对面是一大片的杨树林，杨树个个挺拔高耸，还挂着几片枯黄的叶子，落寞而自在。这一片淡淡的黄色与头顶青色的天空倒映在水面，像日本浮世绘，色彩清淡而层次分明，充满意境。偶尔，从湖面的彩画中飘过一群

野鸭或者白鹤的影子，别有一番情致。

他们就这样在湖边走着，都没有多说什么话。湖边草地上有人踩出一条小路，但是很窄，很崎岖，还长满了茅草，再加上湖边的土很湿滑，人走起来要很小心，不小心就会顺着斜坡滑进湖里。卢伟时刻照顾着袁鹭，害怕她出什么意外。

“你家在南方，你们那里也有这么大的湖吗？”卢伟问。

“有啊，有比这大得多的呢，只是离我家比较远，不常去的。”袁鹭回答。

“哦，那很可惜啊，要是我，我会天天去的。”

“你很喜欢湖吗？”

“当然，我家在北方，哪见过这么大的湖啊。”

“这怎么能叫作湖呢？其实只是一个水库而已，在我们那里这只不过算得上是一个小水潭罢了。”

“你是笑我见识少啊。”

“不是的，我只是实话实说罢了，你不要多心啊。”

“哪里哪里，我只是羡慕罢了。”

“你不要这么夸张嘛，那只不过是湖，又不是海，你要是见过海的话，不知还会怎么样呢？”

“如果我见到海，我真的不知道会是怎样的感受。我想，一定会像席慕蓉第一次踏上蒙古草原时的那种心情：满脸的泪痕，却说不出一句话。”

“哪跟哪啊，人家那是回到自己久别的故乡，你是看到从未见过的海，怎么会有同感呢？”

“海是所有生命的起源，从这个意义上讲，海就是人类的故乡啊。”

“怎么讲？”

“你没听说过人是从猿变来的，而猿又是从鱼变来的吗？”

“太离谱了。”

卢伟还想说下去，但是袁鹭突然叫了起来打断了他的话。原来他们走的路从中间断了，不能通过，必须爬上旁边的田垄才能绕过去。但是田垄在高处，必须爬上一个坡。这个土坡有一米多高，光秃秃的很笔直，没有落脚的地方，不能直接爬上去，需要抓住旁边的荆棘才能攀上去。袁鹭力气小，试着爬了好几次都没有爬上去，手还被荆棘刺伤了。

卢伟赶快过来看，还好，只是划破了一点皮，伤口只是渗出了一点血，不碍事的。卢伟怕伤口上留下刺，要帮袁鹭拔出来，袁鹭说不用了，又没有毒，只是用纸巾擦了擦，血就止住了。但是问题还是没有解决，坡还是爬不上去，走回头路又太远了。怎么办？卢伟想出了办法：自己先把袁鹭抱起来、推上去，然后袁鹭再把他拉上去。袁鹭先是不肯，但是想了想也没有别的办法，就红着脸勉强答应了。

走上田垄就可以看见秋天的田野。在刚刚收割的田地里有农民在耕地，两头长着火红色毛的牛拉着一架木犁在地里吃力地走着，很有意思。卢伟还是第一次看见这样的耕作方式，不由得发出赞叹。那位老农好像也看见了他们，大概是不屑于他们的大惊小怪吧，他用冰冷的眼神瞪了他们一眼，就低下头继续赶他的牛。

“你看你，还好意思笑。人家农民伯伯多么辛苦啊，你不是在嘲笑人家吗？”袁鹭小声地批评卢伟说。

“你误会了，我可不是这个意思啊，我只不过是没有见过这样的耕作方式，感到好奇罢了，我可没有看不起人家的意思。”卢伟连忙收敛了笑声，解释说。

“我知道你不是故意的，但是你不应该笑出声来，让人家听见还以为你是在取笑人家呢。你看人家大爷是不是生气了？还用眼睛瞪我们呢。”

“我错了，我再也不笑了。只是这田园风光难道不值得赞叹吗？”

“有什么好赞叹的，牛拉犁耕种的落后的生产方式难道还值得赞叹吗？”

“就是啊，就是因为落后的生产方式才能保持一份淳朴，才不会污染这里的环境嘛。”

“但是这毕竟代表了一种落后与贫穷啊，难道你愿意看见他们一直就这样贫穷下去吗？”

“我当然不希望这样，我真的希望他们尽快脱贫，尽快过上一种富裕幸福的生活。”

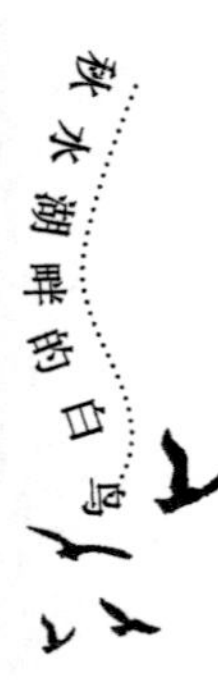

“但是你刚才分明为这种落后的生产方式赞叹呢。”

“是啊，我只在赞叹，但是我是在为这一幅田园风光赞叹，而不是为他们的贫穷落后而赞叹。”

“但是这二者之间难道不是一回事吗？”

“是啊，我真是太浅薄了，太理想主义了。我只看到表面情况的美丽，而没有看到这种美背后隐藏的残酷现实，其实田园牧歌有时就意味着贫穷与落后。我真是佩服你的睿智，看问题总是那样一针见血，我应该向你学习了。”

“瞧你，又开始损人了不是？我有什么值得你学习的，你应该多向生活学习。”

“是啊，我太缺乏生活经验了。难道现实必须是这样的吗？美好与丑陋并存。比如说这里，田园风光就必然与贫穷落后并存吗？”卢伟像在询问，又像在自问自答。

“也许是吧？但是对这里的人们而言，生存问题还是他们需要解决的首要问题，贫穷是他们最大的敌人。人们总不能饿着肚子欣赏这田园美景吧？希望有一天他们富裕了，会去保护环境。”

“难道非要等到人们都富裕了才保护环境吗？也许那时候就晚了。难道就不能存在这样一条路：既能使人民过上富裕的生活，又能保持这样一种田园风光吗？难道人们的富裕必须以环境资源的破坏为代价吗？难道那种只有财富没有美景的世界也能称作文明，也能叫作幸福吗？”

“也许存在那样一条路，只是我们还没有找到罢了。不过人们在一直努力探索，我想有一天总会找到的。唉，算了吧，我们就不要杞人忧天了，还是走吧。”袁鹭催促道。

“唉，对啊，他们，也包括我们，应该有一种生活，一种生存的方式，为前人没有经历过的两全其美的生存方式，要不然这个世界怎么能发展呢？”卢伟笑着跟了上去。

走过长长的水湾，他们可以看见远处突入湖水中的一角，有位村妇在那里洗衣服。这大概是他们重复了几千年的生活方式吧？她那样专注，以至于没有发现其他人的到来。袁鹭慢慢地走过去和那位妇女聊了起来，卢伟站在不远处思考他的问题。那位农村妇女看起来有五六十岁的样子，头发花白，皮肤松弛，皱纹就像是土地上的裂纹，将她的面部扭曲分割，只是从她面部的轮廓隐约可以看出她年轻时可能有过美丽的容颜。但是此时，她的眼睛已经陷得很深，像秋天的湖水，沉积着太多的痛苦与岁月的沧桑，冷漠而迷茫。她的衣服更不用说了，穿得起了皱纹，可能是洗了太多次的缘故，已经严重褪色，衣服上面已经打了好多个补丁，像堆砌的蘑菇。她的手因长时间浸泡在水中也变得苍白，十指瘦长，像干枯的树枝。起先，也许是因为好奇，她和袁鹭谈的话还挺多，但是慢慢地也就只有袁鹭问什么她答什么了，最后就懒得吭声了，只顾搓她的衣服，不知是因为她确实很忙还是别的什么原因。

卢伟对她们的谈话并不感兴趣，他向来是不喜欢和陌生人说话的。所以在袁鹭和那位妇女谈话的时候，他只是在听，但是也听不大懂，因为老人用的都是本地的方言。卢伟更多的时候是在看这里的湖水，这里距离湖心很近，因此随风涌来的波浪拍打岸边溅起的水花都可以打湿他的脚。水很深，呈现出幽蓝。随波望去，人有一种像是在水上漂泊的眩晕的感觉。卢伟索性闭了眼，让风声与涛声的共振一直向心里蔓延。

袁鹭和老人的谈话实在无趣，就招呼卢伟离开，他们沿着湖边继续走。中途，他们还遇见几个小孩子用自制的渔网在湖中捞鱼，不远处升起袅袅轻烟，想必是他们在烧烤着美味吧？这不禁使卢伟想起自己的童年。他走过去想和他们搭话，但是农村的孩子都怕生，只是支支吾吾几声就走开了。

他们在拐弯处的一处草地上停了下来。这里面朝太阳，阳光从湖边一处整齐的杨树间照下来，被树叶分割成缕缕光柱，投射在落叶上，打出斑驳的光点。在光影之中隐约可以看见树枝间蜘蛛网闪闪发光。此时正值深秋，金黄色的树叶落在草地上，铺成金黄色的地毯，从斜坡上一直延伸到湖中。高处田垄上有几处荒芜的坟堆，枯草丛中几块墓碑依稀可见。

也许是这里的景色太迷人，或者是他们确实走累了，两个人不约而同地停了下来，一边歇息，一边欣赏风景。此时太阳已经偏西了，湖水由白变

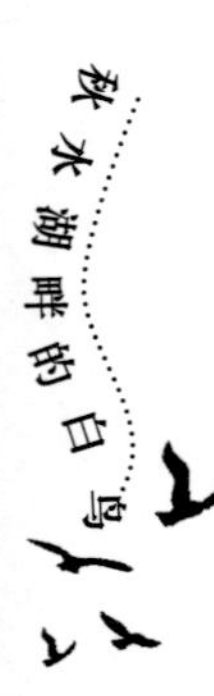

灰，再变成深蓝，随着风一波一波涌向岸边。卢伟捡了一根树枝，拨着湖边的水草和被湖水冲到岸边的杂物。袁鹭在一旁看着他笑。

“你在找什么啊？”袁鹭问。

“找贝壳、鱼或者乌龟什么的。”卢伟说。

“找到了没有？”

“没有。”

“没有还在找？”

“我希望自己找得到。”

“你很乐观嘛。”

“你是想说我天真或者幼稚吧？”

“不是啊，其实我很羡慕你的。”

“羡慕我什么，我的理想主义？”

“也许是吧？不过还有一点执着。”

“哦，你大概是说我有些痴心妄想吧？有点飞蛾扑火、精卫填海什么的。”卢伟觉得袁鹭的话很有意思，也就放弃了搜索，过来和她聊了起来。其实他本来也没打算找到什么。

袁鹭没有再说什么，只是笑。

“这有什么好羡慕的，其实大多数人都很执着。不过追求的对象不同罢了。有的为了爱情，有的为了金钱、权力、名誉等，有的为了梦想或者别的虚无的东西，就像是我。”

“就是因为你为了梦想，为了一些虚无缥缈的东西，所以我才羡慕你。”

“你又取笑我。大多数人都有过梦想，只是他们随着时间慢慢长大就将梦想渐渐淡忘了。像我这样执迷不悟的人可以被称作是异类了。”

“我是认真的。大多数人的目标过于现实了，根本不能称之为梦想，对那些东西过分执着反而显得无味。因为太容易得到也太容易失去，所以他们在不断的满足与失落中浮躁地活着，不过是行尸走肉罢了。而你不同，像你这样的人，一生只为梦想活着，虽然有些不切实际，但却是另一种形式的真实，反而更加贴近生命本质。”

卢伟被袁鹭的话深深地打动了，今生还是第一个女子这样理解自己的心，真是太难得了。但是他没有说什么，只是听她继续说。

袁鹭拣了一块干净的有树叶子的地方坐下来接着说："这就是我羡慕你的地方。别人为现实活着，而你是为梦想活着。"

"其实我也很现实啊，只是我现实得不太过分而已。"

"我不知道人到底是为了什么而活着。为自己，为别人，为了金钱、名誉、权力还是别的什么。我只是在父母的安排下乖乖上了十几年的学，毕业了，只为了找一份在别人看来还算差不多的工作，然后挣钱，养活自己和家人。一生就这样盲目地忙碌着，日复一日，消磨着生命与时间。但是生命的意义到底是什么，我不知道。"袁鹭像是没有听见卢伟的话自言自语道。

"其实你不必去想自己到底是为什么活着，因为大多数人都不知道自己是为什么活着。老是问自己这个问题反而显得不正常，还会使自己痛苦。"

"但这是生活吗？一个连自己的目的都不清楚的生活能叫生活吗？"

"这就是生活，生活本身就是问题，同样也是答案。只是一个不能问也不能答的问题，因为一旦给出答案，问题就会消失。"

"怎么会，一个否定问题本身的答案也叫答案？"

"对啊，有些问题是没有答案的。比如说人死后的问题，一旦做出回答，问题本身也就失去了意义。"

"但是正如你所说的，人是要死的，生命是那样的脆弱，就像是水面上的蜉蝣，为了生存不停地游着，但是不知在哪一刻，一个不经意的灾难就会把它推向死亡。人这样忙碌到底有什么意义呢？"

"谁说没有意义了？当苏东坡叹息：'寄蜉蝣于天地，渺沧海之一粟'的时候，他也许不会想到自己已经向这个世界证明了自己的伟大。"

"但是，不是每个人都能像苏东坡，也许只有你能够赶得上吧。"

"不光是我，还有你，还有更多的人，其实每个人都有自己不平凡的一面，只是没有发现而已。"

"谁说的，我可没有那么伟大。"

"帕斯卡尔说过，人的生命本身就像是一根芦苇，很脆弱，不小心就会

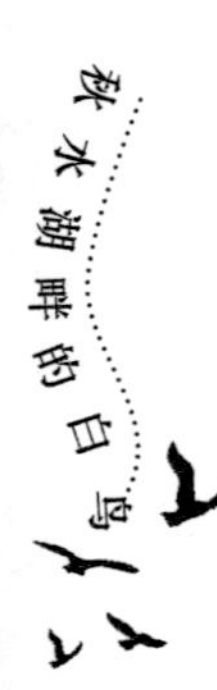

被风浪打断，但是人有了思想，人就变得坚强和伟大。所以人成了世界的主人，人可以掌握自己的命运。人能够创造自己的生活，人可以有自己的梦想，可以为自己的梦想而奋斗。”

“那我为什么总是感到很累呢？”

“那是你太在乎自己，太在乎自己的梦想和为梦想所付出的代价了，而淡化了梦想本身的美。”

“我现在才知道你父母为什么为你起那样一个名字，原来是这样的啊。”袁鹭觉悟似的舒了一口气说。

“没有啊，这只是巧合而已，他们怎么会想到我所说的这些呢？”卢伟解释说。

“啊，好冷啊。”袁鹭打了一个哆嗦，用双手把双肩抱得更紧了。

卢伟这才发现太阳已经偏西了，远山长长的影子投在湖面上，湖面上吹来一股凉风。他想了想，把自己的外套脱下来，给袁鹭披上。袁鹭先是推辞不肯接受，但是经过卢伟的一再坚持，她也就不再拒绝，穿上了。两个人蹲在湖边，谁也没有要走的意思，就这样漫无目的地聊着。

不知不觉太阳已经落山了。时间催人，他们才恋恋不舍地往回走。由于当初走太远了，他们走了好长时间才到卢伟的住处。袁鹭想在卢伟那里歇一下再回城里去，就跟着卢伟往站里走。但是当他们刚刚走到门口的时候，发现有个身影。那个身影就是关萍萍，她是专门来找卢伟的。当她发现卢伟正和一个女孩子肩并肩走着，而且这个女孩子还披着卢伟的衣服时，她的心像是被什么重重地击了一下似的，整个人几乎要晕过去了。关萍萍的表情由惊喜转为愤怒，但只是呆呆地站在那里不说话。

“萍萍。”卢伟半天才从尴尬的窘境中回过神来，用结结巴巴的声音说出。

“不要叫我，我不认识你。”关萍萍几乎是哭着说出这几个字的，然后就用手捂着嘴见了鬼似的转身跑了。

袁鹭早就从关萍萍和卢伟的表情中明白了一切，他们的谈话又证实了自己的猜想。袁鹭后悔莫及，她想向关萍萍把一切解释清楚，但是这会儿关萍萍早都跑远了，该向谁解释去呢？

"萍萍，你听我解释……"卢伟还在向已经没有影子的关萍萍喊。

"萍萍，不是那样的。"

但是关萍萍的影子和声音早已经消失得无影无踪了，只剩下两个无辜的人站在那里无奈地对视，目光深远而悠长。

误会

关萍萍这次是专门来找卢伟的。他们有好几个星期没有见面了，她很想他。上几次短暂的约会多少有些尴尬，卢伟的情绪明显很低迷，很少说话，或者干脆不说话。关萍萍以女性的直觉察觉卢伟的心中一定有事情，但是任凭她怎么问，他也不说，后来她就不再问了。两个人在一起的时候就像是应付对方打发时间的样子，全无刚开始时那种火热的激情。所以好几次，当他们在一起的时候感觉无趣，也就匆匆散了。

关于卢伟在工作中遇到的那些事情，卢伟即便不说，她也听别人说了。她觉得这事情不怪他，人们不应该把责任推到他身上，他也不必为此而过于自责。她每次试着想去开导他、安慰他，但是每次当她试图开口的时候，他都故意回避似的，躲躲闪闪不说实话，或者干脆什么也不说，只是微微一笑，显得很深沉、很平静的样子。她不知道他的心里到底在想些什么，总觉得他有事情瞒着自己，而这些绝不是工作上的那些事情那么简单。恋人之间应该是相互信任、无话不谈的，但是他的讳莫如深却让她感觉到一种越来越强烈的陌生与疏离感。难道他不喜欢自己了，还是另有新欢。当然这只是她的猜想，还没有事实证明，而且她也不愿相信这样的事实。但是偏偏就是这次巧合，使她的美梦破灭，心彻底凉了。

袁鹭也感到很无奈，她没想到自己的到来造成这么大的误会，给卢伟和关萍萍造成这么大的伤害。她不该来这里的，否则就不会发生这次意外，她心中感到内疚。卢伟更加难堪，他无法向关萍萍解释，因为看样子，她是不会给他机会了。每次，当他去找她向她做出解释，她都故意避而不见，或者干脆闭门不见，他根本就没有说话的机会。反过来，卢伟还得安慰袁鹭，因为这件事根本就不怪她，仅仅只是一场误会，她不应该自责的。他在两边都不受欢迎，这样的僵局好长时间也没有被打破。

已经是隆冬了，北方的天气是彻骨的寒冷，从湖面上吹来的风更加重了这里的阴冷潮湿。关萍萍母亲的气管炎又犯了。她得的是老毛病了，听说是从生下关萍萍的那时候起就落下了病根，以后就未痊愈过。每到冬天她的病就会发作，一年比一年严重，而且时常伴有并发症。关萍萍后来学医就是为了治好母亲的病，但是因为家里穷，她没钱上大学，只是上了一个县里的中专，也只学会了一般的护理，对于母亲的病她是无能为力的，家里也没有足够的钱让她上城里的大医院去看病，所以就这样一直拖着，按照这里赤脚医生的土方子抓一些中药来维持身体。但是这都是治标不治本，只能暂时减轻病人的痛苦，不能从根本上治好她的病。

这天晚上，关萍萍照例将煎好的中药端到母亲面前让她服了。她母亲服过药后，躺在那里缓了半天的气，原本急促的咳嗽才平息了下来。关母想了想才把关萍萍叫到身边说：

“萍萍啊，你最近是怎么了？老是无精打采的。”

“没什么，妈，我只是看见你老病又犯了，心里不舒服。”

“恐怕不是这些吧？妈的病是老病了，也没有什么大碍，过几天就会好的，你就不用太操心了。我倒是觉得你最近就像变了个人似的，整天失魂落魄的，该不是心中有其他事情吧？”

“真的没有，妈，是你多心了。”

“你不说我也不多问，只是平日里看见你在屋里偷偷地抹眼泪，妈心里也不好受。其实你不说妈也知道，是不是城里来的那个小青年又和你闹矛盾了？”

“妈，你说什么呢，我和他不熟。”

“那他为什么惹你生气了？”

“你不要提他了，我不想听到他。”

“瞧，被我猜中了吧？你们到底怎么了。”

关萍萍只是坐在那里不说话，一副很委屈的样子。

关萍萍的母亲看着女儿为难的样子，也就不再追问，只是用手轻轻抚着女儿的背说：“其实妈也不是反对你们来往，只是不希望你和他产生那种关系。对于那些城里人，我总是放心不下，毕竟人家和咱们不是一个世界的人，咱们连人家的家在什么地方都不知道，怎么能和人家深交呢？你也不小了，对自己的事情也应当心中有数。妈还是劝你一句：年轻人，不要感情用事，不要被人家的花言巧语迷惑了，不要像……”她话到了嘴边又收了回去。

关萍萍本来就已经冰冷的心被母亲这一说就更加如死灰一般了。她心中的白马王子此刻变成了一个花花公子，一个负心汉，一个只会用花言巧语欺骗少女芳心的伪君子。她不敢面对现实，但又不得不面对。她心中刚刚燃起的一点爱的火焰就这样被淹没了，她对人生的那一点希望也渐渐暗淡下去。她越想越绝望，越想越伤心，最后竟然趴在母亲身上哭了起来。

关萍萍的母亲并不知道女儿发生了什么事，还以为是自己伤了女儿的心，就忙拍着女儿的肩膀说：“是妈对不起你，妈知道你心高，一心想飞出这个地方。但是妈担心你啊，怕你飞得太远折了翅膀，感情是靠不住的。况且咱们已经答应人家的亲事了。”

“妈，你别说了，我依你。”关萍萍支支吾吾地说。

“妈，咱们明天到县城大医院去看病吧。这里的医生水平有限，疗效不好，你的病是不能再拖了。”关萍萍平静了一会才开口说。

“算了吧，我的身体不要紧，能撑得住。况且我的病是老病了，大医院也不一定看得好，而且太费钱了。”关萍萍母亲说。

“不行啊，妈，你的病是不能再拖了，我是学医的，我知道的。咱们家虽然穷，但是给你看病的钱不能省。”关萍萍说。

“那些钱是为你准备的嫁妆啊，你也不小了应该准备了。况且咱们家的房子这么旧，也应该修一下了。”关萍萍母亲说着又咳嗽了几声。

母亲即使不说明，关萍萍也明白：她是家里的独生女，没有兄弟姐妹，还有母亲和爷爷需要照顾。母亲的意思是给她招一个上门女婿，将来为家里人养老送终。一想到这里，关萍萍的眼泪又流了出来，她不想过这样的生活，但是又摆脱不了命运的束缚。

“妈，你不用说了，我知道，但是你的身体要紧，明天咱们一定去。”

“好吧，我去就是了。”

这段时间卢伟一直想找关萍萍把上次的误会讲清楚，但是一直都没有找到机会。他不敢到关萍萍的家里找她，他怕遇到她的家人，事情会搞得更加糟糕。从以往与关萍萍的交往中，卢伟发觉关萍萍似乎很怕自己的母亲，而且隐约感到关萍萍的母亲似乎是一个很排外的人，对城里人似乎有很大的误解，所以卢伟不敢让关萍萍的母亲知道自己与关萍萍之间发生的事情。而且卢伟也相信，关萍萍自己是不会说的，因为她很在乎这段感情。所以卢伟不会放弃，只是暂时先放一阵子，等关萍萍的气消了，他再找机会向她解释。

这天卢伟正在上班，其实也没有什么事，只是坐在办公室里翻看报纸罢了。突然接到在县城里服务的小张的电话：袁鹭住院了，而且是煤气中毒。卢伟万分着急，他忙给站里的领导请了假就上了一辆直奔县城医院的车。

到了医院找到袁鹭的病房时，得知她已经被抢救了过来，只是身体还很虚弱，此时她正躺在病床上休息。卢伟一颗悬着的心才放了下来。袁鹭的门口这时已经围了好几个人，包括袁鹭的学生和同事，当然还有孙浩翔。卢伟从孙浩翔的脸上看出他的情绪很低落、很疲惫，他不禁想起袁鹭同他说的与孙浩翔之间的误会，这时可能还没有彻底消除吧？再加上他一定也是受到了惊吓，所以精神才会这样颓废。卢伟长长地舒了一口气，走过去拍了拍孙浩翔的肩膀，两个人用目光相互鼓励了一下，但是谁也没有说什么。

他们从学生的口中得知：袁鹭所在的学校没有暖气，老师的宿舍和学生

的教室都用蜂窝煤炉子取暖。袁鹭可能是昨天晚上把窗户关得太严了，所以才会煤气中毒。不幸中的万幸是，那里的房子是用砖盖的，木质架构的，已经有些破旧了，没有楼房那样封闭，所以她的情况才不太严重，只是轻微的昏迷，又及时被人发现并送到了医院，才没出什么大事，经过抢救，现在已经转危为安了。

趁着袁鹭还没有醒来，卢伟就把孙浩翔拉到一边，小声对他说："小孙，我们都是男人，做事都光明磊落，关于你、我还有袁鹭之间有很多误会，我想在今天都说个明白。"

"好吧，你说吧。"

"关于上次你和袁鹭吵架的事，袁鹭已经对我说了。我认为是你的不对，你不该伤害她，我和她之间什么也没有，我们只是普通朋友。"

"哦，是吗？她倒是信任你，什么事都跟你说。"

"你就一点都不信任我？"

"我不是不信任你，我也不是怀疑你和袁鹭之间有什么。咱们都是男人，我相信你的为人。但是你不对袁鹭有感情，你能保证袁鹭不会对你产生感情吗？我不是怪你，我是恨我自己不能赢得她的心。"

"那你也不能把火气都冲着她撒啊，毕竟人家是一个女孩子嘛。"

"我承认我有些鲁莽，伤害了她。我已经向她道过歉了，但是她就是不听。你得承认，她确实是喜欢你的。"

"那都是过去的事情了，过去她是喜欢过我，但是自从上次我对她说明真相之后，她对我已经死心了，甚至一度还特别恨我。这你是知道的，现在我们只不过是一般的朋友关系。"

"就算我相信你，你就能保证她现在不喜欢你？"

"说到底你是不信任我，也不信任袁鹭。我向天发誓，她绝不会喜欢我。你知道，我已经有了女朋友，才拒绝她的。"

"好吧，我相信你。不过说实话，我真的担心当初她是为了报复你才和我在一起的。换句话说，她并不是真的爱我。"

"别胡说，对于她我还是了解的，她是一个很独立的女孩子，她不会因为感情的报复就牺牲自己的人格、牺牲自己的感情。她喜欢你是因为真正的爱你，她爱你的阳光、你的自信、你的事业心和责任心。说句公道话：她选择你，比选择我更加理性。”

“真的是这样吗？这么说她是真的喜欢我吗？”

“你啊，就是太多疑了，爱她就应当信任她。等会儿她醒了你就向她认个错。她肯定是爱你的，只是在面子上过意不去才故意不理你的。到时候我在旁边帮你劝劝，她肯定会回心转意的。”

“好吧，我试试看。”

孙浩翔点点头走进病房。他的心里踏实多了，只是还是没有底，不知道袁鹭是怎么样的反应。

事情正如卢伟所说的，袁鹭醒来后发现身边有很多人，孙浩翔是离自己最近的，她得知自己被救后很感动，怨气就消了许多。孙浩翔的语气很关切，态度很诚恳，再加上卢伟在旁边劝说，他们就重归于好了。

袁鹭又在医院里住了两天。这几天，孙浩翔和卢伟几个人轮流照顾。袁鹭恢复得很快，心情也畅快多了。这天，卢伟刚从袁鹭的病房出来，在刚下楼梯的挂号处恰好撞到了关萍萍，两个人都吃了一惊。卢伟想拦住关萍萍和她说话，但是关萍萍却转身就走。卢伟喊她的名字，她没有反应，只是向前走，卢伟在后面追，当她走到走廊尽头时终于停了下来，因为她已经无路可走。

“你别追了，被我妈妈看见了不好。”关萍萍冷冷地说。

“你母亲生病了吗？”卢伟急切地问。

“这是我们家的事，与你无关。”

“我是想知道她到底怎么样了，病得重不重？”

“没什么，只是老毛病犯了，现在还在住院。”

“什么病啊？”

“我说过了，这是我们家的事，与你无关，你不要再多问了。没有其他事的话我先走了，请你让开。”

“萍萍，难道你还不肯原谅我吗？我认错还不行吗？”

“我原谅你？我怎么能原谅你，就算我原谅了你，我能原谅我自己吗？你欺骗了我的感情，就一句对不起就算了吗？你说得也太轻松了吧。”

“萍萍，我说过了，那只是一场误会，你应该听我解释。”

“你不用解释了，我已经亲眼看见了，还有什么好说的，你把我当成傻瓜了吗？你不要再用花言巧语来欺骗我这个乡下人了。我已经看透了你。”关萍萍的声音凄婉，像是在哭诉又像是在祈求，她眼中闪着泪光，脸上布满凄凉、哀伤和茫然的表情。

“我在骗你，我怎么会骗你呢？我是真心爱你的呀！你要相信我。”卢伟不知道该怎样向关萍萍解释，急得用手抓着自己的头发。

“爱我？你在我面前口口声声说爱我，在背地里却与另一个女生约会，这就是你所谓的爱吗？你当我是傻子吗？”

“不是这样的，萍萍，真的不是这样的。你见到的那个女孩子是我的朋友，我们只是一般的朋友，她来找我是有事情要谈的。”

“朋友？你说女朋友会更加贴切一点。朋友怎么会那样亲密，还让人家披着自己的衣服，你们城里人就是开放啊。”

“不是你想的那个样子，当时是情况特殊。唉，怎么向你解释呢？那时候她确实是冷了，所以我才把衣服给她穿的。”

“哦，她觉得冷，你怎么知道的？当时我也觉得很冷，你为什么不把衣服给我穿呢？”

“当然会的，你要什么我都给你。”

“哦，是吗？你的衣服谁都可以穿呀，你好多情啊。”

“不，不是那样的。我的衣服披在别人的身上，那是因为关心和同情；如果披在你身上，那是出于内心的爱。”

“不要说了，你让我走吧，我还有事呢，我妈妈还在等着我呢。”关萍萍说着就要往外走。

但是卢伟没有让开，虽然他平时不会强人所难，但是这次他好不容易才等到这个说清事实的机会，他不能就这样轻易放弃了，他怕错过了这次就没有第二次机会了，错过了这次就会错过今生，所以他很坚决地伸出手拉住了关萍萍。

“我不让你走，我必须向你说清楚，就算你不肯原谅我，我还是要让你知道我只爱你一个。”

“我不需要你的爱，你让我走好了，我们两不相欠。”关萍萍说着用力推开了卢伟。

“不，你不要走，你听我讲，我是爱你的，我是真的爱你。”卢伟用双手紧紧抓住关萍萍，一把将她抱在怀中，生怕她飞了似的。

“你放开我，你放开呀。”关萍萍挣扎着，用手拍打着卢伟，但是卢伟不但没有放开，反而抱得更紧了。两个人就在走廊上僵持着，引来了周围很多人异样的目光。

但是卢伟紧紧地抱着关萍萍，全然不在乎别人诧异的目光。他什么也不说了，他知道再说什么也是多余的，只有抱着她才是他此刻最想做的。他已经顾不上别人怎么看，怎么说了，他只知道要抱着她，生怕一放开手，她就会消失似的。这是他第一次这样亲密地接触她，在以前，即使拉着她的手，他也会感到脸红，好像这样做是对她的亵渎。卢伟以前也接触过几个女生，甚至比今天这样大胆的举动也是有过的，他从来都未胆怯过，但是在关萍萍面前，卢伟感到自己就像是一个初恋的小男生。她是那样的单纯，就像一汪天然的泉水，一尘不染。他甚至不敢直视她的眼睛，至于那种肉体之欢，他想都不敢想。

但是这次不知是为什么，他表现得如此之疯狂，竟然在众目睽睽之下直接抱住了她。感情的火焰冲昏了他的头脑，时间停止，湖水逆流。

关萍萍被这突如其来的拥抱惊呆了，对于一个农村的女孩子来说，在光天化日之下被一个男人抱着，这是十分丢脸的。一时之间，她心中的羞怯、怨恨甚至愤怒都化作眼泪流了出来。但是，任凭她怎样挣扎、叫喊，卢伟就是不松开。她感到自己的每根神经都在他的掌握之中，一种炽热的感觉从四面八方传入了她身体的每一个角落，然后又从四肢传到了她的心里，使她慢慢融化了。她感到再也无力反抗了，索性就任他抱着，只是眼中的泪水在不停地流，浸透了卢伟肩头的衣裳。

很久很久，仿佛是过了几生几世，他们某一刻从梦中醒来，发现两个人还紧紧地拥抱在一起，像一尊千年的雕塑，还是关萍萍首先动了一下，并且说：

“好了，卢伟，我知道你爱我，但是我们毕竟不是一个世界的人，我们是不会有结果的，你还是走吧，以后不要再来找我了。我不怨你，你也不要怪我。”

卢伟感到自己像一棵腐朽的大树，原本是那样充满生机的一个生命，但是却经不起她的轻轻一推，顷刻间便灰飞烟灭了。这是最后的防线，赌上了他全部的希望，一旦毁灭了，他便再也没有战斗的希望了。所以他只能那样呆呆地站着，眼巴巴地看着她含着泪从自己的怀中离开，看着她熟悉的身影慢慢消失，而说不出一句话来。

卢伟不知道自己是怎样走进袁鹭房间的。他神情恍惚，别人问他话时，他也只是念叨着：“走了，走了。”不知所云。但是袁鹭是有心人，她猜出了他一定是遇到了什么大的事情，经过她耐心的询问才知道了事情的原委。

“她最后对你说了些什么？”孙浩翔问。

“也没有说什么，只是说让我走。”卢伟喃喃地说。

“还有什么吧？”

“还有，就是说我和她不是一个世界的人，我们在一起没有什么结果，叫我以后不要再找她了。她还说她不怨我，也叫我不要怪她。”

“就这些？”

“就这些，再没有什么了，或者说我已经记不清了。”

“这是什么意思呢？”

“我看，她并不是不爱你，只是她不见你有另外的原因。”袁鹭认真地说。

“什么原因呢？”孙浩翔问。

“这只有卢伟你知道了。”袁鹭说。

“莫非是她的家人阻止我们在一起。”卢伟说。

“有这个可能，你和她比较熟。你应当了解她的家人对你们之间感情的态度。”袁鹭说。

“其实我早就知道她的家人反对我们在一起。她家里就她一个女儿，没有男孩。她父亲去世得早，还剩下她的母亲和她的爷爷，所以她的家人不愿把她嫁到外边去。而且我总觉得她的母亲对我们城里来的人存在成见。”卢伟说。

“哦，这就是了。”袁鹭点点头，叹了口气。

“她的母亲为什么反对她的女儿和城里人来往呢？”孙浩翔问。

“我不知道，她从未对我讲她家里的事情。”

“你没有见过她的母亲？”孙浩翔又问。

“没有，关萍萍不让我见，怕她的母亲知道我们的事情后会骂她，说不定还会强迫她离开我，我们是背着她的母亲来往的。我认为只要她本人爱我，其他一切都不重要，现在看来是太天真了。”卢伟叹着气说。

“你们之间的事情，她的母亲一直都不知道吗？”

“也许吧？”卢伟说。

“我看未必，她母亲肯定是听到了什么风声，所以才强迫她离开你的。”袁鹭说。

“你怎么知道？”孙浩翔问。

“就凭她最后说的那句话，我就可以断定她是被迫离开卢伟的。她让卢伟不要去找她，只是怕被她的家人看见，并不是她真的不想见到卢伟。其实她的心中还是有你的，卢伟。”袁鹭肯定地说。

“真的吗？她真的还爱我吗？”卢伟不敢相信。

“肯定是这样的，要不然她怎么会让你一个大男人抱那么长时间，如果她不爱你的话，她早就报警了。”孙浩翔说。

“那我该怎么办呢？”卢伟自言自语。

“我认为你不应该放弃的，这只是一次很小的挫折，你应该迎难而上，奋起直追。”孙浩翔说。

“是这样的，不过要讲点策略，关键是要说服她的家人。”袁鹭说。

“我还有希望吗？”卢伟一脸茫然。

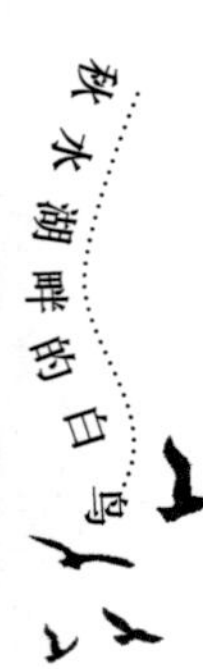

“不要灰心，希望是肯定有的。你要像我，再困难也敢于面对。”孙浩翔自嘲地说。

袁鹭白了孙浩翔一眼，但是眼中充满了甜蜜。

“唉，不说了，你先看病要紧，其他的事情以后再说。”孙浩翔说。

“看什么病？我本来就没有病，在这医院待的时间长了，反而生出病来了。算了吧，我今天就出院。”袁鹭说。

“不行啊，你才修养了几天，身子还很虚弱，再住几天吧。”孙浩翔坚持说。

“不了，不了，我已经可以走路了。没事的，我平时最怕去的地方就是医院了，再待下去我怕真的生出病来了。”袁鹭坚持说。

“好吧，好吧，我去办手续。”孙浩翔坚持不住，就只好答应。

卢伟看着他们两个你一句我一句，想着他们几天前还是谁也不理谁的，现在又变得亲密无间，真是又好笑又羡慕。再看自己如今只剩下一个人，不由得暗自伤神。想陪他们笑但是怎么也笑不出来，索性转过脸去。这一幕恰好被细心的袁鹭看见，她在内心感到惭愧，觉得是自己刺痛了卢伟的伤处，就赶紧给孙浩翔使了一个眼色，两个人收敛了笑容，转过来安慰卢伟说：

“对不起，卢伟。当初若不是我去找你，也不会闹出那样的误会，今天也不会落得这样的困境，是我害了你。”

“哎呀，说起来都怨我，要不是我和袁鹭吵架，她怎么会去找你，又怎么会有后来的事情发生呢？我也有责任。”孙浩翔很机灵，很快就懂了袁鹭的意思，赶紧也安慰卢伟说。

“好了，你们就不要自责了，这怎么能怪你们呢？这也许是命运吧，怪不得别人。不说了，你快去办出院手续吧，我们好送袁鹭回去。”卢伟说。

等孙浩翔办完了出院手续，已经是下午了。卢伟本想和孙浩翔一起陪袁鹭回到她服务的那所学校，但是袁鹭和孙浩翔都说不用了。大家都忙了这好几天，应该休息了。卢伟一想也好，两个人刚刚重新和好，肯定还有很多的知心话要说，就让他们在一起多聊一会吧，于是就别了两个人，独自一人回去了。

雪融

袁鹭回去不久，身体就完全恢复了，已经可以正常上课了。经过这一次折腾，学校的领导和老师对她更加照顾了，还有她的学生们更加爱她了，连平时那几个最不听话的学生也变乖了，主动团结同学来关心老师了。当然，最主要的还是孙浩翔与她重归于好了，经过这一次不大不小的感情挫折，他们两个人更加了解对方，更加珍惜彼此了。尤其是孙浩翔，他比以前更加关心袁鹭了，这种关心不是表面上的恭维和迁就，而是发自内心的爱与呵护，一种幸福的付出。还有什么比两情相悦的爱情更加能宽慰人心呢？此时虽然已经是隆冬，但是袁鹭感觉像是生活在春天里。

袁鹭还是有一件心事，始终无法释怀：她认为关萍萍同卢伟闹分手是因为自己的原因。她的心里一直感到不安，不断地自责。在自己的生活恢复了往日的平静之后，她感到自己应该做些什么，来弥补自己的过失。

于是在冬日一个刚刚下过雪的下午，袁鹭前往关萍萍所在的那所乡镇医务所，她要找关萍萍说明真相。她认为关萍萍之所以与卢伟发生误会，是因为关萍萍以为卢伟在和自己谈恋爱，也就是说关萍萍以为卢伟是在脚踩两只船。她必须向关萍萍讲明事情的真相，请她原谅卢伟，说不定还会回心转意。虽然这样的可能性并不大，但是袁鹭还是想试一试，哪怕是毫无结果，

也可以让自己内疚的心稍微得到一点安慰。

关萍萍上班的地方袁鹭并没有去过，她只是听卢伟说过，知道大致的位置。她想一个人去，一边打听一边找，在这样一个小地方，找一个人并不像想象中的那样困难。雪后的世界很静、很净。洗尽铅华的天空一色的湛蓝，只挂着一丝若有若无的云。太阳算得上是灿烂的，只是没有了夏天的火热。阳光照在身上很温和，暖烘烘的，只有从耳边刮过的风提醒人们现在还是冬天。地上也很干净，除了山还是以往的灰色之外，其他的地方都呈现褐色，在低洼的地方还残留一丝未融化的雪。空气很纯净，全无一点沙尘。从县城到那个小镇只有一条水泥路，其余的全是土路。袁鹭下了车，沿着路人指的方向向关萍萍所在的那所乡镇医务所走去。路面有些泥泞，走起来有些吃力。路两边是干枯的杂草和农民们弃在那里的麦秆，还算是干一点，走上去倒也舒服。

乡镇医院在一个面积不大且有点破旧的院子里，要不是门口挂的那个还算是新一点的牌子，袁鹭都有点认不出了。院墙是用砖砌的，上面挂满了爬山虎的干枯的藤蔓。院子门是开着的，袁鹭敲了敲门，见没有人应声，就直接走了进去。院子不是很大，但是仍然显得空荡荡的。地面也是用砖铺成的，时间久了变得残缺不堪。但是院子被收拾得很干净，墙角还有两个荒废的花坛，里面堆放着积雪，只有旁边的冬青树还显出一些绿意。医院的主楼是一座三间两层的小楼，也已经很旧了。门的两侧挂着一些医疗知识的宣传画和预防说明等。袁鹭敲了门，仍然没有人应，她就大声喊了一下进去了。在一楼靠着门的地方有一个房间，坐着一个老头，在煤炉子旁边烤火，看样子是看门的。这个人看起来有七十多岁，背已经驼了，头发雪白，脸上布满雕刻似的皱纹。老人的耳朵有点背，袁鹭重复说了好几遍她的来意，他才听明白，并且指着楼梯说关萍萍就在楼上，让袁鹭自己去找。

看样子，平时到这个小医院看病的人并不多。所以在这里工作的人也不多，此时能看见的也不过两三个人。医院的设备、设施也很陈旧，不太齐全，只有两间医务室和两间病房。袁鹭敲了关萍萍的那间房子的门，开门的正是关萍萍。她看见袁鹭先是一惊，嘴微微张开，像要说什么，但是只是动了一下，又合上了。她脸上的表情也由惊讶变成了冷漠，甚至是厌恶。她没有理会袁鹭，只是转身向里面走，既没有说让进，也没有说不让进。

其实关萍萍陪母亲在县医院也没有住多久，袁鹭出院的第三天，她们也出院了，因为她母亲的病已经有了好转，而且她们也没有足够的钱支撑下去了。在医院每天的住院费就几十块钱，再加上医药费、伙食等，算下来一天要花百十块钱，她们家实在没有钱在这里耗下去了。虽然，她们家也参加了农村医保，但是需要看过病之后才给部分报销的，而人家医院又不赊账，不可能先给她看病后收钱吧。关萍萍家一时交不起那么多钱，所以病情一好转，关萍萍的母亲就催促女儿办了出院手续。

那天和卢伟离别之后，关萍萍伤心极了。她绝望了，一切美好的东西在她的眼中都失去了光彩。她明明是关心卢伟的，但是她又不得不拒绝他，而且是那样绝情。她知道，在两个人的手松开之后，他们之间再也不会有什么关系了。在与他拥抱的那一刻，她是那样的激动，她感到自己就是世界上最幸福的人了，世界上所有的不幸与阻力都消失了，只剩下他们两个人的世界。但是他们还是分开了，她觉得人生已经没有希望了，生活失去了意义。她从医院出来后，一个人漫无目的地走了很久，也哭了很久，直到哭得没有力气了，眼泪流干了，她才拖着疲惫的身子回了家。她感到现在活着唯一的念想就是母亲，为了照顾母亲她才活到了现在，如果哪一天母亲不在了，她也会跟着离去。但是在内心，关萍萍对母亲的爱是很复杂的。一方面，母亲为了她付出了太多，她应该倾尽全力去回报母亲，去爱她，照顾她的晚年；但是，另一方面，母亲也像是紧箍咒一样罩住了她的人生，限制了她同外界的交往，特别是禁止她同卢伟的交往，这对关萍萍来说就是毁了她一生的幸福，所以她在心中又不免怨恨起母亲来。但是毕竟还是自己的母亲，她知道母亲这么做也是为自己好，她为自己对母亲的不恭而感到内疚。关萍萍的心里很乱，不停地在心里想着很多东西，但是又不敢认真想任何一件事情。

那天关萍萍回去的时候，眼睛都哭红了，脸色更加憔悴。她的母亲吓坏了，还以为女儿生病了。关萍萍百般解说无效，关母最后还把医生请来看，在证实女儿确实没有得病时才安下心来。然后，关母就拉着女儿的手嘘寒问暖，还指着桌上的一包水果说，有个男孩子来看她，自称是姓卢，还说是关萍萍的同事。那个人没有久留，问候了几句就走了，听口音不像是本地人。关母问女儿那个人会是谁，关萍萍假装说不知道。其实她早就知道是卢伟了，她感到很欣慰，毕竟他的心里还是有自己的，他并没有放弃她。从母亲的语气和表情，关萍萍看得出卢伟给母亲留下的印象还是不错的，但是她不敢说明，她怕母亲知道了又是另一番情形。所以她还是对母亲搪塞了一番就把话题转了过去。关萍萍的心里还是蛮高兴的，她的心里又产生了一点希望。从回家后重新开始工作的那一天起，她又开始习惯性地向窗外张望，好像是盼望着卢伟再一次踏进这扇门。

但是卢伟始终没有出现，她的心又渐渐地凉了下去。在她有些绝望的时候，袁鹭却出现了。她感到意外，更感到怨恨，所以关萍萍没有理会袁鹭，但是也没有绝情到将她赶出去。

袁鹭早就料到会有这样的结果，不被人家赶出去就算很幸运了，所以她显得很平静。她大方地走了进去，并尽量委婉地说："你是关萍萍吧？"

这简直是废话，她明明是认得她的，只是她不知道该说些什么。

"你不是明知故问吗？"关萍萍背对着袁鹭，一边收拾着桌上的东西，一边不冷不热地说。

"哦，我都忘了，我们是见过面的。"

"你真是贵人多忘事啊。"

"对不起，让你见笑了。"

"你身体不舒服吗？袁小姐。"

"啊，没有啊，你怎么这么问？"

"这里是医院，你如果不是有病，到医院来干什么？"

"哦，你误会了，我来是找你的。"

"找我干什么？我是护士，只能做普通的护理；你如果有什么大病，等我们主任回来再说吧。"

袁鹭很恼火，她知道关萍萍是在挖苦她，但是她还是忍着，不与她翻脸。

"我不是来看病的，我来是找你有另外的事要谈。"

“我们并不认识，有什么好谈的？”

“有的，是关于你和卢伟的。”

这句话把关萍萍镇住了。她一改原来故意装出来的冷漠和傲慢的样子，转过来用眼睛直盯着袁鹭，看样子卢伟的名字在她的心中引起了巨大的震动。她原本青灰色的脸变成了红色，不知是因为激动还是恼怒，但是她还是控制了自己的情绪。

“卢伟，我和卢伟一点关系都没有。”

“为了你，他都快急疯了，你还能说你与他没有关系？他做的一切都是为了你，你却这样无动于衷，难道你不感到心痛吗？”袁鹭终于沉不住气了。

“这是我和他之间的事，与你有什么关系。你倒是很关心他啊。”袁鹭的话使关萍萍的心里一震。卢伟还爱着自己，他现在怎么了？究竟发生了什么事情？她急切地想知道卢伟的情况。但是一想到袁鹭在身边，又感到妒忌和生气，就又装着满不在乎。

“你们的事情确实与我不相关，但愿你真的这么想，可是你却以我和卢伟之间有某种暧昧的关系为借口向他提出分手。你现在却说与我没有关系，你把我当成什么了？”

“难道我说错了吗？难道那天在卢伟身边的不是你吗？难道你和他只是普通朋友的关系那样简单吗？难道是我错了吗？”关萍萍歇斯底里地反问。

“你确实是错了。你看到的那一切都是错的，那都是你的误会。我和他只是清清白白的朋友关系。”袁鹭竭力辩解。

“你别骗我了，你当我是傻子吗？你们俩真是会演戏啊，一样的花言巧语。”

“我真的没有骗你，他是真的爱你。”

“他到底爱不爱我，你怎么知道，你好像比我更了解他啊。”

“我，我是旁观者清，你是当局者迷啊。”

“什么旁观者，什么当局者？其实你才是真正的主角，从头到尾导演了一出骗局，而我才是被你骗的局外人。”

“不是的，我说过多少次了，我和他只是一般朋友，他爱的人是你。”

"你不要说了。如果你要他，我不跟你争，你随便怎么样都行，以后你和他发生什么事与我一点关系都没有。你不要再来烦我了。"

"你说的是什么话呀？我哪里跟你争了，我来只是和你说明真相的。卢伟爱的是你，你不应该对他那样绝情。"

"哦，你来是为他做说客的啊。不必了，你回去告诉他，脚踩两只船那样的事最好不要再做了。你们城里人玩的感情游戏我不会玩，让他不要再来找我了。"关萍萍说话的时候几乎是在哽咽，她脸上早已被泪水打湿。其实她并不想说出那种言不由衷的话来伤害别人也伤害自己，但是她控制不住自己的感情。

"我不是说客，也不想当什么说客，我来找你他并不知道。我只是想告诉你，他爱的只有你，并没有脚踩两只船。你可以不相信我，但是你不可以不相信他，因为他是爱你的，你不能说这样的话来伤害他。好了，我不再说什么了，你好自为之吧。"袁鹭实在不能忍受关萍萍那种绝情又伤人的话，她狠狠地抛下几句话，转身就要走。

"哎，你等等。"关萍萍赶紧叫住了袁鹭。

"他，他真的还爱我吗？"

"其实他一直爱你，这一点你应该是知道的，只是你不想珍惜罢了。"袁鹭停了下来，但是并没有回头。

"我不是不想珍惜，只是……唉，对不起，我并不是故意伤害你的，我刚才说的都是气话，你不要放在心上。"关萍萍知道自己刚才的话说得太重了，态度过于激烈，所以赶紧向袁鹭道歉。

"你明知道他爱你，你却又不敢接受他的爱，还用那样的话来拒绝卢伟，你能算珍惜吗。你不用对我说对不起，你没有什么对不起我的，我也不怨你。你真正伤害的人是卢伟，你应当去向他说去。我知道吃醋是什么滋味，但是你不应该对我有偏见，你最好还是找他去说吧。"袁鹭其实是真的生气了，只是不愿表露出来。她见关萍萍回心转意了，也就不再说什么。

"他，他现在怎么样了，我该怎么办？"关萍萍显得很无助。

"他比你更绝望。其实任何感情都不是一帆风顺的，关键要看你怎么面对这种阻力。爱一个人就要敢于为他付出，就要敢于面对现实。你不要悲观，只要你爱他，相信他就够了，一切困难都会克服的。”袁鹭用一种很复杂的眼神看了关萍萍最后一眼就走了，留下关萍萍一个人在那里沉思。

卢伟一直沉浸在痛苦与绝望的情绪中，他整天神情恍惚，不知道干些什么，也不知道该干些什么，只是在无所事事中混日子。关萍萍的离去对他的打击很大。他不知道自己是太天真还是太无能，竟然无法面对这种残酷的现实。自从他来到这里，他竟然一事无成。他想着真正能为这里的人们做点什么，结果却招来一大堆麻烦；他真心爱过一个女孩，却遭到她无情的拒绝和这么多人的反对。他不知道这一切都为了什么。是自己爱得不够深，还是好心真的没有好报？他以前的热情、自信和梦想都被这寒流一扫而光，心中只剩下冰冷的死灰一片。他整天就那样按部就班地活着，有事有人安排，他就去做事，没有人安排，就闲着。而他们的单位平时没有什么日常的工作，如果不去找事干，基本上就无事可干。

此时已是隆冬，已经进入了人们常说的“三九”天气，气温是一年中最低的。这里虽然是北方，但是因为有秋水湖的滋润，所以出现反常的暖和，只是偶尔下几场雪，也只是薄薄的一层，太阳一出来，雪很快就融化了。秋水湖水域有大片的湿地，冬天很少结冰，所以便成了大群水鸟的天堂。他们当中有很多是从更北的地方迁徙来的，有的是一直生活在这里的，已经习惯了这里的生活。一些来自不同地方的水鸟在这里过冬，竟然也可以和谐相处、相安无事。

所以，在冬天，当人们因为寒冷而躲进屋里的时候，美丽的秋水湖便成了这群鸟类的乐园。它们在湖边的荒草中筑巢，在湖水中觅食，在空中飞舞，喧哗的叫声给这个冬天冷清的小县城带来了一些生机。

但是问题又出现了：当鸟类增多的时候，偷猎的人也越来越多了。这个县城为了发展地方经济，在县城很远的大山中开发了一个天然的狩猎场，吸引了不少外地人到这里来玩。但是一到冬天，那里的生意成了淡季，大批嗜好狩猎的人就到了离县城更近、鸟类更多的秋水湖来了。尽管政府明令禁止在此狩猎，但是因为没有有效的措施，结果是屡禁不止。作为秋水湖的守门人，卢伟所在的秋水湖环境检测站就成了打击非法捕猎活动的首要单位。在这整整一个冬天，卢伟和站里的几个人就轮流值班，在秋水湖边巡逻，连周末都不休息。但是由于人手有限，他们还是无法杜绝非法捕猎的现象，偷偷捕鸟的事件时有发生。

刚刚下过一场酝酿已久的雪，地面上的雪还算比较厚，人踩在上面还可以留下脚印，由于寒冷的北风一直吹着，所以雪没有很快就融化，被太阳一照，反而在雪的表层形成一层薄薄的冰，踩上去咯吱咯吱地响。这天刚好轮到卢伟值班，他一个人穿着厚厚的棉衣在秋水湖边上走着。对他来讲，与其说是出来巡逻，还不如说是出来散心，出来看风景。因为他最近对什么事情都不感兴趣，工作也只是在应付差事，在屋里待着他觉得闷得慌，还不如出来走走。湖边的雪稍微薄一些，踩下去会留下半寸深的脚印。湖边有的地方结了冰，但是大部分还有水在涌动，看起来显得更加清幽了。湖面上，湖水像是蒸腾着热气。远处的房屋和带着叶子的树上戴着白色的帽子。鸟儿在空中飞起又落下。

卢伟一个人走着，想着他的心事。他感到自己是多么的孤单，心事没有人了解，苦恼没有人倾听。这些不知名的鸟儿，不知来自何方，到了这里都能找到自己的伙伴，都能找到自己暂时的归宿；而自己呢，到这里都半年了，依然孑然一身。一阵风吹来，他冷得打了一个哆嗦，把衣服裹得更紧了。

忽然，卢伟听见“啪啪”的两声，凭直觉，他意识到有人在猎杀鸟类。他慌忙向四周张望，只见远处湖边的草丛中有无数鸟儿被枪声惊起在空中盘旋，又快速落下，躲向更深的芦苇丛中了。卢伟静了静神，快速判断枪响的地方，并朝着枪响的地方跑去。他一边用手机往站里打电话，请求支援，一边环顾四周看有没有附近的村民，以便随时寻找帮助。因为凭经验，他知道自己一个人去也是无济于事，打鸟的人往往是几个人结成一队，自己一个人怎么能将他们制服呢？弄不好还得挨打。所以他希望找一个帮手来一起制服偷猎者。

但是卢伟跑了一路也没有碰到一个人，湖边是死寂的一片。好不容易看见远处有人影晃动，定睛一看，是一个女孩子和三个男人在纠缠着，由于距离太远基本听不清说什么。卢伟一下子火冒三丈，难道他们还会干比偷猎更可耻的事情？卢伟用尽全力向他们跑过去，一边跑一边大声喊："你们想干什么，快住手！"

那几个男人看见有人来，不知道是怎么回事，都停了手，向后退了一步，站在那里不说话。只有那个女的说："你们杀了鸟，必须赔偿，不能走，跟我去站里接受处理。"

卢伟好不容易停了下来，大口大口地喘气，仔细一看，他又大吃一惊，面前的这个女孩子不是别人，正是关萍萍。但是关萍萍好像并没有看清是卢伟，继续呵斥着那几个人。不过她知道来的肯定是自己的帮手，要不然也不会那样大声地对那几个高大的男人说话。

"赔偿什么？不就是几只鸟嘛，又不是你家的，急什么？"三个男人中最年轻的一个小伙子说话了。他的手中还提着一只被打死的鸟，一看便知是很珍稀的黑顶鹤。

关萍萍见自己这么长时间的斗争没有结果，便转过身来向刚刚到来的帮手求助。当她看见站在自己身后的人是卢伟的时候，也大吃了一惊。她心中的委屈和气愤一股脑化作眼泪涌了出来，人站在那里，说不出话来。

卢伟看见关萍萍这样一副失魂落魄的样子，还以为她受了委屈、被人家欺负了。他更加气愤了，带着怒气和火气疯狂地向那三个人冲了过去，要和他们拼命的样子。

那三个男人被卢伟的架势吓住了，都不由自主地向后退了一步，他们不知道这个年轻人为什么会如此愤怒、这样疯狂，他们也不想被他缠住，就向后退去，闪开了卢伟。卢伟一扑没有扑到人，就顺势抓住离自己最近的那个，也就是手上提着鸟的那个青年人，把他扑倒在地上，两个人扭打了起来。

"你们这些畜生，竟敢在光天化日之下欺负一个女孩子，你们到底对她干了些什么？"卢伟一边打着那个人的脸，一边骂着。

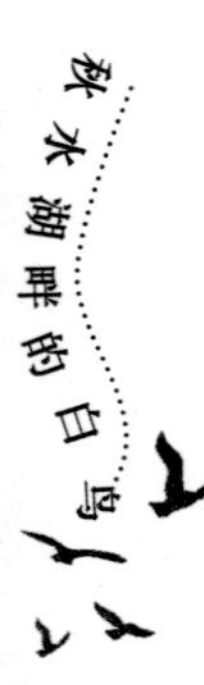

“你这个疯子，我们只是打了一只普通的鸟，你以为是出了人命啊？快放开我，你不要无缘无故打人。”被卢伟压在身下那个人，喘着气大声喊道。

“卢伟，你不要胡说了。他们只是打了几只鸟，并没有对我做什么。你们不要打了，你快松开他。”关萍萍明白了卢伟的意思，赶忙解释。她也怕卢伟在打斗中吃亏，毕竟人家人多势众，自己一方是肯定要吃亏的。

“对啊，她不是都说了，我们只是打了只鸟，没有欺负这个女孩啊。你不要无理取闹，我要找你家长讨个说法去。”在后面的两个年龄大一点的也知道卢伟是误会了，急忙过来解释。他们自知理亏，也没有进一步的报复动作。

几个人赶紧过来把原本扭打在一起的两个人分开。被打的那个青年人不服气，站起来还想找卢伟报仇，但是被身后的两个人拉住了。卢伟从地上站起来，一边用手拍着身上的雪，一边用询问的目光看着关萍萍，那意思好像是说：你真的没什么吗？他们真的没有对你做什么吗？关萍萍用冰冷的目光狠狠地瞪了卢伟一眼，然后转过身去。卢伟在确认关萍萍没有事的情况下转过身去对着站在那里不知所措的三个外地人说：

“就算你们没有欺负人，你们也不能盗猎。知道你们打死的是什么吗？那是国家一级保护动物黑顶鹤，捕杀这种鸟类可是犯法的。你们不能就这样就走了，去派出所给我们一个说法。”

那三个人听说要带他们去派出所都大吃一惊。那个最年轻的竟然慌乱中踩到了刚才被摔在地上那只鸟的尸体。从那具还没有完全冻结的尸体上喷射出鲜红的血液，溅了他一身，吓得他连忙去撕身上的衣服，像染上瘟疫一样。还是站在后面的那个老一点的显得镇定，他走过来拍拍卢伟的肩膀说：

“小伙子，你不要唬我们了，这不过是一只普通的野鸭，你偏说是什么国家一级保护动物，你当我们不认识呀？”说着还把手中的枪在卢伟面前有意无意地晃了一晃。

卢伟还是平生第一次见到真正的枪，他还真的被他的样子唬住了。不过他并没有退缩，而是推开了他的手说：“这鸟叫黑顶鹤，属于濒危动物，是国家一级保护动物。你们的行为不但触犯了《野生动物保护法》，还触犯了

《刑法》，你们必须跟我们到派出所接受检查。”

那老头子又被卢伟话镇住了，他缩回了手，静了静神说：“这明明就是一只野鸭，不是什么黑顶鹤，你小孩子家知道什么国家法律。你是哪个单位的，凭什么带我们到派出所？”说着绕开卢伟就要走。

卢伟拦住了那三个人：“我是秋水湖环境检测站的工作人员，在这里工作已经三年了，什么鸟不认识，什么法律不懂？你们犯了法，应当跟我们回去接受调查。”

“唉，小伙子，这明明就是野鸭嘛，又不是什么稀有动物，你要的话就给你。”那个人说着就把那只鸟的尸体扔给了卢伟，掉头就要走。

“不行，你犯了法就得受到惩罚，你们不能走。”关萍萍在另一边拦住了三个人的去路。

“那我给你们钱怎么样？”那个老头子就要去掏钱。

“谁稀罕你的钱？你们必须跟我们去派出所。”卢伟说。

“小伙子，你不要敬酒不吃吃罚酒，我们要是今天非走不可呢？”夹在一老一少两个人中间一直未说话的中年人终于说话了。听他的口音不像是本地人，他还将那个老头手中的枪夺了过来，像是在示威。

“我说不能走就是不能走，难道你们还想抗拒执法不成？说实话，我已经报了警，你们要是暴力抗法可是罪上加罪了。”卢伟掏出了手机示意道。

“唉，小伙子，俗话说：与人方便，与己方便嘛。这鸟又不是你家的，你那么认真干吗？不如我给你们一些钱，你们放了我们，这样大家都高兴啊。”那个老头子拦住了中年人，往卢伟的手中塞钱。

“我们不要钱，保护鸟类是我们的职责，今天你们这里的人一个也走不了。”卢伟义正词严地说。

“别跟他磨蹭了，咱们快走。”中年人拉了老头子一把，三个人就要走。他们见这两个年轻人都很单薄，想是拦不住他们三个人的，就想在警察到来之前赶快脱身。卢伟见那三个人要走，赶紧抓住了那个老头子的胳膊拖住他，关萍萍也抓住了那个年轻人的衣襟，一时间几个人又扭打在了一起。

“你们不能走，不许走。你们这些坏蛋！强盗！”

“你们找死啊？”那个中年人说着用枪托撞了一下卢伟的腰。卢伟哪能经得起这样的打击，立刻疼得直不起腰，半蹲在地上呻吟，但是他还是不肯松手，一只手捂着腰，另一只手抓着那个老头子不放。就在这个时候，那个年轻一点的也挣脱了关萍萍的手，用力反手一推，就把关萍萍推倒在地上。卢伟怕关萍萍受伤，就不得不松开那个老头子的胳膊，转而去扶关萍萍。关萍萍却哭着说：“不要管我，快抓住他们，不要让他们跑了。”

卢伟忍着疼又去追那三个人，几个人又纠缠在了一块，把一片原本很干净的雪地弄得一片狼藉。几个人厮打了一阵子，卢伟和关萍萍人少，力量又弱，不是那三个人的对手，卢伟渐渐体力不支，还是让那三个人给逃脱了。两个人只好坐在地上哭。

“站住，你们想往哪里跑？”循声望去，李站长已经带了好几个人赶到了，并且很快封住了路口。那三个人见一下子来了这么多人，便知想逃也逃不脱了，也不敢轻举妄动，只好束手就擒。后来派出所的人到了，以涉嫌猎杀珍稀动物的罪名将三个人拘留了。令人感到意外的是这三个人中有一个竟然是秋叶造纸厂的老板，后来被判了刑。听说新一届县领导班子作风很硬，很快就将秋叶造纸厂违法超标排污的事情查清了，并且查封了该厂，依法拍卖了财产。易主后的厂子经过整顿后很快又重新开始生产，并且建立了自己的污水处理厂，历史遗留问题得到了解决。环保局和环境检测站的案子也撤了，卢伟他们的事情自然也得到了澄清，这些都是后话。

卢伟没有想到这件事情会有这样的结局，他感到好笑：自己用尽浑身力气也无法解决的问题，竟然在偶然之间被这么轻易地解决了。真是有心栽花花不开，无心插柳柳成荫啊。当然，他更没有想到的是在那里碰到了关萍萍。在抓住了那三个人之后，李站长表扬了他们。不过这不是最主要的，重要的是经过这一番波折之后，他们的心又想到一块去了，以前的误会和隔膜也在无意间渐渐消除。

“哎，你为什么大冬天会跑到这湖边来呢？”两个人走在湖边雪地上，卢伟问。

“没事干，待在屋里感到很烦，所以就出来走走。”关萍萍说。

“为什么烦呢？”

“我也不知道，只是一种莫名的感觉，想出来走走。”关萍萍装作无所谓，其实她是因为想卢伟才感到烦闷的。

“故地重游啊？”

“算是吧。你呢？”

“我在值班啊。”

“瞎说，今天是周六啊！”

“周六加班啊。”

“你倒是蛮敬业的。”

“当然啦，我一向如此。说实在的，我也是出来散心的，故地重游，想找回以前的东西。”

“什么东西？”

“美好的回忆，以前和你在一起时的那些美好的回忆。说真的，我真的怕再也见不到你了。”卢伟望着关萍萍的脸认真地说。

“说什么啊，我又不是快要死的人。”关萍萍的脸红到了脖子。

“那你为什么老是躲着我不肯见我？”

“谁让你故意气我的。”

“我没有啊，上次那只是一场误会而已。”

“算了，不跟你说了，反正是你的不对。以后你只能对我一个人好，不许你再和其他女孩子约会了。”关萍萍又开始撒娇了。

“好的，我发誓，以后只跟你一个人在一起。”卢伟举起右手对天发誓。

“说真的，每次我拒绝你于门外，我的心都很难受，我是哭着看你离开的，但是我没有办法。也许，如果你多来一次我说不定就会控制不住自己，开门与你见面了。”关萍萍望着卢伟深情地说。

“唉，都怪我，我为什么那样脆弱，那么早就灰了心，那么早就放弃了呢？我以后再也不离开你了。”卢伟再一次将关萍萍拥在了怀里。

“卢伟，这一次我是豁出去了，我把自己的一切都交给了你。你要是辜负了我，我会死的。”关萍萍靠在卢伟胸前喃喃地说。

“我不会的，不会的。”卢伟把关萍萍抱得更紧了。

冬天的湖面尽管很冷，但是依然生动。阳光把湖边的雪照得发亮，湖中的水波闪着银光。一群雪白色的鸟从湖边飞过，向天边飞去。

冬天的玫瑰

旧历年过后，新的一年算是开始了。新年与旧岁到底有什么不同，没有人说得出来，只觉得新年应该有新的气象，比如说：春暖花开、草木重生什么的，但这些都只是人们一厢情愿的美好想象罢了。时间在继续，并未因为所谓的节日而中断。而且一切的事物都在慢慢地以自己的规律发生变化，并没有因为新年的钟声而发生飞跃。天还是那样的天，地还是那样的地，快到元宵节的时候竟然还下了一场比去年冬天还大的雪。

对于卢伟这样的青年人来说，过年已经没有什么大乐趣、也没有什么意义了，只不过是长一岁罢了。而对于他这样的年纪，多一岁不会显得老，少一岁也不会显得年轻。他回家过年也只不过是满足家人团圆的美好希望，而在他的心里倒是在想着另一件事，那就是他思念的关萍萍怎么样了，现在都在干些什么，是不是也和他一样思念断肠、望穿秋水呢？分开还不到一个月，他已经体会到什么叫“一日不见，如隔三秋”了。而这一个月，在他的心里好像已经过了几个世纪了。所以他在好不容易熬过了几天无聊的生活之后，就找了一个借口直奔秋水湖了。

新的一年卢伟和关萍萍的爱情会发生怎样的变化呢？没有人知道。也许会有吧！因为他们的感情已经走上了正轨，只要任其自然发展不需要什么变

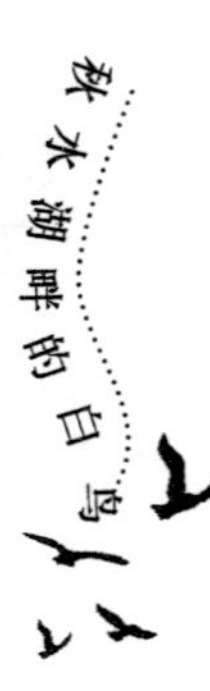

化就可以有美好的结果。但是就像任何事情的发展都会有好与不好的时候一样，他们之间也会有什么发生吧。但是不管发生什么，新的一年总会与旧的一年有所不同。也许是巧合，也许是卢伟故意安排的，当他抵达秋水湖的时候正好是公历的2月14日，也就是西方的情人节。在这样的小县城，没有几个人过这个洋节日，但是在大城市已经流行到疯狂的地步，其热闹程度不亚于春节和元旦。卢伟带了一束玫瑰花，一共三支，打算送给关萍萍。自从他们相识之后，他除了送给她几本书之外，还没有送过她什么像样的东西，这次他应该有个表示了。

“喂，萍萍啊，你现在有没有空，到我这里来一下。我们单位这时候没有人，只有我一个，你过来一下。”卢伟一下车就给关萍萍打电话。

“你稍等一下，我马上过去。”关萍萍的心早已经飞到了卢伟身边。

不多时，关萍萍就到了卢伟单位的院子。看样子她是经过精心打扮的：上身穿了一件新买的粉红色羽绒服，下身是一件紧身牛仔裤，脚穿一双白色长筒靴。以前总是扎着的马尾辫也拉成了长长的直发，半拢着披在脑后。她的脸上略施粉黛，而这在以前是很少见的。她跑过来的时候嘴里还在大口大口地喘气，卢伟见到她的时候，她的眼中还闪着惊喜的泪光，映着她娇红的脸颊，更加显得楚楚动人、妖娆可爱了。

“你什么时候到的，也不通知我一声？”关萍萍刚站稳就急着问卢伟。

“我刚到，这不一下车就给你打电话了。想我了吧？”卢伟迫不及待地把她抱在怀中，爱恋地说。

“我才不想你呢，我一个人过得蛮好的。”关萍萍故意顶了卢伟一句，其实她早已经想卢伟想得快要发疯了。当卢伟把她抱在怀里的时候，她早已将头倚在了卢伟的胸前。而卢伟把她抱得更紧了，闻到她的发丝间散出淡淡的茉莉花香气。

“你想我吗？”卢伟又问。

“瞎说，谁想你了。”关萍萍故意撒娇。

“那就是不想了？”

“我可没有说啊。”

“你真淘气。”不知道怎么的，在没有见到关萍萍的时候，卢伟的心中像有千言万语要对她说，但是此刻见了面，他反而不知道该怎么说了。在抱着她的时候，卢伟除了感到幸福、甜蜜的同时，也感到一丝失落与哀伤。如此美好的生命就这样完完全全地摆在他的面前，自己却不知道是否能承载得起这种爱的重量与美的纯真。

“你也想我吗？”倚在肩头，关萍萍问。

“嗯。”卢伟只是应了一声，他的思绪飞得老远。

“嗯什么？”

“就是我想你啊，要不然我怎么会来得这样早。”

“还早啊，你要是还不来，人家就快撑不下去了。过了一个年就像是过了一个世纪。”

“但是对我好像是过了一百个世纪。”

“瞎说。”

“哦，对了，我们只顾着说话，将正事都忘了。我有东西要送你。”

“什么东西啊？”

“你猜猜。”

“是书吗？你答应送我的。”

“你把我当成只会读书的书呆子了。”

“那是什么啊？”

“你闭上眼睛，不许看，我拿给你。”卢伟松开了关萍萍，转身去拿。

“什么啊？这么神秘。”关萍萍听话地站在那里闭着眼睛笑着说。一股清香慢慢沁入她的心脾。

“什么啊，这么香？”

“你睁开眼睛看看。”

关萍萍慢慢地睁开眼睛，一束红红的玫瑰映入她的眼帘，尽管裹着包装纸，但是仍然香气袭人。

“啊！”关萍萍的惊喜溢于言表。她不知所措，双手悬在空中想接又不敢接的样子，两只眼睛忽闪忽闪地像是不敢相信眼前的一切。

“我爱你，萍萍。”卢伟双手将那束玫瑰举到关萍萍的面前，认真地说。

“这是送给我的吗？”关萍萍显得受宠若惊。

“傻瓜，当然是送给你的。收下吧，这代表了我的爱。”卢伟握住了关萍萍那双不知所措的手，将花放在她的手中，然后紧紧地握住。她的手是那样的温暖、滑腻，一股暖流从她的手传遍了他的全身。

“哎呀，这花该有多贵啊！你破费了。”关萍萍的脸因为激动而变得通红。她低下头，不敢看他火热的眼神。她感到全身都在颤抖，要不是卢伟握着她的手，说不定她早就晕倒了。

“为了你，我什么都舍得。”卢伟顺势把关萍萍拥入怀中。

关萍萍就这样紧紧地依偎在卢伟的怀里，她感到飘飘欲仙，像是进入了仙境，她不知道自己都说了些什么，做了些什么，或许她什么都没有说，什么都没有做。

卢伟就那样紧紧地抱着关萍萍，最起码在此刻，他感到幸福和安全。他不去想未来，不去想结果，最起码现在他是完全拥有她的。他抱着她就像是抱着一团火，所有的寒冷都被他忘却了。

“哎呀，你这里没有生火，好冷啊。”两个人抱在一起站了好久好久。终于关萍萍被刺骨的寒风冻醒了。

“哦，我刚到这里，还没有来得及生火。你别急，我去找火种。”卢伟说着就要松开关萍萍，转身去找火种。

“不要吗，我不要你松开手，在你怀里我一点都不觉得冷。”关萍萍还不想离开卢伟的怀抱。

“好吧，我不松开，咱们就站在这里谁也不离开。”两个人又抱在了一起。

但是两个人最终还是松开了。

“我只是手冷而已。”关萍萍拉着卢伟坐在卢伟的床沿上。

“那好，我给你暖暖手。”卢伟一只手抱着关萍萍的肩膀，用另一只手握住了关萍萍的手，将她的手贴在自己的胸前。关萍萍就那样乖乖地倚在他的胸前享受那份幸福的暖意。

窗外的天似乎阴了下来，空气中弥漫着轻烟似的雾，又像是飘着几缕似有似无的雪。

“天气这么冷，你却穿这么少？”卢伟爱怜地责备关萍萍。

“没有啊，我穿得够多的。只是出来的时候走得急，忘了戴手套。”关萍萍说。

“今天几度啊？”

“好像是零下四五度吧。”

“看样子要下雪了。”

“前几天才下了雪的。”

“今年的下雪挺多的，比往年多。”

“这里以前下雪很多的，而且一下就是几尺厚。这几年的雪少多了，而且小多了。”

“冬天不下雪就没意思了。”

“是啊。”

风吹得窗外院子里的落叶沙沙响，不知是天上的雪还是地上的沙子，被风吹得打到窗户的玻璃上砰砰直响。

“你假期在家都做些什么？”

“也没有干什么。就是做一些家务，走一下亲戚，空闲的时间看一些书。”

“你家里这几天人不是很多吗？”

“不多，我们的亲戚本来就不多，这几天已经走完了。”

“那我们明天到你家去吧。”

“我们？你去干什么？”关萍萍吃了一惊，她不知道卢伟要到她家里去干什么，自己是一点思想准备都没有。她像一只受惊的小鹿一样从卢伟的怀中跳了起来，疑惑地看着卢伟。

“去看我未来的岳母啊。我已经是你的男朋友了，难道不能名正言顺地拜访她老人家吗？明天是元宵节，再不去年就过完了，就没有合适的机会了。”卢伟知道关萍萍从小没有了父亲，就没有提岳父这个词。

“不，不行。”关萍萍像是害怕灾难临头似的连忙摇头。

“为什么呢？”卢伟不解地问。

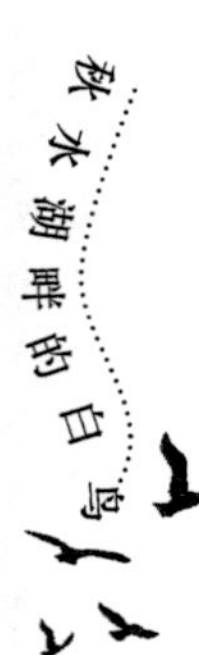

“我害怕我妈不能接纳你，你知道我妈妈一直是反对我和你来往的。”

“所以我们才要一起去说服她老人家，打消她的顾虑嘛。她无非是怕我以后回了城里把你抛下不管了，我发誓我不会的，真的不会。”

“不仅仅是这些。我母亲是反对我和城里的人来往的，我害怕她见了我和你在一起，连我这个女儿都不认了。”

“为什么你母亲怕你和我们这些外地人来往呢？难道她对我们城里人有什么成见吗？”卢伟终于说出了藏在心中很久的疑惑。

“我也不知道，大概是因为我爸的缘故吧？”

“你爸？他怎么了？”

“其实我爸爸也是城里人，是当年下乡插队的知青。当时我爸爸和我妈妈谈恋爱，也是说好要和我妈妈在乡下待一辈子的。但是后来他还是抛下我们回城了，而且是一去就没有了音信。我妈妈为此一直耿耿于怀。”

“那么他后来一直没有回来看你们吗？”

“没有，在我出生之后，他都是定期寄一些钱和物品，但是一直没有留下地址，更没有回来看过我们。后来就什么也没有寄来，仿佛是从人间消失了一样。”

“那你们有没有到城里找过他？”

“没有，自从我爸爸不辞而别之后，我妈妈恨死他了，怎么也不肯到城里去找他。况且城里那么大，我们即使到了城里，也未必能找到他。我爸爸寄来的东西从未留过地址，我想他可能当时在城里成了家，怕我们去打扰吧。”

“那么就是说你们现在住的地方不是你爸爸的家，而是你妈妈的家了？”

“连我的姓都是我妈妈的，我的爷爷其实就是我的外公。”

“你妈妈对你好吗？”

“说实话，我妈妈对我太好了，可以说她是这个世界上最爱我的人。自从我爸爸不辞而别后，我妈妈没有改嫁，就一直生活在我外公家，我想这可能就是为了更好地照顾我吧。我是母亲唯一的孩子，从小母亲就对我特别关心，她把我当成了生活的唯一希望，所以她什么事都依着我，对我的关心无微不至。当我问起爸爸的事，她总是显得非常冷漠，毫不留情地打断我的话。我知道我妈妈很爱我，小时候上学，当外面的孩子都嘲笑我是野崽子（私生子）的时候，我回家告诉妈妈，妈妈总是抱着我大哭。母亲做的一切都是为了我，所以我害怕惹母亲生气。”

“那你家里还有其他什么人吗？”

“除了我母亲、我和我外公就没有其他人了。我外婆在我很小的时候就去世了。我舅舅他们对我们很冷漠，都分家住在外面，也不管我们的生活。我的外公对我们也是很冷漠，甚至是仇恨。我想可能是因为我母亲生了我，在村里给他丢了人，而我就是这罪孽的唯一证据吧。所以他恨我的母亲，也恨我。但是我的母亲很要强，在亲人的仇视中坚持没有改嫁，一个人把这个家撑了下来。这一切都是为了我，我很惭愧。”

“但这不是你的错，你才是真正的受害者。爱不能作为束缚你的枷锁，上一辈的恩怨不能再变成下一代的悲剧啊。”

“但是你让我如何面对我的母亲呢？”

“所以我才说我们一块去面对她的嘛。”

“不，不行，那样太突然了，她不会接受我们在一起的现实。”

“但是我们难道就这样一直隐藏下去吗？”

“不，不会的，还是让我找机会慢慢对她说吧。”

“万一,万一不行呢？”

“大不了我和你私奔。”

“不，不好，这样会把事情弄得更糟的。”

“你不敢吗？”

“不是我不敢，我是怕这样会伤害你的亲人。”

“那你说该怎么办。”

“不要怕，你回去再劝劝，我再想想办法，会没事的。”

“反正我把命都交给你了。如果你再辜负我，我会活不下去的。”关萍萍紧紧地靠在卢伟胸前，一副可怜的样子。

“不，不会的，你要相信我，我一定不会辜负你的。我一定会和你一起到老。”卢伟嘴里说着，在心中暗暗下着决心，把关萍萍抱得更紧了。

外面终于下起雪了，雪打在枯草和落叶上沙沙作响。

“天不早了，我要回去了。”关萍萍从卢伟的怀里站了起来，但是还是拉着他的手依依不舍。

“那好吧，我送你。”天色确实已经暗了下来，他再也不好意思让她待下去了，尽管他是那样的舍不得她走。他们相识并不久，他可不敢留她在这里过夜。其实对于卢伟来说，尽管他是城里人，但是也没有多么开放，不敢对她有别的什么想法。他怕在这个地方弄出什么事情来，也怕伤害了她。

第二天是元宵节，关萍萍又陪卢伟去县城看了一天的社火表演，回来时已经是傍晚了。尽管天气很冷，但是人们的热情并没有减少，大街上人山人海，好不热闹。他们俩痛快地玩了一整天。

“萍萍啊，你这两天都干什么去了，怎么一大早就不见了人影？”关萍萍一到家她母亲就问她。

“也没有干什么，就是医院里来了几个病人，我要去接诊，所以就起得早，饭也是在外面吃的。”关萍萍又撒了谎。尽管她觉得这样不好，但是怕母亲知道自己和卢伟在一起，就不得不这样了。

“不是明天才上班嘛，怎么今天就去了？”

“没办法啊，这几天流感盛行，你又不是不知道，治病是人命关天的事情，耽搁不得的。”关萍萍骗过了母亲，显得很得意，就哼着歌儿向自己的房间走去。

“你等一等，我有话对你说。”

“你说吧，妈，我听着呢。”

“你过来，我对你说。”关萍萍的母亲放下手中的针线活，硬是把女儿叫到了身边。

“什么事情啊？这么认真。”关萍萍有些不解，但是既然母亲叫自己，就没有办法，只好走到母亲面前，充满疑惑地问。

“我去年跟你说过的，就是你的婚事，富贵家又托媒人来说了。富贵本人也来了，说是如果你愿意，今年就把婚事给办了。”关母把女儿拉到面前语重心长地说。

这对于关萍萍来说，无异于晴天霹雳，给她原本阳光灿烂的心情泼了一盆冷水，使她从美好想象中坠入了残酷的现实。她刚才还沉浸在与卢伟在一起的美好回忆里，现在又不得不面对一个逼婚的深渊。

“那你是怎么说的？”关萍萍问母亲。

“我不是在等你一句话吗？”关母说。

“我，我不……”关萍萍觉得这事太突然了，她还不知道该怎么样应答。

“你怎么又变了？去年你不是说得好好的吗？况且人家把彩礼都送来了，你就不要耍小孩子脾气了。你都这么大了，不知道你心里在想些什么。”关母摇摇头说。

“你收了？”关萍萍急着问。

“暂时还没有，但是只要你点一下头，人家随时就送过来。”

“妈，你不要收，我不愿嫁过去。”

“你又怎么了，难道你看不上人家？”

关萍萍没有吭声。

“其实富贵这孩子人挺好的，虽说文化浅了一点，但是人踏实肯干。只要你嫁过去，会过上好日子的。”

“我没有说他不好啊？”

“那你是啥意思？你既不是看不上人家，又不愿嫁给人家，你是啥想法？”

“但是我又没说我看上他了啊。”

“你这孩子，竟然和妈耍起嘴皮子来了。”

“世界上就他一个男人啊，我非要嫁给他不成吗？”

“那你是喜欢上其他人了？”

“没有，还没有。”

“那你这又是为什么？”

“不为什么，我只是不愿这么早就嫁人，我只是想和你在一起多生活几年。妈，我要是嫁了人，谁来照顾你啊？”

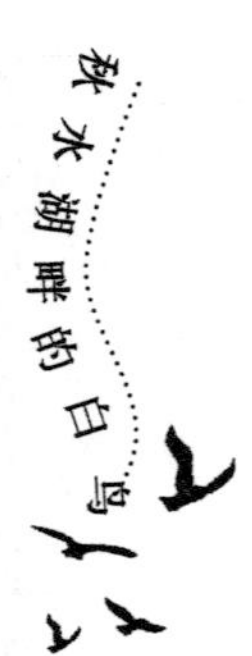

“你还说早，都二十岁了，咱们这里像你这么大的姑娘，差不多都嫁人了，你看东西两家从小和你一起长大的姑娘都快当妈了，你还说早？”

“哎呀，你说什么啊，妈！”

“好了，妈不说了。你要是真的替妈着想，就快一点嫁过去。你一有着落，妈的心就放下了，至于其他的事情，就由妈来照料了，你不用操心。”

“不嘛，妈，我不想嫁人。”关萍萍哀求着。

关母双手捧着女儿的脸，仔细观察了很久很久，好像要看出什么似的。但是她发现女儿的眼中只有委屈、哀怨，一副单纯又可怜的样子，并不像是有什么隐瞒她的样子。她觉得自己对不起女儿，是自己把女儿逼成这样的。她长长地叹了一口气说：

“唉，其实妈知道你心里想着什么，妈知道你心高，你是喜欢那个城里来的小伙子吧？”

关萍萍低着头抽泣，没有应声。

“我打听过了。听说人家是城里来的什么志愿者，刚大学毕业，是到咱们这里服务农村建设的，说是待上一两年就走了。人家是城里人，又是大学生，你喜欢人家，妈可以理解。但是你想过没有，人家是城里人，能娶你这个农村姑娘吗？你要为自己的将来考虑啊。人家是外地人，说来就来，说走就走了，靠不住的。而你是要一辈子在这里生活的。”

“我们说好的，他在咱们这里找个工作，我们就可以生活在一起了。”

“傻啊你？人家城里人能一辈子生活在咱们这个农村吗？那明显是骗你开心的谎话。”

“但是如果他走，他也会带我一起走的。”

“那只是说说而已，谁能保证他不会变心？”

“我觉得他不是那样的人。”

“你对他了解多少？”

“很多，他把他的一切都告诉我了。”

“包括他以前有几个女朋友？”

“他说有过一个，但是后来因为性格不合分手了。”

“就是嘛，被我猜中了吧？那样花心的男人，说分手就分手，比换一双袜子还快，他的话你也相信，你这二十年的饭真的白吃了。他有第一个，就会有第二个、第三个，谁知道他骗过多少像你这样傻的女孩子。”

“妈，你怎么能这样说？人家不是那样的人。”

“那他是怎样的人？”

“他是那种诚实、善良，富有爱心和同情心的人。”

“那只是表面现象，你简直是被所谓的爱情冲昏了头。”

“我不是，反正除了他我谁也不嫁。”

“不要死心眼了，人家说过要娶你吗？”

“说了。”

“就算他愿意，你知道人家家里人同意吗？你想过没有，城里人怎么会接纳一个乡下人呢？”

“我不管，只要他喜欢我就行，其他的我什么都不在乎。”

“你又犯傻了，就算他娶了你，但是人家家里人嫌弃你，你们今后的生活会幸福吗？婚姻不是爱情，没有那么简单，没有那么浪漫。你太理想化了，该醒醒了，应该知道什么叫悬崖勒马。”

“该醒醒的是你。你明明知道这桩婚姻是把我往火坑里推，还逼我答应这门婚事。你这能叫为我好吗？”关萍萍终于愤怒了，她这还是第一次向母亲发这么大的脾气。

“你怎么能这样对妈妈说话呢？妈做的一切都是为了你啊？”关萍萍的母亲听到女儿对自己发火，觉得很伤心，没想到女儿这样不理解自己，还出言不逊。

“都说为了我好，你有没有考虑过我的感受。嫁给一个自己不喜欢的人，你觉得我这一生能幸福吗？”

“你们小时候关系不是一直都很好吗？”

“那只是朋友关系，我那时候还小，什么都不知道。现在我明白了，我只是把他当哥哥看待。”

“就算是朋友也好啊，最起码有感情基础，爱情是可以慢慢培养的。反正他是我从小看着长大的，人家都说你们是青梅竹马的一对，就算他再不理想也总比一个刚认识的外地人可靠吧？”

“外地人怎么了。我就是喜欢他，与他相处一天比与别人相处十年得到的东西都多。你不要说了，你不懂得感情。就是因为你没有谈过恋爱，所以你没有资格管我的爱情。我就是要嫁给他，死也要嫁给他！”关萍萍歇斯底里地大叫了一番就哭着回房间去了。房门被她重重地关上了，只能听见里面呜呜的哭声。

关萍萍的母亲被女儿的话重重地击了一下，她的头嗡的一下就昏了过去，意识一片空白。她看见眼前有无数星星在闪，那是无数的蝴蝶在飞，那些五颜六色的蝴蝶飞过蓝天、飞过绿地，落在一片绚烂的桃花林中……

“春季流浪人归来，桃花为谁开，不知当年的小阿妹，你还在不在？……”

二十岁刚出头的关彩莲正在水田里插秧，嘴里不停地哼着这首歌，这是她的老师刚刚教他们的。三月的春风吹绿了大地，秋水湖边是一大片绿油油的水草，阳光照得花草散发出醉人的清香。彩莲家的水田就在秋水湖边上。土改刚过，她家分到了自己的一份田地，于是她就干着活，心中美滋滋的。天空澄蓝，阳光流金，远处的青山悠悠地一直延伸到天的外边。秋水湖的水波在蓝天白云下欢快地闪着光。彩莲一边劳动一边哼着歌，忘记了疲倦，只是偶尔抬起头，向远方张望，像是在等待着什么。

“彩莲，彩莲……”

彩莲循声望去，一个高大清瘦的男子骑着自行车从田边的小路过来了。

“叶老师，你什么时候回来的？”彩莲擦了擦脸上的汗，惊喜地问。

“我决定不走了。我这次是回去跟家里人说的，家里人也同意了。我今后就可以一直在这里教你们念书了。”叶老师高兴地说。

“真的吗，叶老师？太好了。我还以为你回去后就再也不回来了，大家都很想你啊。”

“我也想你们啊，以后我永远也不离开你们了，我要送你们上大学。”

“哎呀，我可不敢想象什么大学，我只要待在老师身边就满足了。”

“哎，青年人学习上要上进，要有远大的目标嘛。你看这是我带给你的书。”叶老师说着从背后一个黄色的军用包里掏出一大沓书，其中一本就是《诗经》。

“这都是送给我的吗？太谢谢你了。”

“当然是送给你的。好了，让我来帮你吧。”叶老师说着就去拿工具，彩莲怕老师受累，不愿老师替自己干活。两个人在推让中，有意无意地双手就握在了一起，她莞尔一笑，脸都红到了脖子根。

一叶小舟漂在湖面上。叶老师叫叶舟，是几年前来这里插队的知青，当然这都是20世纪70年代的事了。在那个知青回城的大潮流下，他却选择了留下，也选择了一个完全不同的人生。彩莲是他的学生，也是他的恋人。他留下的一大部分原因就是为了能和她在一起。两个人在绿色的水田边劳动，几只白色的水鸟从空中飞过，闲适自在。

“夏季流浪人归来，荷花水中开。不知当年的小阿妹，你还在不在？……”

一抹夕阳照在秋水湖上，天边的云、远处的山和近处的树都在蓝色的湖面上投下长长的影子。湖边的荷花开了，莲叶的碧浪一眼望不到边。芳草萋萋，芳香阵阵。秋水湖边很静，只能听见夏虫与青蛙的叫声。

叶舟与彩莲依偎在干净的草丛中窃窃私语。

“彩莲，咱们什么时候结婚？”

“我，我还没有想好。”

“难道你不爱我？”

“爱，爱死你了。但是你能保证可以和我过一辈子吗？”

“我发誓，你走到哪，我跟到哪。”

“我哪儿也不去，一辈子就待在这里。”

“那我就待在这里陪你一辈子。”

“但是我怕我爹娘不同意。”

“那我们现在就对他们说去。”

“不行，这样太快了，太突然了。还是我去跟他们说吧。”

“那你是不信任我，不爱我了？”

“信，我爱。你要什么我都会给你的。”

“一切？”

“那我也给你，给你我的一切。”

彩莲用湖水般温柔的眼睛看着叶舟，从她粉色衬衣的领间散发出淡淡的体香，如莲花的清香。

“给我吧，你的一切。”

波声阵阵，白鸟惊起，向远方飞去，有的干脆隐没在深深的芦苇丛中，只有多情的虫和蛙为他们奏响爱的交响曲。

“秋季流浪人归来，菊花朵朵开，不知当年的小阿妹，你还在不在？……”

“叶老师，等一下我有事找你谈。”下课后，彩莲叫住了叶舟。

“什么事啊？”在自己的宿舍，叶舟问彩莲。

“我好像有了。”彩莲说。

“啊，这是真的吗？”叶舟惊讶地问。

“你不高兴吗？”彩莲问。

“哦，不，不是的，我只是觉得突然。”叶舟笑着说。

“还突然，你应该早就料到的。”彩莲假装生气。

“那你爸妈同意我们的婚事了吗？”叶舟问。

“没有说同意，也没有说不同意。”彩莲叹了一口气。

“你把你怀孕的事告诉他们了吗？”叶舟问。

“还没有，我不敢告诉他们。”彩莲低下了头。

“那我该怎么办？”叶舟问。

“大不了我和你私奔算了。”彩莲赌气似的说。

“啊，那样不好吧？”叶舟摇摇头。

“你不敢？”彩莲反问。

“不是的，我只是说那样不合适。”叶舟忙解释说。

“我把一切都交给你了，你可不要辜负我啊。”彩莲说。

“不会的，我一定会娶你的。”叶舟紧紧抱住了彩莲。

墙角的一株菊花在秋风中瑟瑟发抖。

“冬季流浪人归来，梅花朵朵开，不知当年的小阿妹，你还在不在？……”

雪花如白色的鹅毛在空中飞舞，将这个世界装点得一片纯白。

“舟，这是我给你织的围巾，你快围上吧，天冷了，小心冻着了。”彩莲边说边将一条白色的围巾围在了叶舟的脖子上。

“没事，我不怕冷的。”叶舟边围着围巾，边握住了彩莲的手。

“告诉你一件好事，我爹娘同意我们的婚事了。”

“真的，太好了。我们过完年就办。”

“为什么要过完年呢？”

“年前时间不多了，况且我家里有点事，我还要回去一下，顺便再通知我的父母。”

“什么，你要回去，你不会一去不复返吧？”

“傻瓜，我怎么会不回来呢？我怎么会舍下你和孩子呢？”叶舟说着轻轻抱住了彩莲，把脸慢慢贴在了彩莲那渐渐鼓起的肚子上。

缤纷的雪花如婚礼的礼花洒满两个人的世界。

又是一年春天了。彩莲每天都跑到湖边，向村口的方向张望，但终究没有等到心上人回来的身影，连一封信都没有。她将黄色的丝带扎满了门前的树枝，听说那样可以呼唤心中的人归来，但是新年的燕子归来了，春天的桃花又开了，却始终不见叶舟的身影。她的肚子已经膨胀得如同水中的蛙卵，一个新的生命呼之欲出。

“哇……”一声响亮的哭泣声刺破春天早晨的薄雾，新的生命终于出生了，但是给她生命的另一个人却始终没有出现。绿色的秋水湖上只有几只白鸟的孤影。这一年春天，秋水湖边上长满了大片的绿萍，绿得让人心碎。

六

身世

转眼间又到了三月，可是春天的脚步却如此缓慢。整天只有阴冷的风吹着，夹杂着黄沙阵阵。树上的花苞和叶芽都还未探出头来，只是一个坚实的小黑点。只有拨开草丛，才能发现少许鹅黄的草芽子。听说从北方高原来的寒流还在控制着北方大部分地区，气流很强大，还没有退去的迹象，所以天气近期不会有什么好转。人们还在冬天死气沉沉的气氛中压抑着，就连秋水湖也变得死寂一片。

比寒流更可怕的还有关于瘟疫的传说。不知从什么时候、什么地方传来的一些小道消息，说是南方的某地发生了很严重的鸟类疫情，而且在迅速地向我国的北方扩散，很快就要传到这个北方小城了。关于传言的说法很多：有的说瘟疫是通过家禽传出来的，传播得很快，某地饲养的家禽一夜之间全死光了，疫情再由家禽传到人的身上，南方某省已经死了很多人。最可怕的是这种瘟疫的病毒非同一般，至今还没有找到有效的预防和治疗的方法。被传染的人和动物就像是得了感冒，全身发烧，很快就一命呜呼了。

关于禽流感的传言一经传开，就在这个本来就死气沉沉的小县城引起了不小的骚动。一时间全城恐慌，人人自危。从外面运来的禽类没有人敢买，连自家鸡下的蛋也不敢吃了。有人在路上看见动物的尸体，就像是碰到瘟神一样，赶紧躲得远远的。有谁家的人得了一点小病就像是被判了死刑，全家举哀，准备着为他办丧事。

关萍萍所在的医院这几天也忙得够呛，倒不是病人特别多，而是探病的人比病人本身多了好几倍。因为进了医院的人就像得了绝症，病人绝望，亲人悲痛，心理压力比疾病本身更大，整个医院死气沉沉的。所以关萍萍他们除了要给病人看病之外，还要做好病人家属的安抚工作。

卢伟倒是很清闲，他们的单位离县城比较远，平时来往的人又不多，当然不会受舆论影响太大。他只是听别人说的种种传闻，只作了工作之余的谈资，并不是太在乎。这倒不是他不怕死，而是他认为那种瘟疫传到这里的可能性不是很大，只是人们的传言太夸张了，危言耸听而已。

接下来的事情就更加令人担忧了。由于全县的人都沉浸在一种道听途说的恐慌里，所以，哪里有一点风吹草动就会风声鹤唳、草木皆兵。一件在平时几乎是不会被关注的小事会被无限地夸大。不时有传闻说谁家的鸡死了一大片，谁在湖边发现了死去的鸟什么的，样子很是恐怖，甚至说谁家有人突然去世，死因不明……说法千奇百怪、不一而足。

卢伟的心里还牵挂着另一个人的安危，那就是关萍萍。她在医院工作，每天与病人打交道，那里是最危险的地方。那个乡村医院很小，设施条件又差，没有什么特殊的隔离防护措施，医务人员直接与病人接触，面临的危险是最大的。虽说这个地方暂时还没有发现与禽流感类似的病例，但是病毒是隐性的，几乎是无处不能传播。没准哪个病人不小心传染上，又在无意中传给其他人。所以卢伟很是放心不下，抽空去看她。

“你这里还好吧？”卢伟见了面就问。

“还好，虽然是忙了些，但这些都是小病，能应付的。”关萍萍轻松地说。

“你这里没有发现什么异常情况？”

“什么？你是说禽流感吗？这里还没有发现类似的病例。到这里的人大都是得了感冒，就怕死怕活的。其实也没有什么大不了的。”

“你不怕吗？”

“怕什么？我们是医生，难道还怕病毒传染给我们吗？”

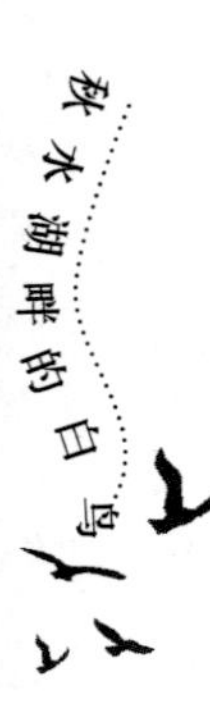

"我知道你胆大，但是你还是不要太大意了，听说那种病毒传染性很强，但很难被发现，染上的人就像是得了感冒一样，你可要千万小心啊。"

"你放心，我们这里是小医院，不会接待大病患者。一旦发现病人有什么异常情况，马上会送往县城大医院的，我们不会和那些人接触的。"

"尽管如此，你还是小心为好。"

"知道了。你也要更加小心了，你整天都在湖边和那些鸟儿打交道，也很危险的。听说鸟类是最先传染这种病的。"

"你也相信那些鸟儿会传染疾病？"

"我也不愿相信，但是那种病就叫禽流感，顾名思义就是在禽类之间传染的病毒。听说那种病毒会变异，所以才会传染给人的，你要相信科学啊。"

"我相信。"关萍萍点点头。

"好了，我们不要杞人忧天了。我们还是说说自己的事情吧。"卢伟说。

"咱们自己的事，什么事啊？"关萍萍问。

"就是我和你的事啊。你妈对我和你在一起这件事的态度怎么样？"卢伟问。

"唉，没有变化，她还是反对。我不知道她为什么那样固执。"关萍萍叹着气伤心地低下了头。

"她是有什么心结吗？"卢伟问。

"好像是有，但是她总不对我说。"关萍萍说。

"那我们就找人去解开这个结。你认为谁去劝她更合适呢？"卢伟问。

"我想不出来。我妈妈与亲戚们的关系都一般，我想他们去劝说不但不会有好的效果，还可能起到反作用。"关萍萍摇摇头说。

两个人沉默了良久，关萍萍终于试探地说："也许一个人能行，但是他不一定会去的。"

"快说，是谁？"卢伟急忙问。

"李站长，他一直对我们家很关心的。我妈对他一直很尊敬的。"关萍萍说。

"要是这样的话我们还真得请他去试试，反正除了他也再找不出第二个人来了。”卢伟点点头说。

回去的路上，关萍萍一直胡思乱想：李站长是否真的支持自己和卢伟在一起呢？又是否真的同意去劝母亲？就算他肯去，母亲会听他的吗？要是母亲连李站长的话都不听，那该怎么办呢？要是因为这件事与母亲闹翻了，那样太残酷了。但是如果一直这样犹豫不决，卢伟是不是还有继续等下去的耐心？他是不是就不要她了？要是他真的不要她了，她该怎么办呢？……她不敢再往下想，但是又不得不想，她越想越害怕，越害怕又忍不住去想。她就这样漫无边际地走着想着，像丢了魂似的。

忽然，关萍萍的面前闪出一个高大的身影，挡住了她的去路。关萍萍像撞了车似的吃了一惊。她定睛一看，原来是富贵。富贵身材魁梧，面庞黝黑，站在她面前就像是一座山。

“你，你怎么会在这里？”关萍萍心神未定，小心地问。

“我是专门来找你的，你不在家，我只能回去。没想到竟在这里碰到了你。”富贵一副傻乎乎的样子，带着憨厚的笑说。

“哦，我也是刚出去，现在正要回去呢。”关萍萍不想说谎，但是也不知道该说些什么。

“你准备干啥去，跑得这样快？”富贵问。

“也没有干什么，村子里有人病了，我去送一些药。”关萍萍撒谎时的语气很虚。

“哦，那病人没有事吧？”富贵又问。

“没事，只是一些小病，吃点药就好了。”关萍萍说。

“噢，你还要上哪儿去，我开车送你？”富贵问。

“你就不用送了，我走着去就是了。”关萍萍故意躲着富贵。

“哎，你等一下，我还有话对你说。”富贵拦住了关萍萍。

“什么事啊？”关萍萍不耐烦地问。

“就是我们……我们之间的事。”富贵还有些不好意思，结结巴巴地说。

“我们之间，我们之间有什么事？”关萍萍明知故问。

“你这么快就忘了，我们之间的婚事啊。”富贵有些失落。

“什么婚事，你不要胡扯了。”关萍萍有些气恼。

“我哪里胡扯了，我们是定过亲的。”富贵说。

“我又没有答应。”关萍萍不以为然。

“那不是迟早的事吗？”富贵说。

“什么迟早的事，我什么时候答应要嫁给你了？”关萍萍急了。

“我找你就是要问问你，你到底是咋想的？总该表个态吧。”富贵说。

“你要我表什么态？”关萍萍说。

“就是你愿不愿意嫁给我，如果你愿意嫁给我，我们就尽快把婚事办了，我们也都不小了。”富贵说。

“我要是不愿意嫁给你呢？”关萍萍问。

“你看你，又说胡话了不是？以前我们好好的，你现在又说不愿意嫁给我，你究竟是怎么想的，我又没有得罪你。”富贵说。

“以前对你好，并不是要嫁给你；现在不嫁给你，并不代表我对你不好。这是两码事。”关萍萍说。

“谁说这是两码事，分明是一码事嘛。你以前对我那么好，现在为什么变心了呢？”富贵问。

“不为什么，人总是会变的。以前我太小，不懂事；现在我长大了，我有权为自己做主。”关萍萍说。

“你别装了，还不是因为那个小白脸，你以为我不知道？”富贵愤愤地说。

关萍萍的心咯噔地跳了一下，她慌了神，想不到富贵这么早就知道了，但是她还是想蒙过他去。

“哪个小白脸，谁是小白脸？你不要瞎说。”

“我瞎说？你以为我不知道？去年城里来了一个小青年，才见了人家一面，你的魂就被人家给勾了去。还不知道人家姓啥名啥，家住哪里，就要跟人家走，你说你不是在做白日梦吗？”富贵豁出去了。

关萍萍想这下坏了，人家全都知道了，可能是母亲告诉人家的。算了，知道就知道吧，不管那么多了，把话说明白也好，省得还要躲躲闪闪的。

“做白日梦咋了？我喜欢。跟他在一起做白日梦总比跟你在一起整天无梦可做要强得多。”

“你不要死心眼了，快清醒清醒吧，不要被城里人的花言巧语迷惑。不就是大学生嘛，有什么了不起，现在的大学生比牛毛还多，大学毕业卖猪肉、擦皮鞋的都有，还不如我呢。说什么支援这里的建设，全是谎话，我看是城里待不下去了，才跑到我们这里混吃混喝的。你也不想想，一个城里长大的孩子，如果有本事为什么不在城里待着，干吗跑到我们这山区来受罪呢？”富贵说。

“你不要以小人之心度君子之腹，自己不成器，还嘲笑别人。”关萍萍不许富贵说卢伟的坏话。

“你看看，心疼了吧。我说怎么的，果真如我所料，你的心早已被那个小混蛋迷惑了。我怎么了？虽说没有文化没有他帅，但是能够凭自己的本事挣钱养活你。他就是再好也只不过是一个穷书生，俗话说百无一用是书生，你和他在一起是想吃他的书过日子啊？我就是再不好也只是爱你一个人的，哪像他那个花花公子，不知道有多少情人。”富贵刻薄地说。

“你再说，我就不理你了。”关萍萍说着就要走。

“好了，好了，我不说了，我说这些可都是为你好啊。既然你不想听，我就不说了。现在我们说正事吧，你到底嫁不嫁给我？”富贵的态度软了下来。

“我说过的，不嫁的。”关萍萍回答得很坚决。

“你这个人怎么这么固执？还在和我赌气？”富贵嬉皮笑脸地问。

“我不是在和你赌气，我本来就没有打算嫁给你的。”关萍萍正色说。

“你真的就这么绝情吗？难道你就忘了我们以前的事吗？”富贵也严肃了起来。

以前的事，关萍萍怎么会忘记呢？她的思绪又随着他的话飞到了童年的时光。

小时候，当别的孩子叫她野孩子、欺负她的时候，富贵总像一个大哥哥一样保护着她。他那宽厚壮实的臂膀牢牢地把她护在身后，不让任何人接近。关萍萍也因此亲切地称富贵为哥哥。虽然他们家离得比较远，但是富贵

每天很早就跑到关萍萍的家门口接她一块上学。富贵大关萍萍两岁，但是上学晚，所以两人就在一个年级一个班。富贵人长得高大，又比较爱打架，所以在他的保护下，再也没有人敢欺负关萍萍了。她还清楚地记得每一年的春天，富贵都会带着她到湖边的田野，到对岸的林子里采野草莓。每年的夏天，他们都会一块划着船去湖中采莲子……两个人在心中都把彼此视为知己，双方的家长也在心中暗许了一段将来的姻缘。只是后来富贵初中还没有毕业就因为成绩太差不上学了，退学就去学手艺挣钱了，而关萍萍一直在上学，最后还考上了外地的卫生学校，两个人分开了，感情也渐渐淡了。去年富贵的家人忽然托人来提亲，关萍萍都感到有些恍惚和犹豫不决了。

“难道你不记得曾经和我说过的话吗？我们还拉钩的，难道你都忘了吗？”富贵恳求似的说。

他们说过的话，关萍萍怎能忘记呢？那时他们还很小，好像还没有上学。一年春天，季节和现在的这个时候差不多，一天他们相约到山后面的林子里去折桃花。富贵满心欢喜地为关萍萍折了一大把桃花。两个人跑累了，就坐在河沟中小溪边的草地上休息，富贵小心翼翼地将花枝一根根地插在关萍萍扎着的马尾辫上。尽管关萍萍也很害羞，面如桃花，心似兔跳，但是她感到很幸福，就坐在那里耐心地任他摆弄她的头发。毕了，关萍萍对着脚下平静的水面仔细一看，一下子惊呆了，想不到自己的影子竟然美丽得如同电影中的新娘子。

“将来，等我长大了，一定要接你到我的家里去住。”富贵信誓旦旦地说。

“真的吗？你还会在我的头上插满鲜花吗？”关萍萍天真地问。

“当然了，我还会坐很大很大的花轿来接你呢。”富贵自信地说。

“你吹牛，我不信。”关萍萍故意撒娇。

“你不信我们就拉钩吧，我如果做不到就是小狗。”富贵伸出了自己的小指。

关萍萍也伸出了自己胖乎乎的小手，两只小手紧紧地钩在了一起。两张幼小的脸上露出无限的虔诚和对未来的美好憧憬。

“咱们说好了，谁要是做不到，谁就是小狗。”富贵说。

关萍萍轻轻地点了点头。趁着关萍萍不注意，富贵偷偷地在她的小脸蛋上亲了一下，然后就像是一只受了惊的小兔子似的一溜烟跑了。只有关萍萍一个人像丢了魂一样坐在草坪上用手捂着脸大叫，心怦怦地跳。

确切地说，在他们那个年代，在他们这样的年纪，这只是从电影里学来的调皮动作，他们并不懂得其中的含义。他们的话也只是小孩子天真的童话，根本就算不上什么恋爱，更不是什么誓言。但是关萍萍至今想起来还是有一种美好的感觉。她泪眼模糊，喃喃地说：

“我当然记得，但是那只是小时候不懂事，胡乱说笑的儿戏而已，并不值得信守。现在我们长大了，应该知道那是多么幼稚。所以那些话是不能当真的。”

“但是我是认真的啊！我在外边打拼了这么多年，就是为了有资格娶你。为了这一天我已经等了十几年了，难道最终等到的却是你这句话吗？”富贵痛苦地说。

“我知道你对我好，我对不起你。但那都是小时候的事了，人长大都是会变的。”关萍萍不知说什么好。

“但是我是不会改变的，也不想改变。十五年前我的心被你偷走，而且被你埋在了那条小溪中，如今已经变成了石头，你让我怎么改变。”富贵的眼泪快流了出来。

“面对现实吧，我们再也回不到从前了，你就不要勉强了。”关萍萍说。

“我没有勉强。一直以来，你对我都是很好的，为什么这半年来你完全变了，是不是因为那个男人？”富贵问。

“不是的，即使没有他，我也是不会嫁给你的。”关萍萍说。

“你胡说，就是因为他，总有一天你会明白我的心。”富贵说。

“好了，该说的我都说了。信不信由你，我要走了。”关萍萍说着就推开富贵向前走。

“你别走，你听我说，我会等你的，我会等你回心转意的一天。”这次富贵没有再拦着关萍萍，因为他知道即使不让她走也没有用的，心已经不在，留住人又有什么用呢？

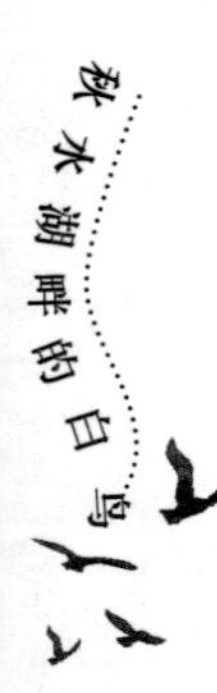

在告别了关萍萍之后，卢伟真的找到了李站长。虽然他不愿为了自己的私事去求人，但是为了自己和关萍萍的事，卢伟还是硬着头皮去求李站长。

“什么事啊？”李站长问。

“也不是什么大事，就是关萍萍家里的事。”卢伟努力在找寻适合的词语来表达，他是真的有些说不出口。

“她家里的事，关你什么事。你一个男孩子家打听人家女孩子家的事，你安的是什么心啊？”李站长责备似的说。

“也没有什么，就是好奇。”卢伟感到难以启齿，低着头小声地说。

“她家里的事有什么好问的，你不是跟她很熟吗？你去问她好了。”李站长没好气地说。

“我当然问了，但是有些事情，她怎么好意思告诉我呢？”卢伟说。

“她不好意思说，我就好意思说了？我怎么会把人家里的事随便告诉别人呢？况且我知道的也不多。”李站长的态度不是很坚决。

“你知道多少就说多少。”卢伟催促道。

“我说过的，不能随便讲人家的隐私。你这个小子，不知又在打什么主意？”李站长为难地说。

“我哪有啊，我只不过是看她家里有一个多病的母亲和年迈的爷爷，觉得很可怜，就想关心一下而已。”卢伟又在哄李站长。

“哎呀，这个孩子苦啊，从小就没有了父亲，是她的母亲一个人把她拉扯大的，真是不容易啊。”李站长的眼中充满怜悯。

“她的父亲很早去世了吗？”卢伟问。

“唉，是啊，噢，不，不对。”李站长突然发现自己说错了什么，立刻收住了嘴。

“什么对与不对？”卢伟不解地问。

“唉，他是不在了，但是我告诉你，你可千万不要告诉别人啊。”李站长见包不住了，只好无奈地说。

“为什么？”卢伟见李站长这样的表情，更加疑惑地问。

“因为我已经隐瞒她们二十多年了，一直不想告诉她们，如果现在让她们知道了，会出大乱子的，说不好还会弄出人命。”李站长严肃地说。

“有那么严重吗？那你干吗要隐瞒她们这么多年呢？”卢伟问。

“唉，你不知道内情，就不要再问了，否则我是再也没有脸面见到她们母女了。”李站长叹着气说。

“啊，真的那么可怕吗？那我就不问了，你还是说说其他的事吧，比如说：关萍萍的父亲是一个怎样的人？”卢伟还是穷追不舍。

“他是一个好人，一个十足的大好人。说来你也许不信，他和你一样，是从城里来的知识青年，是20世纪70年代响应中央号召下乡插队的。当年他来的时候比你还小呢，没有上过大学，听说他的家庭可是当地出了名的书香门第。但是听说他的家庭成分不好，所以就没有上大学，况且那个时候也没有什么大学上，“文化大革命”的时候大学都被封了。所以在我们这个小山沟里，他也算得上是最有学问的人了。因为他的成分不好，就被安排到了我们这个村子里教初中。因为他姓叶，所以人们就叫他叶老师。”

“20世纪80年代初，在所有知青都陆续回城的情况下，他还满腔热情地教这里的孩子们读书，还说一定要将这里的孩子们送出山沟沟，送进大学，所以他一直没有走，留在了学校里。当时的彩莲，也就是关萍萍的母亲，是夜校毕业的学生，也在叶老师的班上学习，她和叶老师就是那个时候认识的。彩莲上学比较迟，年龄也比较大，只比叶老师小三岁。她自幼聪慧，学习是班里的尖子，叶老师也爱教她，所以两个人相处的时间长了，就慢慢产生了感情，甚至到了互许终身的地步。”

“本来，叶老师的家庭给平了反，他可以继续回到城里上他的大学，那样他一定会有一个不一样的人生。但是因为他放不下他的那些学生，更放不下彩莲，他才拒绝了家里人要他回城的要求，最后在他的父母再三要求下，他在那年的寒假回了城里一趟，而且最终说服了他的家人，让他留在这里继续教他的书。就在他回到秋水湖的第三天，他便骑着自行车到湖对岸的学生家里给学生补课，回来晚了，天黑而且下着雪，路很滑，叶老师不小心从湖边的山崖上摔了下去，就再也没有上来。第二天，人们在出事的地方发现了叶老师的尸体。为了不让彩莲知道，我们几个知情人发誓不

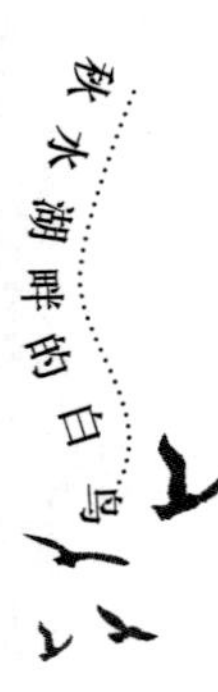

把这个消息传出去。最后我们几个人凑了一些钱，将叶老师的遗体悄悄入了敛，最后遵照他家人的意思，将骨灰送往他城里的家，彩莲一直都不知道这件事情。”

李站长的叙述深深地震撼了卢伟的心，他仿佛看见一个高大鲜活的身影就站在他的面前。但是若隐若现地，卢伟又仿佛看见关萍萍母亲那张饱经风霜的脸和绝望的眼神，这两种反差巨大的画面，仿佛一段悲剧，让他的心久久不能平静。

李站长讲到这里，沉默了很久。卢伟才从翻飞的思绪中醒了过来，又问：“你和叶老师是什么关系？”

“我就是当时叶老师执教的那所学校的校长。”李站长的语气很沉重。

这句简短而深沉的话更是把卢伟惊住了，他没有想到李站长将这件事知道得那样详细，更没有想到他是当初这一切的见证者。

“那你为什么要瞒着他们母女俩呢？”卢伟问。

“我怕萍萍的妈知道后会接受不了这个现实，甚至会做出傻事来。彩莲是一个很要强、对感情很执着的人，当时他们还没有结婚，但是彩莲已经怀着孩子了。如果他活在她心中，她也就有活下去的希望，尽管这样她会恨他一辈子，但是有时候恨也是支撑一个人活下去的理由和力量。如果当时我们让她知道他死了，她肯定是活不下去的。”李站长沉痛地说。

“你的意思是关萍萍的母亲和叶老师还没有结婚，那么怎么会有关萍萍？”卢伟感到自己这个问题问得很傻，立刻打住了。

“肯定是以前就有的。好了，你不要问了。千万记住，不要对任何人讲，尤其是关萍萍和她的家人。”李站长再三叮咛。

“我可以答应你，但是如果关萍萍让我来问你的，你叫我怎么回复她？”卢伟试探着说。

“什么？是她让你来问我的？她为什么要问？难道她知道了什么或者怀疑什么？”李站长大吃一惊。

“不是这样的，是……唉，让我怎么说呢？”卢伟感到很为难，不知道怎么开口。“唉，是这样的。”卢伟鼓起勇气，把脚一跺说，“是我喜欢她，她也喜欢我，我们决定无论如何也要在一起。但是她的母亲坚决反对，而且她说，只有你知道她妈妈为什么反对我们在一起。”卢伟横下心来把一切都说明了。

“啊，什么？你们要……”李站长惊呆了，几乎不敢相信自己的耳朵。他目瞪口呆，两只手在空中发抖，好半天才像散了架似的瘫倒在沙发上。

卢伟从未见过这样的场面，他以为李站长气晕了，吓得手忙脚乱、不知所措，一边大呼李站长的名字，一边用手疯狂地摇着李站长疲软的身体。

“天哪，难道这个悲剧还要重演吗？都怪我，都怪我，我应该早就看出你们的……唉，造孽啊！”好半天，李站长才从昏迷中醒过来，他一边用手捶打着自己的膝盖，一边叹着气，他的眼中充满痛苦与绝望，从喉咙里挤出了几句卢伟根本就听不懂的话。

“不，不会的，我们是真心相爱，我是不会辜负她的。”卢伟以为李站长是在说自己，赶忙补充说。

“不，不能再让悲剧发生了，不能……”李站长自言自语地说。

“不，不会的，我会爱她、照顾她一辈子的。我今天来就是想请你去说服她的母亲，帮她解开心结，好让她同意我们在一起。一切都会好的，我们会过得很好。”卢伟恳求道。

“你这哪里是爱她，你这分明是害她嘛。我保守了二十年的秘密，现在又要我去揭开，你想害死她们吗？还要拉着我去当替罪羊，我不去，死也不去。”李站长坚决地说。

“我怎么害她们了？难道我真心爱她有错吗？”卢伟疑惑地问。

“就是因为你爱她，你才是在害她。因为你们是不会在一起的，或者说你们在一起是不会幸福的。你还是放手吧，你不会给她幸福的。”李站长摇摇头说。

“不，我不会收手的。我相信我能给她幸福的，我只知道我爱她，她也爱我，我们在一起就会幸福。我不懂你所说的悲剧，也不愿相信。你不要固执了，难道你这样永远隐瞒着她们，她们就会幸福吗？你不要把前辈人的痛苦延续到后辈人的身上。”卢伟坚持道。

“但是她们会接受这样的现实吗？”李站长还是犹豫不决。

“也许话说开了，她们会接受的。毕竟过了二十几年了，她们会看得开的。”卢伟说。

“你说得轻松，万一关萍萍的母亲想不开，那不是闯下大祸了吗？”李站长说。

“但是我们是真心相爱的，我们非在一起不可。难道你要看关萍萍和她的母亲决裂吗？”卢伟威胁似的说。

“你们根本就不应该在一起的，我也反对。”李站长说。

“李书记，我一直是很尊敬你的，我知道你是好心的。但是你真的就想把我们拆散吗？”卢伟转为恳求的语气。

“我也不想，但是你能照顾她和她的家人一辈子吗？”李站长终于说出了心中的疑虑。

“我能。”卢伟回答得很坚决。

“好吧，让我再好好考虑考虑。”李站长拖着沉重的脚步走了。

说媒

春天的脚步，在四月快要结束的时候悄悄到来了。没有任何征兆，绿色仿佛是在一夜之间就占领了所有的枝头和整个的田野。某一天的早晨，当你从睡意蒙胧中醒来，忽然发现窗外的枝头上繁花锦簇、绿叶点点，远处的田野和山头上一片新绿的时候，你会突然醒悟：原来春天是真的来了。

天气也渐渐转好了，经过一场淅淅沥沥的春雨之后，天空中没有了灰尘，没有了春天的阴霾和愁云，而是留下一片清澈的蓝天和白云。绿油油的草地仿佛是被刚刚刷过，阳光仿佛也有了颜色，照在身上暖烘烘的。从南方归来的燕子在屋檐下翻飞，从暮色中传来归圈牛羊的铃声以及从小河里发出水流冲击沙石的哗哗声，无不像动人的音符，打破了自然的寂静，给人们的生活带来了无限生机。

天气好转了，“人气”转好了没有?

答案是肯定的。

对于卢伟而言，还有更加令他高兴的事情，那就是：他终于说服李站长去向关萍萍的母亲求情，让关母成全萍萍与自己的感情。尽管李站长对这件事并没有把握，但是卢伟已经感到异常欣慰了，因为这是他唯一的希望，不管怎样，他都得试一试，而且，卢伟有一种直觉，觉得这件事会成功的。

李站长怀着十分复杂的心情来到关萍萍家，一方面，他本能地反对卢伟和关萍萍在一起，因为他感到两人的差距太大，将关萍萍的终身托付给这样一个城里的年轻人，他有些放心不下，而且关萍萍的家人也是反对这件事的，他不好开口说话。另一方面，经过这么长时间的考虑，李站长也觉得这样阻挡关萍萍与卢伟在一起，对两个人来说太不公平了，因为他们彼此相爱，没有理由不让他们结合，而且李站长还觉得把关萍萍交给卢伟也没有什么不好，甚至让他欣慰。经过这么长时间的相处，他觉得卢伟并不是一个薄情的人，而且以卢伟个人的能力，他是可以给关萍萍幸福的。他在冥冥之中仿佛感到关萍萍父亲的灵魂在向自己暗示：女儿应当有一种全新的生活，一种自己当年想过但是没有来得及过的生活，而这个任务要另一个人去完成。这个绝美的秋水湖已经埋没了太多美好的东西，不能再让女儿继续这种悲剧了。

当李站长走进关家院子的时候，关萍萍的爷爷（外公）也在，李站长和他寒暄了几句。他们俩是老相识了，从小一起长大，关萍萍的爷爷大李站长几岁，李站长总是亲切地称他老哥。两个人从小就是无话不谈的，再加上这二十年来李站长给他们关家没有少帮过忙，所以两家的关系就更近了一层，可谓是不是亲戚胜似亲戚了。这次李站长来了，老关难免又要问这问那侃上一阵子。只是李站长说是找关萍萍的母亲有事，老关也就不多问了，只是把关萍萍的母亲找了了，自己一个人下地干活去了。

关萍萍的母亲正在屋后的猪圈旁喂猪，听说李站长找她，不知道是什么事情，就放下手中的活，走到前屋来。李站长是她的熟人，当初的老师，如今的长辈，她对李站长一向是很尊敬的，因此也没有什么客套的。

"李叔啊，你来了。"彩莲一边笑着一边说。

"噢，我没事过来看看你。"李站长应了一声。

"李叔啊，你先坐，我为你倒杯水去。"彩莲说着拉过一条凳子让李站长坐下。

"哦，你不用忙了，我刚才喝过了，不渴。"李站长坐下说。

这时彩莲已经洗了手，倒了一杯开水，递给了李站长，李站长没有推辞，接过水杯，放在旁边的一张凳子上。

“李叔，你找我有事吗？”彩莲也拉过一张凳子坐在李站长的对面。

“也没有什么事，就是关于萍萍的事。”李站长不知如何开口。

“你说我们家萍萍，我还想问呢，这孩子以前还好好的，这半年在单位的时间比在家里的时间还长，尤其是这几天，简直是跑得不沾家了。你说她能有什么事这么忙，连礼拜天都不回家了？”彩莲一见到李站长就抱怨起关萍萍。

“孩子嘛，大了就由着他们去，我们就少操那份心了。”李站长说的话有些言不由衷。

“不是我多管闲事，实在是这孩子太不听话了。人说女大十八不离娘，她今年都是二十的人了，还整天在外面跑，影响不太好啊。”彩莲叹了口气说。

“现在时代不同了，人们也不在乎这些，女娃在外面干什么，别人又能说些什么呢？你也别放在心上。只是萍萍今年也不小了，该找个婆家了。”李站长见缝插针，切入主题。

“是有几家人来提过亲，只是萍萍这孩子心高，没有答应，还在挑来挑去。前几天西村贾家的富贵托人来提亲，哎，李叔，你看富贵这娃怎么样？”彩莲试探性地问。

“这孩子倒是不错，人高大结实，是个好劳力，又踏实能干，家境也不错。只是，只是萍萍同意不？”李站长的心情很复杂。

“这也是我心中的一块心病啊，按理说，他们两个是从小一块长大的，感情也不错。但是当我向她提起这件事的时候，她总是说不愿意。我也不知道这孩子是咋想的。”其实彩莲是不好意思说出萍萍与卢伟的事。

“那她是喜欢别的人了？”李站长问。

“唉，李叔啊，其实我是不好意思对你说这件事的，但是既然问起这件事，你也不是外人，我就实话对你说了吧。我家萍萍喜欢上了城里来的一个年轻人，说是什么志愿者，刚毕业的大学生，听说还在你的单位工作。你说说，萍萍是不是被那个小青年的花言巧语给骗了，一时糊涂要跟那小子。”彩莲不好意思地说。

“噢，有这事，我怎么不知道？不过我们站里是有个城里来的小青年，是来支援这里建设的大学生志愿者。人倒还不错，办事很踏实，有责任心。对咱们这里人也很热情大方，没有城里人的架子。最重要的是他为人诚实、可靠，不像是你说的那样轻浮的花花公子吧。”李站长假装不知，还夸了卢伟几句。

“那小伙子真的像你说得那样好吗？”彩莲半信半疑。

“对啊，的确是蛮不错的。”李站长肯定地点点头。

“但他毕竟是外地人啊，城里人靠不住。把萍萍交给他我不放心。”彩莲终于说出了心里话。

“说实话，我也有些不放心啊，但是凡事也不能太悲观，只要他真的能对萍萍好。”李站长安慰说。

“唉，萍萍这孩子要是真的跟那个年轻人走了，你叫我咋办？”彩莲叹气说。

“我也不知道该咋办，还是顺其自然的好，咱们总得尊重孩子的意思吧。俗话说强扭的瓜不甜，我们可不能强迫孩子去嫁给一个她不喜欢的人啊。现在都什么时代了，早就流行自由恋爱、自由婚姻了，我们可不能包办婚姻啊。”李站长说。

“你的意思是让萍萍嫁给那个城里人。这不行，城里人没有一个是好的，我不能眼看着女儿往火坑里跳吧。我决不同意他们的事！”彩莲坚决地说。

“难道你要逼着萍萍嫁给贾家不成？这可是犯法的事啊。”李站长说。

“我不会把这件事做得太绝的，毕竟她是我的女儿啊，我也心疼她。但是我也不能放任她这样执迷不悟下去。我会向她把话说清楚，让她看清形势。我想她会听我的话。”彩莲说。

“那她要是不听你的话呢？”李站长说。

“我也不知道该怎么办，总之不能由着她的性子来。”彩莲说。

“你也不要太固执了，也许孩子是对的，也许我们都老了，思想太过保守，跟不上时代的脚步了。我们没有经历孩子们正在经历的生活，也没有经历过他们正在经历的爱情。”李站长还想说什么，但是被彩莲打断了。

“李叔，难道你忘了吗？二十多年前，我就是因为爱上了那个城里的负心人，结果被他骗了，才落得这个下场。难道你还想让萍萍也重复这样的悲剧吗？”彩莲说着，眼泪都流了出来。

“其实，其实你一直误会他了，其实他不是你想象的那个样子。”李站长吞吞吐吐地说。

“什么？误会？事实难道不是那样的吗？李叔，当初的一切你可是知道的，难道那都是假的吗？还是说你把那一切都忘了？”彩莲质问说。

“是的，你们的那些事我都知道，但是事实并不是你说的那样。他并没有辜负你，也没有丢下你们不辞而别，而是他没有机会和你们团聚，他……”李站长哽咽着说不下去。

“他怎么了？”彩莲急切地问。

“他，他死了。”李站长低下头，用双手抱住头，从喉咙眼中挤出了这几个字。

“啊，不，不可能，他不可能……”彩莲大吃一惊，她的身体不由自主打了个颤，差点从凳子上跌了下来，她不敢相信李站长的话，或者说根本就不愿相信这个现实。

“不，你骗我，李叔，你对我说，他没有……”彩莲歇斯底里地摇着李站长的胳膊大声地说。

“真的，他死了，就在那年冬天，他从城里回来的第三天。”李站长抽泣着说。

直到这时，彩莲才不得不相信李站长说的是真的。她没有料到自己恨了二十几年的恋人，竟然是一个从她的恨产生的那一刻起就已经逝去的灵魂。她知道他是爱自己的，而且是为了自己而死的。而自己居然还恨了他那么长的时间，她悔恨不已。但是到了这个时候，说什么都没有意义了。她只想知道事情的真相，于是她又忍着心中的剧痛问：

“那么他，他是怎么死的？”

于是李站长顺着痛苦的记忆将叶老师出事的经过说了一遍。彩莲忍着剧痛听着，虽然她的脸上还爬满着因为痛苦而扭曲的皱纹，眼角还挂着泪珠，

但是她的眼泪已经不像开始时那样流个不停了，也不再哭出声来了。在知道了一切真相之后，她反而出奇的镇定和坚强。尽管痛苦还是像针一样刺她的心，但是她还是可以咬住嘴唇，听李站长把事情讲完。

“那你当时为什么不告诉我？”等李站长讲完，彩莲平静甚至有些冷静地问。

“我是怕你知道之后会接受不了这个现实，会想不开做出傻事，况且你当时还有身孕。”李站长愧疚地说。

接受不了，想不开，做傻事？说实话，在时隔二十几年之后，彩莲已经没有什么接受不了的事了，更不会做出什么想不开的傻事，在经历了那么多的坎坷之后，她已经坦然多了。但是她不敢说在二十多年前，她也会像现在一样坦然和冷静。所以她有些不理解李站长，甚至有些恨他当时不把真相告诉自己，让自己白白恨了叶舟这么多年。但是现在想想，如果当时自己是李站长，自己一定也会这么做的，所以她的嘴只是轻轻地抽动了几下，就再也没有说什么。她只觉得叶舟的身影还在自己眼前闪动，他仿佛还活在昨天，又像是活在几千年前。

“你不会埋怨我吧？毕竟我瞒了你二十几年了。”李站长问。

“怎么会呢？李叔，一切都是命啊，都怪我命太苦了。”彩莲抹了一把脸上的泪说。

“唉，你也别太伤心了，过去的事就让它过去吧，我们还是说说眼前的事吧。萍萍的事你打算怎么办？”李站长问。

“我不知道，以前我是坚决反对他们在一起的。但是听了你的话之后，我才发现自己一直在仇恨中生活了二十几年，因为仇恨，我一直对城里人存在偏见，这种偏见来自我二十几年前对他的误解和不应该有的恨。现在一切都真相大白了，我心中的结也解开了。我们也应该正确面对这个问题了，我不应该反对他们在一起的，但是不知怎么的，我的心总是放不下。”彩莲慢慢地说。

“那你是支持他们在一起了？”李站长问。

“我不反对，但是也不支持，还是让他们自己做决定吧。毕竟孩子们都大了，至于他们最终能不能在一起，那就要看他们的缘分了。萍萍能不能得到幸福那就要看她的命了，我也没有办法。”彩莲叹口气说。

“你也别太担心了，他们都是大孩子了，又是受过教育的知识青年，应该知道怎么做。”李站长安慰道。

“但愿如此吧。”彩莲的心里仍是一片茫然。

“你就把心放宽一点吧，其实那个男孩子也不是你想象的那样不懂事。其实我来找你就是他让我来替他们说情的。因为你一直反对他们在一起，所以他就请我帮忙。”李站长这才说出了实情。

“噢，是吗？难得他还是一个有心人。”彩莲笑了一下说。

“不但是个有心人，还是一个懂事的人。”李站长又夸了卢伟一句。

“你该不会把我们家的事告诉那个年轻人吧？”彩莲问。

“哦，没有，我怎么会呢？”李站长撒了谎。

“好，这样我就放心了，毕竟家丑不可外扬嘛。”彩莲稍稍松了一口气。

“好了，既然你已经不反对了，我就算完成我的使命了。你就安心地过你的日子吧。一切都会好的。我先走了，明天他们会来跟你说的。”李站长说着就要起身离开。

“你再坐一会儿吧。”彩莲挽留。

“不了，我还有一点事要办，就不坐了。”李站长说完就走了。

“那你慢走啊，李叔。”彩莲把李站长送到院子门口，看着李站长离去，心中却是百感交集。

李站长回去自然把这个好消息先告诉了卢伟。卢伟当然很高兴，他一刻没有停就去找了关萍萍。关萍萍也很惊喜，但也有些不敢相信母亲会转变得这样快，或者说不敢相信这是事实。但是卢伟肯定的眼神使她的心总算静了下来。不过，关萍萍还是拒绝了卢伟要求马上一起去她家的请求，她说要回家问清楚再说，卢伟虽说有些心急，但是也没有勉强她，就答应过几天再去。反正现在挡在他们爱情路上的最大障碍已经清除了，早去迟去都是一样的，也不急着争这一时半会儿。

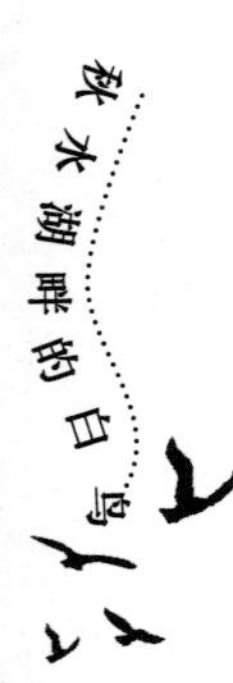

这两天团县委组织志愿者搞活动，说是帮助乡下的孩子们辅导功课，还说每个志愿者至少帮助一个对象，与贫困学生结成对子，帮助他们搞好学习，学会做人做事。

这几年，国家搞教育扶贫，对农村义务教育阶段的学生，学杂费基本上都免了，有的学习优秀、家庭贫困的学生连书本费都免了，广大农村的孩子再也不会因为没有钱上不起学而发愁了。这本是件好事，但是却出现了一些大家意想不到的现象：学校学生的数量不是增加了而是减少了，一些学生的学习积极性和成绩不是好了而是下降了，这值得人们去深思。

在学校方面，由于取消了学校收费的权利，学校的经常性开支基本上是靠财政拨款的，经费毕竟有限，教师们的福利减少了，教学的积极性低了，工作像是在应付差事，对孩子的教育不像以前那样认真了，甚至是放任学生，喜欢学习的学生自己学习，不学的也没有人管。再加上教育部三令五申不能体罚学生，所以对于那些调皮捣蛋的孩子们，老师们先是无可奈何，再到视而不见、听之任之。反正学校再也不用分数来决定老师和学生的命运了。这种互不干涉、两全其美的方式得到了师生双方的默许。在这个教育体制新旧交替的时代，这里的学校出现了少有的混乱现象。

袁鹭不止一次在卢伟面前抱怨过，这里的学生如何淘气，如何不听话，在课堂上竟敢和老师公然顶嘴，有一次还差点把袁鹭给气哭了。虽说不是袁鹭缺乏爱心和耐心，但是在城市里娇生惯养的她才刚刚踏入社会，就面对这些不懂事的孩子，时间长了再坚强的人也会在自信心和自尊心上受到伤害。所以袁鹭多次向校方求助，有时甚至想罢课。

卢伟听了袁鹭的抱怨后还笑她软弱，他不相信那些十几岁的孩子能有多厉害，还有不怕老师的。他还说袁鹭太过胆小，唬不住学生，要是自己肯定会把他们管制得服服帖帖的。

但是在他给学生们上的第一堂课上，卢伟就经历了这样的尴尬。卢伟选择了自己最擅长的语文课，给初一的学生讲授古典诗词。刚开始，大概是因为好奇的缘故，学生们都能昂起头津津有味地听讲，但是过了十几分钟，有的学生就开始开小差了。有的东张西望，有的把头埋在桌子底下不知在干些什么，有的干脆转过头去和后面的人说话。卢伟很不高兴，但是又不好直接发作，只好故意把语气加重、语速放慢，眼睛直盯着那些有小动作的学生。这样稍稍有一点效果，一些比较胆小的学生马上收敛了许多。但是没过几分钟，又有人说话了，有的人虽然不说话但是却趴在桌子上睡了。卢伟很无奈，大声提醒了他们几句。这样，说话的不再说话了，睡觉的也不再睡觉了，不管愿不愿意，他们又开始听课了。

但是这种情况并没有维持几分钟，又有人开始打瞌睡了。有的人虽然没有说话，但是把书翻来覆去不知在做些什么，用眼睛一看便知没有认真听课的。卢伟实在讲不下去了，自己一个人在台上津津有味地讲课，台下却很少有人认真听讲，这堂课成了自己一个人的独角戏，这难道不是老师的悲哀吗？但是卢伟又不知道学生们为什么不好好听课，他自己觉得自己讲得还是蛮通俗易懂的嘛，再说这也是他们用的课本啊，按理说这些孩子是应该听得懂的。但是事实却是：大部分学生根本就听不懂。于是卢伟干脆将课本往桌子上一摔，大声说道：

“你们为什么不好好听课？”

课堂立刻唰的一下安静了下来，睡觉的学生也被彻底惊醒了，捣乱的学生也被镇住了。大家齐刷刷地用一种恐惧但是又狡猾的目光看着卢伟这位陌生的老师。他们好像很久没有遇到这种情况了。

“你们为什么不听课？你来回答。”卢伟用手指指着最后面一排一个从未停止过小动作的学生问。

“老师，不是我不想听，而是我根本就听不懂你讲的是什么意思。”那个个子比卢伟还高的学生怯生生地说出了这句话。

“听不懂没有关系，老师会讲得更明白一些的，但是你要用心听，怎么会听不懂呢？”卢伟用手示意他坐下。

“大家不会都听不懂吧？我不相信，肯定有人能听得懂。”卢伟用眼睛扫视了一下全场的学生，最后目光落在前排一个面目清秀的女生身上。卢伟发现，自从进教室的那一刻，她就用眼睛一直盯着卢伟。当他讲课的时候，她也用欣赏的目光一直看着自己。他想：她听得那样聚精会神，一定是个喜欢

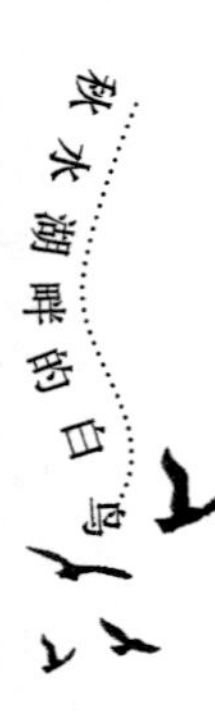

学习的学生，一定能听得懂。

“你来说，我讲的是什么意思。”卢伟示意她回答。

那位学生听到自己被老师点名，像是受宠若惊，脸一下子红到脖子根上，她慢慢地站起来，但是把头低得很低，像是很害羞，但是马上又猛地把头扬起来：

“老师，我看你长得像周杰伦。”

“哈哈哈……”整个教室爆发出一阵大笑，笑声像炸开的弹片四散开去。卢伟也笑了，其实他是哭笑不得，他笑自己怎么会这么傻，竟然会被那样一张单纯的脸给骗了；他又在哭，他的学生会给出这么一个荒唐的答案。

“我长得像谁没有关系，我要你回答的不是这个。”等笑声渐渐小了下来，卢伟才补充说。

“杨柳岸，晓风残月。《东风破》里有这么一句，不就是讲一个人喝醉了，躺在岸边的柳树下等待天明，却发现月亮少了一块。”那女生天真地说。

“好了，好了，你的想象力蛮丰富的嘛，你坐下吧。”卢伟不敢再让她说下去了，他害怕再闹下去，自己不知道如何收场。

下课了，卢伟没有走。他想和这些学生近距离交谈一下，了解一下他们的内心是怎么想的。学生们刚开始还有些害怕、生疏，但是慢慢地也就大胆起来了。卢伟比他们的年龄大不了多少，交流起来不是很困难。

“你们上课为什么不认真听讲？”卢伟问。

“听不听有什么关系，我们又不考高中。”一个胆大的学生说。

“你们为什么不想考高中呢。”

“考高中就要考大学，我们又考不上大学，当然也考不上高中。认识几个字就行了，反正初中毕业就不算文盲了。”

“你们为什么不想考大学呢？”

“考大学有什么用，毕业了不一样给人打工？”

“谁说大学毕业了就只能给人家打工，他们可是干大事业的。”

“那老师你为什么找不到工作跑到我们这里来呢？”

这句话像刺一样扎进了卢伟的心。他的脸一下子红了，感到无地自容，恨不得找个机会逃跑。他想替自己辩护，他想对他们说自己来这里就是为了支援西部、服务西部，他只是为了这里的人们能过得好一些。但是他想了好久还是没有说出来。因为他一旦说出来，非但不能得到他们的理解，说不定还会遭到他们的嘲笑。他知道，他们是不会相信他的，或者是听不懂。于是他自嘲地说：

“因为老师上学的时候没有努力学习，才会落得如此地步。”

“像你这样聪明又有学问的人都这样，我们这些山里的孩子怎么能考上大学呢？就算是考上了，将来毕业找不到工作，还不是一样。况且大学学费那么贵，我们也上不起。我不信，老师如果不是努力学习，又怎么会考上大学呢？”另一个女孩子说。

“你们不要太自卑，其实你们都是很聪明的孩子，只要好好学习，一定会考上大学的。只要你们考上大学，一定有办法上学的。国家不是有助学贷款嘛。”

“唉，我才不想考什么大学呢，也不想干什么大事业，我只想有口饭吃就行了。况且要过上好日子不是就必须得考大学。我们村的几个人，比我大不了几岁，人家初中都没有毕业，现在不是比谁混得都好。”第一个和卢伟说话的那个学生说。

“那你们不上学干什么去？”卢伟问。

“去打工啊，我们村几乎所有的壮年劳力都出去打工了，一个月拿几千块钱，也能混日子，有的现在把孩子都抱上了。”第一个说。

“你啊，就知道结婚生孩子。”第二个学生笑话第一个。

“那你们准备打工打到什么时候，你们总有一天会老的。”卢伟问。

“老了不能动了，就回家种我的一亩三分地。”

卢伟的心中一阵悲凉。他还想对这些孩子们讲一些励志的话，鼓励他们好好学习，将来考大学，劝他们学习知识、学会做事做人。但是他已经没有勇气了，因为他知道自己即使说很多，他们也是不会在意的，只是嗤之以鼻。

“那你们不想要另一种生活吗？一种城里人的生活？”卢伟问。

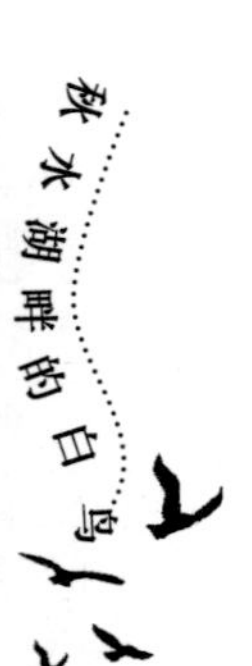

“我们本来就是农民子弟，怎么会成为城里人呢？俗话说：龙生龙，凤生凤，老鼠的儿子会打洞。我们天生就是吃苦的命，即使有一天进了城，也只是给城里人打工的，总有一天还是要回来的。”第一个学生说。

“谁是老鼠的儿子，你才会打洞呢。”有同学反对他说。

“那么你们的父母呢？他们愿意你们这样做吗？”卢伟又问。

“他们当然是望子成龙了，但是也只是嘴上说说而已。他们都在外边打工，一年到头只有过年的时候才可以看见他们。他们对我们的生活、学习很少关心，来电话也只是问我们的考试成绩，从不关心我们的心里是怎么想的。他们只知道挣钱，还说这都是为了我们好，我不知道他们对我们哪里好了。在家里只有爷爷、奶奶和我在一起，但是他们什么都不懂，我们很少说话的。”在一旁的另一个孩子说。

卢伟明白了，这是一群农村的留守儿童，父母都在外面打工，是缺少关爱的一群人。而且他们父母的生活方式也影响了下一代的思想和精神，这就是他们不愿学习和自甘堕落的原因。

“你们应该理解父母的苦心啊，他们在外面打工是为了你们啊。他们今天打工是为了你们明天不再打工，所以你们更要努力学习，不要辜负了他们对你们的希望。”卢伟说。

“我们努力学习有什么用，在这样破烂的学校，学生烂，老师更烂，他们才不关心我们学得好不好呢。就算我们努力学又有什么用呢？我们学校已经有好几年没有人考上县里的重点高中了，而考不上重点就意味着将来考不上大学。我们还努力个什么啊。”一位更加大胆，发型怪异的女生说。

“考不上重点高中又怎么样？并不能说明你们就一定比别人差。考上普通的高中，只要你们好好学习，你们也一定会考上大学的。”卢伟说。

“这就大不一样了，考上重点高中就意味着考上了大学，而这些普通高中就等于白考了，将来只不过是多了一张高中的文凭罢了。我们这里有钱有权的人都把孩子送到城里的名牌高中去了，人家多风光啊。剩下我们这些没有钱交不起学费、借读费、建校费等的学生只能在这里混日子了。”那位女生说。

“但是这是不对的，国家是明确反对择校的。”卢伟说。

“这怎么能怪学生和家长呢？谁家不希望自己的孩子享受更好的教育条件，将来能考上好的大学呢。重点中学有一流的老师，一流的设施，普通中学什么都没有，而且老师教学积极性也不高。这道理不是明摆着吗？人往高处走，水往低处流。要怪就怪这教育资源的不公平，谁叫我们命不好，生在农村呢？”那位女生的见解还蛮深刻的。

卢伟这次是真的无言以对了。他不想和学生讲那些大道理，因为事实就摆在面前，他还能说什么呢？难道学生说得不对吗？体制的问题是靠一两个人无法改变的。卢伟感到自己是多么的幼稚，自己以为很简单的问题在现实中却这么复杂，不是三言两语可以说清，也不是一时半会就可以解决的。

幸好这时铃声响了，学生们一哄而散，而卢伟却像逃跑一样出了教室。下一堂课，学生还是那样的学生，老师还是那样的老师，而这里的一切似乎并没有因为卢伟他们的到来而有丝毫的改变。

竞选村干部

卢伟终于可以亲自去拜访关萍萍的母亲和爷爷了，而且以未来女婿的身份拜会。由于去年冬天在医院里，卢伟是看望过关母的，所以这一次见面，关萍萍的母亲显得很惊讶，但是她马上会意，并且理解了他的好意，也没有多说什么。而关萍萍则心照不宣，为卢伟的表现感到欢喜。全场只有一个人不高兴，那就是关萍萍的爷爷，他没有说一句话，一直板着脸。当卢伟向他打招呼的时候，他也只是冰冷地应了一声就走开了。

经过一段时间并不长的交谈，卢伟从关萍萍母亲的话中听出了她的一点忧虑，虽然她没有明说，但是卢伟还是能听得出：关萍萍的母亲对自己还是不够信任，而这主要的一点就是卢伟还没有固定的工作，她们家是不会把女儿外嫁的。尽管卢伟一再向关萍萍的母亲保证，自己一定会对关萍萍好的，绝不会亏待她，并且以后还会照顾她的家人。但是对于关萍萍的母亲要他在这里找一份工作的事，卢伟还是很为难。因为在这里生活将近一年了，卢伟渐渐发现，这里不但经济落后、信息封闭，人的思想也很保守。这里的人似乎不愿意外地人插手本地事务。确切地说他们是担心外地人进来与他们竞争本来就不多的工作岗位和就业机会。他们似乎满足于自身，认为只有自己人才会管好本地的事，所以他们不希望外地人来这里工作。其实这里的经济状况决定了这里不会有很多的就业机会。本来人口就少，还要靠劳务输出来解决经济问题。而这里的政府机关、企事业单位里的人基本上是本地人。所以卢伟对自己能否在这里找到工作心存疑虑。

卢伟并没有把心中的困惑告诉关萍萍，因为他怕她知道后又要为她们的未来担忧了，还怕她的家人知道后对他更加不放心，又反对他们在一起了。卢伟把这一切告诉了李站长，他想让李站长帮他在这里找一份工作。此前，卢伟也曾在李站长面前表示过自己愿意在这里工作，但是李站长没有明确表态，而这次李站长对他明说了。他说在他们系统内部确实有编制空缺，但是这里每年也有几个大学毕业的学生要分配工作，以卢伟的身份要想进机关很难，所以这条路几乎是走不通的。这令卢伟感到既无奈又愤慨。

还有一件事更加令卢伟苦恼，那就是：卢伟是家里的独生子，如果他一辈子待在这里的话，他的家人一定会反对；而如果他要回城里，关萍萍的家人又要反对了。他明白，自己是不会永远在这里待下去的，他在这里找工作只是暂时的，只是为了和关萍萍在一起而想的权宜之计，总有一天，等他和关萍萍的关系稳定了，他会带着她到外面发展的。不是他对这个地方有什么偏见，而是他认为在这里没有发展的空间，要想干出一番大事业，必须到外面的世界去闯荡。虽然爱情很重要，但那不是人生的全部，一个人除了谈恋爱，还有很多事情要做。况且就算他们将来结了婚，他还得照顾萍萍和她的家人，而以他们现在的工资是绝对做不到这些的。他面对的不只是爱情，还有两个家庭的重担。

但是李站长最终还是想出了办法。他听说这里有的村子正在公开招聘村干部，这可是卢伟留在这里的好机会，他可以去试试。但是到了报名的时候，才发现人家只招收本地户籍人员。卢伟磨破了嘴皮子，都无济于事，最后还是李站长出面说情，人家才勉强答应让卢伟报名，但是最后能不能被录取，就要看笔试成绩和面试成绩了。

考试分为笔试和面试两部分。笔试很简单，主要是一些政治和法律方面的知识，卢伟以前学过这方面的知识，自我感觉答得还不错，就等着面试通知了。

这天，袁鹭打来电话请卢伟去给她的学生讲课。卢伟一想反正也没有什么事可干，就答应了。由于卢伟并不是师范院校毕业的，更不是专业的教师，自己的专业也和要教的科目完全不同，加之事前也没有准备，所以讲课完全是兴趣所致、即兴演讲，没有一般老师讲的那样有固定的内容和形式。他讲课的目的并不是要教给学生什么知识，而是教给学生自己总结学习的方法和激发学生学习的兴趣。还好，这种打破常规的学习方法反倒引起了学生极大的学习热情。经过几节课的培养，学生的学习积极性和主动性大大地提高了。

这节课卢伟给同学们讲授中国古代史，学生的反响还不错，课堂上很少有开小差的，有的学生还主动提了问题。下课后，还有学生追着老师要给他们讲历史故事。

放学后，袁鹭请卢伟一块出去吃饭，他们边走边聊。此时已经接近夏天了，中午的阳光火辣辣的，他们沿着道旁的林荫走着。

“想不到你还蛮有做老师的天赋嘛，才上了几节课，就能把这些调皮的学生调教得这么听话，简直比我们这些科班出身的老师强多了。”袁鹭不时地夸奖卢伟。

“哪里的话？其实我根本就不知道怎么教学生，我只是陪他们玩罢了，根本就没有教给他们什么有用的东西。”卢伟笑笑说。

“怎么能说没有用呢？其实你能够激发他们的学习兴趣，这已经很了不起了。”袁鹭说。

“其实这些孩子都是可教之才，他们不缺乏才智与热情，只是缺少关爱与引导。只要他们得到好的关怀和教育，他们并不比咱们城里人学得差。但是这里的教学条件和教学模式都太落后了，那种传统的强迫式的教学方式只能让他们厌倦学习，自暴自弃。而要提起他们的学习兴趣，就要引导、鼓励。”卢伟说。

“你倒是挺有耐心的，可以和他们打成一片。”袁鹭说。

“我哪能跟你比啊，我才给他们上了几节课。全凭一股热情，哪有什么耐心可言。你都教他们一年了，你才是真正有耐心的，而有耐心恰恰是一个老师应当具备的素质。学生们能有你这样既有爱心又有耐心的老师，可真是有幸啊。我发现他们很喜欢你，甚至有些崇拜你了。”卢伟说。

“哪有啊，我怎么没有发现？你又在夸我了，让我有一种想飞的感觉。”袁鹭打趣说。

“可不敢飞啊，你要是飞了，谁来给这里的孩子们上课呢？”卢伟开玩笑似的说。

“你不用担心，我还要在这里教一年，再过一年，我们班上的学生就应该毕业了，到时候大家都散了，也就没什么好牵挂了。至于后面的学生，自然会有人来教，我就不操那份心了。倒是说说你，你马上就要离开了，今后有什么打算？”袁鹭问。

“现在还没有什么打算，在这里待不下去，只好回城里找工作了。但是回城后具体到哪里找工作，我现在还说不清楚。我打算“五一”回家和家里人商量一下。”卢伟叹了一口气说。

“那么你打算连你的女朋友也一起带走吗？我可是听说你们已经订婚了。”袁鹭有些不好意思地说。

“没有那么夸张吧！我只是去了人家家里一次，去看望她的母亲。人家总算是肯让我登门了，但是人家大人现在还没有表态，既不说反对，也没有说支持，我能不能把她带走还是未知的事。”卢伟说话的时候眼神依旧很茫然。

“为什么呢？”袁鹭不解地问。

“从她家人的话中我感到，他们不希望我把关萍萍带到外面去，而是让我在这里找一份工作和他们一起生活，好像只有这样我们才能在一起似的。这一点我理解，毕竟人家家里只有一个女孩子，她走了，谁来照顾她的家人呢？”卢伟苦笑着说。

“那你是怎么打算的，你就甘心在这里待一辈子吗？”袁鹭问。

“一辈子是不可能的，因为人是会变的，我不知道自己下半辈子会是什么样子的。但是待上十几年应该没有问题，毕竟我得照顾她的家人。况且这里没有什么不好的，在这里打造一片天地未尝不是一件好事，我何必一定就要回城里那种竞争激烈的环境中去和别人争得头破血流呢？那也不是我要的

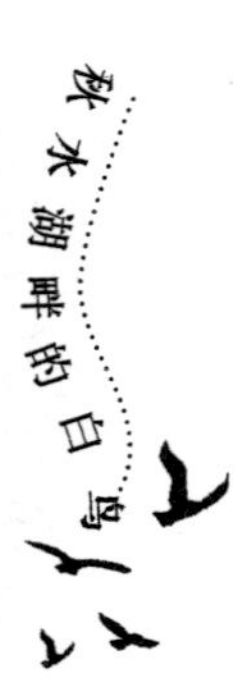

生活。”卢伟故作轻松地说。

“既然你有这种想法，就应当争取啊。你没有在这里找落脚的机会吗？”袁鹭鼓励他问。

“我找了，但是不一定成功，前些日子这里的几个村子招聘村干部。我去报了名，笔试过了，但是怕面试会被刷下来。”卢伟摇摇头说。

“不会吧，你这么优秀，面试一定会没事的，你就不要太担心了。”卢伟安慰似的说。

“我倒不是怕面试过不了关，我只是怕他们会因为我是外地人而排挤我，你知道这里的人是很保守的。”卢伟严肃地说。

“是有点，但是你不用担心，毕竟村干部是公开招聘的，只要你的面试成绩比其他人高出一大截，他们会录取你的。”袁鹭还是对卢伟抱很大信心的。

“你说得也有道理，但愿如此吧。”卢伟若有所思。

道路外面麦田中的麦子已经“扬花”了，散发出一阵淡淡的麦香。风从远处吹来，一层层的麦浪向这边涌来，令人心旷神怡。他们要去的小饭店早就过了，但是他们谁都没有在意，为了能多聊一会儿。他们不约而同地选择了一条通往村外的路。

“唉，你光说我了，怎么把你自己都忘了。你今后怎么打算？”卢伟笑着问。

“暂时还没有什么打算，我还要在这里待一年呢。一年后再说吧。如果我能在这里待下去自然是好事，但是如果待不下去，回城里找一份工作应该不是问题吧。”袁鹭说。

“我不是问你这个问题，我是说你和小孙的事，听说他已经考上国家公务员了，马上就要走了。你不打算和他一起去？”卢伟问。

“他考上是他的事，我又没有报考，我和他一块去干什么？恐怕到时候给人家扫地人家还不要呢。”袁鹭故意用打趣的方式回避卢伟的问题。

“那你们怎么办，难道打算做牛郎织女吗？”卢伟笑着问。

“要是真的能做一对牛郎织女那才好呢，只可惜我们恐怕连一对天涯情侣都做不到。”袁鹭苦笑着说。

“怎么了？这么快就变心了，难道你们彼此不爱对方吗？”卢伟有些不能理解。

“不是我们变了心，也不是我们不爱对方，而是我们对这份感情都没有信心。当我们在一起的时候，可以说我们是爱彼此的，但是一旦我们分开了，我能保证自己不爱上别人吗？人都是会变的。”袁鹭伤感地说。

“难道你不相信世间有永恒的爱情吗？”袁鹭的话让卢伟感到心寒。

“我相信有，但是我不相信它会降临到我们头上。”袁鹭像是在谈论一件与自己毫不相干的事情。

“你太悲观了。”卢伟不同意她的说法。

“不是我太悲观，而是爱情根本就经不起现实的考验。你我都是谈过恋爱的人，也都明白，爱情是那么令人陶醉，但也那么令人无奈。爱情在不经意间来临，也会在不经意间失去。完美的爱情只是在正确的时间、正确的地点，遇上了正确的人，然后他们相爱了，并且最终走到了婚姻的殿堂，人们把这叫作缘分。而对于我们大多数人来讲，一段感情往往不是缺少这个就是缺少那个，总是不能尽如人意，我们把这叫作有缘无分。而我们就是属于后者的。”

“你不要胡扯了，你们是很般配的。”卢伟有些尴尬，因为他不知道袁鹭是在说她和自己，还是说她和孙浩翔。

“般配不般配，不是你说了算，而只有我和他知道。其实我们到这里来服务一年或者两年，恋爱或者没有恋爱都是一样的，最终还是要走到一个人的原点上去。只是出于某种需要才走在了一起，但是这份短暂的感情只不过是镜花水月，时过境迁之后，该散的还是要散。这正如我们偶尔做了一个梦，梦中我们一起到海底采珊瑚，但是我们最终还是无法把珊瑚带上岸的，当梦醒的时候也就是我们分手的时候，而梦醒之后，只有两手空空。”袁鹭的冷静不像是在谈论爱情，而是在讨论哲学。

“你这么悲观，我感觉你是在说我。”卢伟说。

“哪有啊，我衷心地祝愿你们白头偕老。”袁鹭慌忙用笑脸掩饰自己内心。

“但是你的内心是不相信我们会白头偕老的，对吗？”卢伟单刀直入地问。

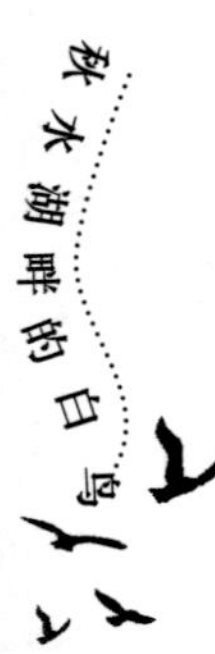

“我可没有这么想，其实你跟我和孙浩翔不同，而关萍萍也不像我这样悲观。你们是深爱着彼此的，你为她付出了那么多，而她也死心塌地跟着你，你们一定会终成眷属的。”袁鹭不想让卢伟做过多的联想。

“但是，你不是说爱情是经不起现实考验的吗？我们的爱情又何尝能够幸免，我好像已经感觉到了现实阻力的强大。”卢伟长长地叹了一口气说。

“你不要胡思乱想啦，我刚才只不过是自怨自艾、庸人自扰罢了，与你无关，你不要疑神疑鬼了。”袁鹭不让卢伟再说下去。

“其实你不承认也罢，我知道，在你心里，你还是怨我对吗？我真的很抱歉。但是正如你说的：一段完美的爱情只是在正确的时间、正确的地点，遇上了正确的人，而我和你之间可能就是缺少这种缘分吧？可是不管我对你造成多么大的伤害，不管你是怎么想的，事已至此，我只能对你说一声对不起。”卢伟用满含歉意的目光看着袁鹭。

“其实你用不着道歉也用不着自责，对于那件事我早就释然了。你有你选择的权利，我可以去爱，但是我不可以强迫去被爱。”袁鹭淡淡一笑说。

“但是我不想因为我而影响你和小孙之间的感情。”卢伟坦然地说。

“我和他的事与你无关，这种结局是我和他选择好的，我们彼此都能接受。”袁鹭怅然若失。

“但是我仍然希望你们能坚持下去。”卢伟诚恳地说。

“爱就爱了，散就散了，一切都是缘分，又何必强求。”袁鹭确实有些释然。

“但是……”卢伟还想说什么，但是被袁鹭打断了。

“不用但是了，你还是关心一下你自己的问题吧。你们两个人都为这段感情付出了太多，已经没有回头路了，所以你们要坚持，要珍惜，应该为你们的将来打算了。”袁鹭把话题岔开了。

“唉……”卢伟不知是为袁鹭叹息还是为自己叹息。

“不要唉声叹气了，我们已经走出来太远了，小心找不到回去的路，赶快往回走吧。”袁鹭提醒卢伟说。

村子外面的白杨树整齐地排成一行行，树叶子被风吹得哗啦啦直响，在油菜花上飞舞的蝴蝶也像是被他们吸引，在周围翩翩起舞。随着他们归去的身影，后面深色的麦浪迅速闭合。

竞选村干部面试的地点是在县城一个中学的教室里。为了不影响学生们正常上课，面试时间选在了一个周六的下午。面试是公开式，担任面试考官的是县上有关主管部门的领导，为了体现公开、公正、公平和人民民主的原则，组织者还特别邀请了有关村委会的负责人参加，但是在形式上是没有表决权的。

参加面试的一共有二十几个人，竞选五个职位。由于这次是试点工作，所以招的人不是很多。卢伟是第一个被安排进场的，由于这样的面试卢伟还是第一次参加，所以不知道面试的程序是什么，所以显得很局促，只能按照考官指示一步一步走。第一项是自我介绍，这一项卢伟不知做过多少次了，所以这次也像是背课文似的匆匆陈述了一遍。说实话，卢伟背得确实没有什么感情色彩，而考官们似乎更加麻木，听他说话的时候脸上连一点表情都没有。自我介绍完毕，考官像是在例行公事一样又问了他家庭情况等一些问题，这也没有什么新鲜的，直到考官问了第一个实质性问题。

“从你刚才的陈述中，我们可以看出，你是一个在城市长大并且受过高等教育的人。那么你说说，你为什么放弃城市中优越的生活而跑到这个小山村里做一个村干部呢？”主考官用生硬的普通话一字一句地问着，脸上露出一丝不易觉察的诡异的笑。

卢伟立刻意识到这是一个陷阱，而且从一开始对方就在设置陷阱：先是用简单的问题麻痹考生，使其放松警惕，然后突然间提出一个刁钻的问题，让考生措手不及，以此来考验考生的应变速度和心理承受能力。而目前这个问题的困难在于：如果自己的回答过分偏重于理想、爱心以及奉献精神，就会使考官感到这个考生过于虚伪、造作、不够诚实；而如果回答过分偏重于现实的成分，强调就业压力、自身的原因和卢伟不愿提及的感情问题，这无疑又在自毁形象，反而给人一种没有能力、没有自信和缺乏工作热情的印象。这是卢伟不愿做的。

面对这样棘手的问题，卢伟一时有些为难，他习惯性地用手搓了一下自己的下巴，略微沉思了一下，但他马上又恢复了镇定。他决定绕开考官问题的正面，从旁边迂回回答这个问题：

“在我的心中，农村与城市之间没有本质的差别。城市是富足的，但不是完美的；农村是贫困的，但不是绝对的。城市的发展需要农村的支持，农村也可以借助城市发展自身。所以我认为两者是可以互补的，不论在哪里工作，都是为国家、为社会做贡献。”

“我无法选择自己的出生地，但是我可以选择工作、生活的地方。我到这里工作不敢谈什么奉献、不敢说什么拯救，我来这里只是为了工作。我不愿得到别人的感激，也不怕别人的非议。”

“当然，我知道，这里生活、工作的环境是相对艰难的，这一点是无法和城市相比，但是我相信吃苦对于年轻人来讲是一种财富。我认为经过努力我会克服这些困难，而且经过一年的志愿服务，我也基本适应了这里的生活。我相信自己一定能胜任即将从事的工作。”

卢伟微笑着说完这段话，他看见考官脸上同样有着淡淡的笑，但是那种笑很神秘、让人捉摸不透。

“这真的是你来这里工作的初衷吗？很好，足见你的觉悟很高。但是你能告诉我们，你真的如你所说，来这里工作不是因为别的，比如说迫于就业的压力或者捞取政治资本什么的？我们希望你如实回答这个问题。”那位考官仿佛并不想放过他，进一步提出了更加刁难的问题。

这个问题太尖锐了，它狠狠地刺痛了卢伟的心。他非常恼怒，想与他争辩。但是卢伟明确地意识到这是在考场，任何的冲动和感情用事都会给自己带来不利。于是他克制住心中的气愤，忍着痛强装笑颜回答，只是眼角还留着一丝轻蔑的笑。

“正如您所说的，城市里的就业压力是很大，但是竞争再激烈，城市里的就业机会总是比这里多。况且，就算城里的竞争再激烈，我也没有必要跑到乡下来。难道乡下就没有竞争吗？诸位都看见了，今天一共招聘五个人，却有二十几个人参加竞选，这样的竞争程度难道比城里小吗？还有您刚才所说的捞取政治资本，我不这样认为，因为我是来这里工作的，不是来支边的。我是要拿薪水的，我和当地政府之间是一种雇佣关系，没有人把我们的行为说成多么高尚啊，有什么政治资本好捞的？”

几位考官被卢伟的睿智逗笑了，而卢伟却有一种报复的快感。只是卢伟觉察到，坐在考官席旁边的另一位年纪大且脸上有很深皱纹的人一直都板着脸，表情一直都没有变化，好像若有所思，显得讳莫如深。当然因为他不是主考官，卢伟也没有怎么在意他，只是用眼睛的余光发现了这一现象。

“再问你一个问题。”主考官又发起了进攻，“正如你说的，你家是在城里，你到这里来工作，你家人同意吗？就算你的家人同意，你将来是要成家的，而城乡差距这么大，你怎么处理好个人与家庭、工作与生活的关系呢？”

卢伟觉得这个问题问得太多余了，竟然问到自己的家庭和婚姻上了。但是人家既然已经问了，自己不得不硬着头皮回答。但是他想，决不能透露半点个人隐私，于是他说：

“我家是在城里。但是我父母的身体很好，能够照顾自己。况且我来这里工作是经过父母同意的。他们理解并持我（这一点卢伟是说了谎的，因为他还没有和家里人商量过呢。他认为如果让父母知道这件事，父母一定会反对的。只有将意愿先变成事实，到时候父母就是反对也没有什么话可说了）。至于成家的事，我还没有认真考虑过，因为我还年轻，考虑结婚的事还过早。但是我会处理好这些关系的，既不影响工作，也会照顾家庭的利益。”

主考官对卢伟的这一回答似乎并不满意，只是用眼睛微微地相互看了一下，然后又沉默了一下，想了想又问：

“最后一个问题，你会一辈子在这里待下去吗？”

卢伟对这样的提问感到好笑，自己怎么会在这里待一辈子呢？也许有一天自己就到外面发展了。也许有一天在这里混不下去了，就只能跑回城里找工作了，总之一辈子待在这里是不可能的，也不现实。人是会变的，这个社会也在变，谁知道自己二十年后是什么样子。但是他该怎么回答呢？说实话明显得不到考官的认同；说假话吧，自己心里又感到过意不去，

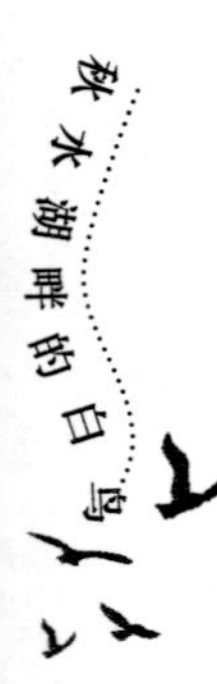

于是他想了想说：

“我不敢保证自己会在这里待一辈子，因为人是会变的，况且世事难料。我只能说自己现在喜欢和珍惜自己竞选的这个工作岗位。但是谁能以后是什么样子的。你们招聘的这个岗位不也只签三年的合同吗？三年之后，不又是自由择业吗？当然根据政策，如果我干得好，可以被提升为公务员什么的；如果我干得不好，就算给我这个位子，这里的人们也是不会留我的，我也没有脸待在这里。当然，我说这些不是说我没有自信，不是说我不够执着。我只是实话实说，我不想欺骗任何人。”

卢伟很从容地说完这段话后，平静地等待考官们的反应。但是几位考官表情不一，有的微微点头，略有所思；有的表情木然，像是没有什么反应；还有一位考官的嘴微微鼓了一下，像是要问什么，但是终于还是没有问。过了好一会，主考官发言了：

“好，我们的问题问完了。作为一名准村干部，你一定对自己将来的工作有一定的规划和设想了？假设你现在就是一名村干部，面对村民们请你做一次就职演讲，谈谈你对建设新农村的看法。这里也有村上的同志，你就把我们当成村民好了。”

这个问题真的打了卢伟一个措手不及。虽然以前他的脑子里有很多关于这方面的想法，但是没有经过梳理，很不成系统，加之在考试前没有心理准备，一时间乱了头绪。他一时不知如何说起，就又习惯性地用手搓了一下下巴，这是他紧张时的本能表现。他尴尬地笑了笑说：

“新农村建设是当今国家的一个重大问题。要解决好这个问题，必须弄清楚我们要建设什么样的新农村、怎样建设新农村这些问题。现在我先就第一个问题谈一下我的看法。”

“建设什么样的新农村？当前有这样一种观点：认为只要有钱了、富裕了就是新农村，要把农村建设成为城市那样高楼林立、工厂遍地的工商业区。我不认同这样的观点，因为这混淆了城市与农村的职能定位，在现代，最起码到目前为止，汇聚工商业和金融资源的仍然是城市，而农村始终是以农业为主，最起码是以新型农业为主的，如果都把农村搞成城市，那谁去种庄稼？谁去为城市供应必要的粮食、蔬菜等食品？那样不但浪费土地资源，还会造成更大的就业压力。另一种观点认为靠劳动力输出换取资金可以建设新农村，我也不同意这种观点。因为农村的劳动力走向城市虽然可以换取资金和技术，也可以解决农村人口多、经济发展缓慢的问题，但是在中国当前这种城乡二元体制下，农村的劳动力到了城市只能是充当廉价劳动力，为城市的发展做出贡献，带钱和技术回家乡的很少，很难靠这些发展农村当地的经济。而且，大量的农村劳动力涌入城市，必将加大城市管理、就业、环境等方面的压力，还会给农村带来空巢现象，土地没有人种，孩子、老人没有人照顾，阻碍农村经济发展，加大农村本身的落后，进一步扩大农村与城市的差距。欧美国家在城市化进程中就曾出现这样的问题。所以我认为我国的新农村不能走欧美的老路，而应该效法日、韩。这就引出了第二个问题：如何建设新农村的问题。”

“那么如何建设新农村呢？我刚才说过了，根据日本、韩国的经验，他们在建设新农村的时候不是以城市工业带动的，而是加大政府对农村的投资，减免农民的赋税、增加对农民的补贴，让农民自己建设自己的家园。尤其是韩国，20 世纪五六十年代韩国的农村比当时的中国农村还落后，因为韩国在二战前一直是日本的殖民地，二战后又经历了内战，所以农村经济几乎面临崩溃。但是到了 20 世纪八九十年代韩国的经济建设取得了巨大成就，农村和城市几乎是没有什么差别的，都实现了现代化。在这短短的二三十年里，韩国的农村建设何以取得如此大的发展，就是因为韩国政府采取了符合自己国情的政策。具体来讲，就是农业产业化、农村乡土化、农民新型化。农业产业化就是指农民不再是以前的单纯靠种庄稼过日子，而是利用新技术、新知识从事现代农业，实现种植、加工、销售一体化，整合农业资源、发展特色农业。农村乡土化就是指不能把农村建设得像城市一样，而是要有自己的样子，农村的经济还是主要依托农业为发展动力的。农民的房子也应当建设得适合当地的生活习惯和生产的需求。农民新型化就是指现代的农民不能再像以前只懂种地了，而是要成为掌握现代化科学知识、了解商业发展、懂得文化的知识型农民。”

“具体到本地的新农村建设，我认为应当发展以东南部的种植业、西北山区的养殖业和秋水湖湿地区的观光旅游业为主的产业化农业经济。因为东南部的土地平坦肥沃，适合种植；而西北部多山区，应以畜牧为主；秋水湖湿地区是上天赐给当地人民的宝贝，应当充分利用这块地区，发展生态旅游、种植养殖等。政府要做好产业规划、招商引资和农产品推销。各地区也可以根据自己的实际情况推出一乡一品、一村一品的特色经济，做好品牌经济。另外就是要搞好基础建设，因为秋水县是一个山区县，交通是制约经济发展的瓶颈。搞好教育事业，因为知识是发展的动力，人才是发展的关键。”

“作为一名村干部，我愿意将自己的知识用在当地建设的实践中去，愿意根据当地的实际情况贯彻我的新农村建设的理想，我愿意为当地经济和当地人民贡献自己的一点力量，希望各位成全我的愿望。我的讲话完毕，谢谢！”

卢伟说完就向评委鞠了一个躬走下了台。他看见几个评委相互交换了一下意见就再也没有说什么了。卢伟怀着如释重负的心情走出了那个学校，后面的事情他不知道，也不愿去想，毕竟那不是自己可以决定的，他还有别的事要忙。

六

逼婚

竞选村干部的事情，过了十几天也没有结果，卢伟都等得不耐烦了，但是也没有什么办法。五一长假快到了，卢伟得回家一趟，他回家有很多事情要做。

如果没有什么事，卢伟本不打算回家的。本来城里也没有什么好玩的，他打算用这段时间与关萍萍的家人商量他和关萍萍之间的事。人家关家只是暂时不反对他与关萍萍来往，但还没有说要把关萍萍嫁给他。况且即使人家答应了这门亲事，这中间还有许多具体的事要做，他都得一一去解决。毕竟，卢伟还是认为自己在这里待下去的可能性不大，如果能说服关家同意将关萍萍带到城里去，到时候在城里为她找一份工作，再将她们家的人也接过去，他想这样的话双方的家人都不会反对。

但是事情偏偏是：卢伟的父母听说自己唯一的儿子在这个西部的偏僻小县城找了一个农村的女朋友，而且还打算待在那里结婚，这不是明摆着要给人家当上门女婿吗？这样一来，家里就少了顶梁柱了，他们老两口将来由谁来照顾呢？所以卢伟的父母很是震惊，十万火急地将儿子召了回来。

卢伟这次是回去请罪的，他得向父母说明情况，争取父母的理解和支持。但是在临行之前，他还得向关萍萍辞行。

卢伟一走进关萍萍所在的那个乡镇卫生院，就感到一阵怡人的清凉。院子里绿树成荫、花木成簇。种在院子角落的一株株月季花正在开放，娇艳欲滴，花香阵阵。关萍萍正在洗衣服，卢伟刚进来的时候，她正在把一件件病房里的床单洗干净了挂在绳子上晾晒，而且没有注意到他的进入。卢伟不想去惊动她，而是很享受地看着她劳动的样子。关萍萍显然是刚刚洗过头发的，一头乌黑的长发半拢着像瀑布一样垂在身后。她穿了一件白色的护士服，尽管这对她来讲有些宽大，但是丝毫不会掩饰她的窈窕之美。她的脚上只穿了一双拖鞋，露出半截白皙的小腿和小巧的脚丫子。

卢伟忽然感到有点担心：万一这样的美不是被自己一个人独享而是被其他人也看见了，那对自己来说是多么可怕的事啊！他本能地向四周看了一眼，发现没有其他的人，心就放了下来。其实这个卫生院本来平时也就四五个人，没有病人的时候，其他人都回家了，只有关萍萍一个人在这里值班，所以她才会那样无所顾忌，像在自己家里一样。卢伟想着想着，突然觉得自己很可笑：什么时候变得这样霸道了，人家女孩子又不是专门为自己生的。

关萍萍一边干着手中的活，一边哼着歌，一副单纯、快乐的样子。她这时有足够的理由快乐，母亲终于同意自己和卢伟在一起了，而卢伟也一直爱着自己，还有什么比获得美满的爱情更加令人快乐呢？当她转过身子准备倒水的时候，才发现卢伟就站在门口朝着她笑。

“哎呀，你什么时候来的，还不快进来，站在阳光下不嫌晒吗？”关萍萍很惊喜，忙迎上去说。

“我刚到，因为怕影响你的工作，所以就只好站在这里欣赏你的劳动了。”卢伟调皮地说。

“你胡说什么，我有什么好看的。”关萍萍有些不好意思。

“有人不是说过吗？人在劳动的时候是最美的，况且你本来就很美。”卢伟又说。

“你呀，就会贫嘴。”关萍萍的脸微微有些羞红，忙拉着卢伟去了她的房间。

“你今天是来找我的吗？有事啊？”关萍萍给卢伟倒了一杯水问道。

“没有事就不能来找你吗？”卢伟机智地反问。

“当然不是，但是你每次来找我的时候都是在周末，今天又不是周末，所以我猜你找我一定有事。”关萍萍说。

“你倒是不笨，我是有事找你的。”卢伟说。

“你先别说，让我先猜猜。”关萍萍一脸孩子气地说。

“好啊，你猜。”卢伟笑着说。

“你一定是带来了什么好的消息，是不是你竞选村干部的事情过关了。”关萍萍一副天真的样子。

“结果还没有出来。”卢伟装出一副很扫兴的样子。

“那你是有什么事要我帮忙吗？”关萍萍又在猜。

“暂时还没有。”卢伟笑着摇摇头。

“你一定是周末又要带我到什么地方玩。”关萍萍还不肯罢休。

“不是的，周末不放假。你忘了下周五一放假吗？”卢伟还是神秘地摇摇头。

“那是什么事啊，这么神秘的？”关萍萍终于不再猜了。

“下周放假，我想回家一趟，今天是特地来向你辞行的。”卢伟终于说出了来意。

“你家里有什么事吗？非要回去不可。”关萍萍有些失落地问。

“也没有什么事情，就是离开家时间长了，有点想家而已。”卢伟不敢说出他回家的真正原因。

“你才来了几个月啊？不算长啊，想不到你也是一个恋家的人。”关萍萍有些将信将疑。

“是啊。”卢伟不知道说什么好。

“那你能带我一块去吗？”关萍萍恳求道。

“这个，这个我还没有想好。”卢伟被关萍萍问得不知所措。

“有什么好想的？我母亲已经同意我们在一起了。我想我也应该见一下你的父母了，不管他们接不接纳我，我都得去见一下他们，反正这是迟早的事。难道我们的爱情一辈子这样秘密地进行吗？”关萍萍有些生气地说。

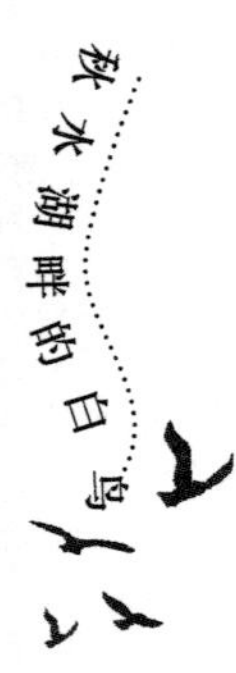

“我不是不想带你去，只是我还没有和我的父母说过我们的事。我怕这样去的话有些唐突。”卢伟解释说。

“我还以为你早已经和你的父母商量好了呢。谁知道你连提还没有提，你是不是只是和我玩玩而已？”关萍萍失望透了。

“不是这样的，我只是想等我们的关系确定下来之后再向我的家人说明的。我这次回去就是向我的家人说这件事的，你不要胡乱猜忌了，上天知道我对你是真心的，我怎么会只是和你玩玩呢？你知道我不是那样的人。”卢伟不得不说出了实情。

“你办事怎么这样慢啊？我早就和我妈坦白了我们的事，你竟然还没有和你的父母说，难道我在你心中就那么不重要吗？”关萍萍依旧在怨卢伟，但是态度比刚才好了一些。

“是我不好，我办事太谨慎了，但我这也是为了我们好。我原本打算等你的母亲答应我们结婚，然后我再带着你去见我的父母，到时候我的父母不管愿不愿意，反正木已成舟，他们想反对也不可能了，那样的话不是更省事？”卢伟连忙安慰道。

“谁说要和你结婚了？”关萍萍听到结婚这个词，有些不好意思。

“你不想和我结婚，让我带你到我家去干吗？”卢伟又在耍嘴皮子了。

“好了，不说了。我只是说说而已，只是看你有没有诚意，又不是真的要你带我去你家。况且你就是真的想带我去，我还未必愿意去呢？说实话，我还真的怕见你的家人。”想到要面对卢伟的家人，关萍萍对他们的未来感到担忧。

“傻瓜，你怕什么，我的家人又不吃人。况且你是我的女朋友，他们还不把你像宝贝一样对待，你有什么不敢见的。”卢伟把关萍萍的手握在自己的手中安慰她说。

“我怕我配不上你，你家在城里，家人都是知识分子，而我家在农村，家人都是农民，没有什么文化。你的父母看不上我怎么办？”关萍萍喃喃地说。

“你又瞎说了，以后可不许再这样说了。你是我的女朋友，我们是真心相爱的，有什么配得上配不上的？谁说城里人就不可以和农村人在一起了？农村人怎么了？农村的女孩子温柔贤惠，这一点是城里的女孩子无法相比的。我就是喜欢农村的女孩子，就是喜欢你，我爸爸、妈妈没有权利干涉。而且你放心，我父母都是知书达理的人，他们会理解我们，不会为难我们的。”卢伟说着把关萍萍拥入了怀中。

“卢伟，你真好。”关萍萍顺势依在卢伟的怀里，不再说什么。此时她的眼中泛动着幸福的泪光。她不愿意再去想什么了，仿佛只有在他的怀里，她才能得到片刻的安宁与幸福。

卢伟觉得女人真是一个奇怪的东西，在初夏这么热的天气里，把整个人抱在怀里，在那样紧密的接触之间竟然感觉不到热，反而让人感到一种沁人心脾的清凉与柔润。仿佛一块玉石但又柔软无比，仿佛一片水又神形俱在，难怪人们称她们为“尤物”呢。

卢伟就那样拥着关萍萍，什么话也不说，只是用手抚着她的头发。关萍萍也静静地依在卢伟的胸前，好像是在倾听他的心跳。两个人都喜欢这样安静地待着，仿佛只有在这样的二人世界里他们才真正感到彼此的存在，才能排除一切的烦恼，才能获得梦境般的幸福。风吹得屋子外面白杨树的叶子哗哗响，有些不知名的鸟雀也在不甘示弱地叫着。但是在这间屋子里，这个小小的世界是属于他们的。卢伟没有更多的想法，他对关萍萍的爱是纯粹的，容不下半点的杂念。他现在想的是回去之后如何面对家人呢？如果父母不同意他们的事，他该怎么办呢？他回来又如何向关萍萍和她的家人说呢？当然他是绝不会放弃的，他对他们的未来还是充满希望的。但是两个人从相识、相恋到最终走到一起，还有许多的路要走，还有很多的困难要克服。他们两个人能够挺下去吗？他拥着她，一半心思沉浸在彼此依偎的柔情蜜意里，一半又陷入了对未来事情的忧虑里。

“卢伟哥，如果你的父母真的反对我们在一起该怎么办？”过了很长时间，关萍萍才轻声说。

“别瞎说，他们一定会同意的。”卢伟安慰她说。

“你在安慰我吗？”关萍萍又问。

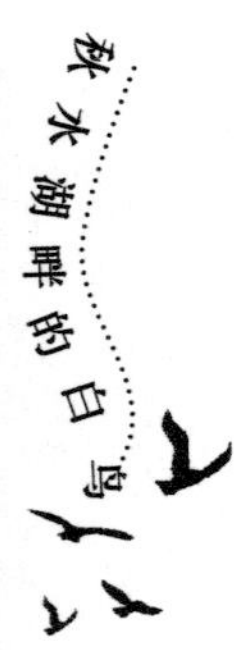

“真的，我一定会说服他们的，我保证。”卢伟说。

“其实我是跟你说着玩呢，就这样和你在一起我已经心满意足了，我不奢望再得到你家人的认可。”关萍萍认真地看着卢伟的脸，勉强地装出笑容，眼睛单纯得像个孩子。但是卢伟知道她的心里是多么的委屈。

“你别说瞎话了，我们一起克服了那么多困难才走到了今天，你难道要放弃吗？你放心，我一定会给你名分的。”卢伟把她抱得更紧了。

“不是啊，我只是不想让你太为难。”关萍萍说。

“谁说我为难了？这是我心甘情愿做的。我喜欢你，我要娶你，只有和你在一起我才会感到幸福。”卢伟用手指轻轻抹了一下挂在关萍萍眼角的泪珠。

“不说了，来看我的杰作吧。”关萍萍像是没有事一样忽地从卢伟的怀中直起身来，轻快地走向床头，从一侧的柜子里取出一只精致的盒子，双手捧在胸前。其实她是怕自己的眼泪再一次如泉般涌出，无法遏制。

“什么啊，这样神秘？”卢伟被搞得有些莫名其妙。

“你猜猜看呀？”关萍萍还是那样调皮。

“哎呀，你又打哑谜了。我可没有你那么聪明，喜欢猜谜。快打开，让我看看。”卢伟伸手就要去打开。

“你啊，干吗这样性急，你不要动，我来打开。”关萍萍像是捧着一个宝贝似的，生怕被卢伟不小心给打碎了。她自己小心地用双手捧着，轻轻地放在桌子上，慢慢地打开，里面是一堆纸鹤。

“这些东西不错，很精致。你折它们干什么？”卢伟好奇地问。

“没什么，只是玩玩而已。”关萍萍若无其事地说。

“你又在撒谎，要是玩玩而已，折一两只就够了。你折了这么一大堆，这能叫玩吗？”卢伟不信。

“日子过得太没劲了，无聊的时候，我就想一个人，每次想他的时候，我就会对他说话。而他又不在我的身边，我只能把心里话写在纸上，然后把纸折成了纸鹤，把话藏在纸鹤的心里，等有一天给他看。这一年来，我说的话多了，折的纸鹤就存了一大堆。”关萍萍手捧纸鹤，脸上带着幸福的笑，一副虔诚的样子。

“谁有这么大福气啊，竟然让你费这么大的心思去思念？”卢伟明知故问。

“是去年夏天我在秋水湖边遇见的一个青年人，我不知道他叫什么，也不知道他来自何方，但就是莫名其妙地喜欢上了他。”关萍萍自言自语地说。

“那他现在什么地方呢？”卢伟还在卖关子。

“远在天边，近在眼前。”关萍萍害羞地说。

“那你就是为我折的了？我真是太荣幸了，世间没有比这更珍贵的东西了。不，这不是普通物件，这是你想我的心，我一定会珍惜的。”卢伟感动得不知说什么好。

“你就会装疯卖傻。除了你，我还会为第二个人折吗？”关萍萍假装生气似的说。

“这里面写的是什么啊？我能看吗？”卢伟说着就要拣起一只拆开看。

“不能看，现在还不能看。”关萍萍赶紧夺了过来。

“为什么不能看，难道你不是写给我的吗？”卢伟奇怪地问。

“是写给你的，但是现在还不是时候。”关萍萍坚决地说。

“为什么呢？我什么时候才可以看呢？”卢伟问。

“总有一天，我让你看的时候，你才能看。”关萍萍说。

“真的那样神秘吗？我要等到何年何月。”卢伟叹了一口气，笑着说。

“这要看你的表现了。如果你表现得好，那么你很快就可以看到了。”关萍萍诡异地笑着说。

“那我该怎么表现呢？”卢伟不解地问。

“你自己明白。”关萍萍又卖了一个关子。

卢伟也已经明白她的意思，就不再多问，只是笑着捡起一只纸鹤，很珍惜地看看这只又放下，然后又捡起另一只。那些纸鹤是用白色的纸折成的，外面有淡淡的卡通图案，但是写的字被严实地裹在了里面，如少女的心，羞于让人看见。

“怎么全都是用白纸折的啊，为什么不用其他颜色的纸折呢？彩色的也许更好看一些？”卢伟随口问了一句。

“白色代表了纯洁、坚贞、心无杂念，而其他颜色则显得太花哨、太轻

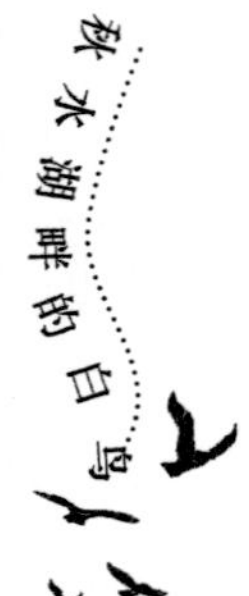

浮了，无法代表我的心。况且你见过彩色的鹤吗？”关萍萍似诉似问。

卢伟想了想，也是，没有见过彩色的鹤。不过他更是被关萍萍的真情感染。他深情地看着她的脸、她的眼，她的脸上那样单纯、那么认真。她的眼如一汪泉水一样透明，他不由自主地又拥住了她。他捡起了一只纸鹤，她也捡起了一只纸鹤，放在各自的手心并在了一块。那两只纸鹤像是活了一样，在两个人幸福的目光中就要比翼双飞了。

卢伟就这样走了，走得很沉重，只留下关萍萍一个人日日夜夜地思念。虽然她知道他并非一去不复返，但是她的心里还是空空的，习惯性地每天都在门口张望，像丢了魂似的。

但是关萍萍千思万念等来的却是富贵和他的家人。其实富贵来关萍萍家找过她几次，但是关萍萍都不在家。富贵向关萍萍的母亲提起他和关萍萍之间的婚事，关萍萍的母亲都是躲躲闪闪的，托词说女儿不在家，自己做不了主，便敷衍了过去。她虽没有说要把女儿嫁给富贵，但是也没有说反对这门亲事。这让富贵很郁闷，想发火却又不敢，毕竟自己还是想要这门亲事的。但是富贵又不敢直接到关萍萍的单位去找她，经过上次的碰壁，富贵怕又会被关萍萍赶了出来。

这次“五一”长假，几乎所有的单位都放了假，富贵的家人估计关萍萍也在家，就拉着富贵到关家来，双方最好当面把话说清楚。毕竟两家大人这几年来往，关系还是不错的，两个孩子以前还是很要好的。他们认为事情还不至于闹到不可收拾的地步。

正好这天关萍萍和母亲都在家，她们正在为院里的蔬菜施肥。对于富贵和他的家人的到来，关萍萍感到很吃惊，但是人家已经到面前了，想回避也已经来不及了，她只好硬着头皮把他们请到家里。关萍萍的母亲毕竟是经过事的人，对待贾家人还是像往常一样热情，好像从未发生过什么一样。

“哎呀，亲家母，你看你们这么忙，我们还来打扰你，真是不好意思。我们今天专程来是为了孩子的事情。”富贵的父亲开门见山地说。

“看把你急的，来先喝一杯水再说吧。孩子们都很好，有什么要看望的吗？”关萍萍的母亲故意装作不知。

“哎，他不是那个意思，我们的意思是孩子们都大了，咱们是不是该为他们张罗婚事了呢？其实这是早晚的事嘛，早办一天早了一桩心事。”富贵的母亲很是精明，说起话来拐弯抹角。

“不大，不大，萍萍今年才过二十，富贵今年不过才二十三嘛，这几年提倡晚婚，我看再等几年吧。反正也不差这一时。”关萍萍的母亲还是那个老办法：拖。

“还敢等，再等你们家萍萍就不知道要跟谁跑了。”富贵憋了一肚子的气，现在终于发泄出来。

“哎呀，你这个死娃子，谁让你这样跟大人说话的，都这么大了还这样不懂事，快给你丈母娘道歉。”富贵他妈假装嗔怒儿子，但并没有真的要制止儿子，只是轻轻地在儿子的肩上拍了一下。

“哎，你这孩子是啥意思，我女儿啥时候跟别人跑了，你可要把话说清楚。”关萍萍的母亲终于抓住了一个把柄，坚决地反击。

“哎，亲家母，你不要和他一般见识，这孩子净说瞎话。咱们不理他，说说正事吧。”富贵的母亲极力地打着圆场。

“咋不是，难道我说得不对吗？你女儿已经和别的男人好上了，这谁不知道，你还想瞒我不成？”富贵还是那样的牛脾气，扯着嗓子大声地说。

“你知道个屁，还不赶紧给我闭嘴。”站在一旁富贵的父亲一直少言寡语，但是这时终于发话了，而且还用手掌在儿子的后脑勺扇了一巴掌。

“你说啥，你给我再说一遍。”关萍萍的母亲羞愧难当，为了挽回面子，她还想争辩，但是一直躲在屋里的关萍萍再也听不下去了，冲出来大声制止了他们：

“你们不要说了，让我说。是的，我是和别的男人好上了，但这和你有什么关系？我又不是你的人，我自己想干什么事难道还要向你请示吗？富贵啊，我一直都把你当作令人尊敬的大哥哥，但是你今天的所作所为太令我失望了。我就是想和别的男人走了，你有什么权力干涉。你们今天凭什么跑来大吵大闹？这样做有什么意义吗？”

关母本来以为女儿会一直保持沉默的。如果那样的话自己一直拖着，料对方也不会把她们母女俩怎么样，最后还不是拖过去了事，但是没有想到自己的女儿竟然承认了，而且完全地承认了，这让她不知如何是好，只能尴尬地站在那里。

富贵也感到自己的话有些重了，伤害了关萍萍，所以当关萍萍呵斥他的时候，他只是低着头、红着脸什么也不说。

只有富贵的母亲假惺惺地说："亲家母，既然孩子都承认了，咱们也就没有什么好遮遮掩掩的了，丑话丑说吧，现在孩子们的婚事怎么办？成还是不成？你说句话。"

"这个嘛？这个……"关萍萍的母亲一时不知如何是好。

"不用这个那个的了！婶，咱们今天当着富贵的面把话说明白了。不管我们以前怎么样，从今天起，我们之间就再也没有什么关系了。你们也不用再来找我了。"关萍萍的态度很坚决。

"啥？你怎么能说这样的话？以前咱们不是很好的吗？你一直都是对我很好的，怎么能说变就变呢？"富贵痛苦地说。

"富贵哥，你不要再说了。谢谢你一直都对我好，还一直等了我这么多年，我承认以前喜欢过你，但是那个时候我们都还小，不懂事。现在我们都长大了。人是会变的，我们之间是不合适的，你是一个好人，但不是我喜欢的那种。你就不要勉强了，我对不起你。"关萍萍说话的声音有些哽咽。

"死女子，你还不回屋去，我和你亲家的人说话，没有你说话的份。"关母急忙制止女儿，怕她把事情闹大。

"我是不会变的，我会一直等你的。"富贵动了真情。

"你听啊，亲家母，你女儿都这样绝情了，你应该怎么办？要知道，咱们以前可是有约在先的。"富贵的母亲狠狠地说。

"对，是有约在先的。"富贵的父亲也附会着说。

"这个，这个……我没有说要毁约啊。"关萍萍的母亲不知怎么回答，吞吞吐吐地说。

"谁说有约在先了？有什么约，拿出来看看？我什么时候说过要嫁给你的儿子了？”关萍萍反问。

这下可把富贵的母亲给难住了。其实他们两家的亲事，既没有经过媒人的介绍，也没有什么书面的约定，更没有征求过两个孩子的意见，只是两家大人看见两个孩子从小就在一起，平日里也相处得不错，蛮般配的，就在私下里定了下来。要是真的拿出什么白纸黑字的东西，或者第三方的证明，还真是没有。

“嗯，这个，有你妈亲口说过的，你也敢不认账？”富贵的母亲有些强词夺理了。

“那是我妈说的，与我有什么关系？我又没有承认过！”关萍萍理直气壮地说。

“这怎么能说与你没有关系呢？你妈说的话难道你敢不承认吗？难道你妈就管不了你了吗？”富贵的妈还是老观念，只认什么父母之命、媒妁之言的。

“我妈的话我当然要听，但是要看是什么样的话了。就像是我的婚事这样的大事还是得我自己做主。我的终身大事怎么能让别人来安排呢？这都什么年代了，你还信那老一套。”关萍萍真的不吃她的那一套。

“什么别人？她是你妈，你连母亲的话都不听了，真是个好孩子。亲家母，这都是你教出来的好女子。”富贵的母亲见说不过关萍萍，就拿她的母亲开刀。

“哎呀，死女子，还不闭上你的嘴，不要再说了。这事由我和亲家说了算，你不要插嘴。”关萍萍的母亲无奈地看着女儿。

“什么亲家婆、亲家公的？我从来就没有过亲家。妈，这是你自己这样叫的，就由你自己负责吧，我可不管。”关萍萍生气地说。

“啥，你这是铁了心不想跟我们富贵了是不是？你要嫁给那个城里来的小混混，门都没有。你真是做白日梦，人家城里来的会看上你一个山里的土疙瘩，还不是和你玩玩罢了。你却傻傻地以为人家是真的爱你，你就死了这份心吧，小心被人家甩了，到时候后悔可来不及了。”富贵的母亲尖酸刻薄地说。

“我嫁谁与你有什么关系？反正我是不会嫁给你家富贵。我的事我自己有分寸，不用你操心。他对我怎么样我自己心里清楚，你们不要污蔑我们的感情。为了和他在一起，我死都值得，我是宁死都不会嫁给你们富贵的。”关萍萍坚决地说。

“死女子，你还不闭嘴，说什么风凉话，也不嫌害臊。”关萍萍的母亲被双方夹在中间，不知说什么好，只能制止自己的女儿。

“好，我不说了，你们说吧，反正我是死也不会嫁给贾家的。”关萍萍说完就转身跑了出去。

“哎，萍萍，你不要走，你听我的话。”富贵想去追关萍萍，却被他的母亲拦住了。她知道凭自己儿子的本事是不可能劝关萍萍回心转意的，还不如全家围攻关萍萍的母亲。

“亲家母，不是我说你。你看咱们家萍萍什么时候变成这个样子了，说翻脸就翻脸。其实我们也没有说什么啊，不就是想早点把孩子的婚事办了吗。”富贵的母亲语气缓和了一些，假装红着脸说。

“唉，亲家啊，真是对不住，萍萍这个孩子本来就淘气一些，刚才说那些话得罪了你们，你们不要往心里去。这孩子是鬼迷心窍了，一时说些混话，并不是说就不嫁给你们家富贵的。”关萍萍的母亲也是见好就收，打圆场说。

“那孩子的婚事怎么办？成与不成，你得拿个主意吧。”富贵的父亲又说话了。

“我也拿不准，你看这孩子现在这样，我能怎么办？总不能让我把她绑着送到你们家吧？”关萍萍的母亲一脸无辜。

“那你的意思是不嫁了？”富贵的母亲又问。

“不是的，我绝对没有那个意思。这样吧，等会她回来，我再劝劝她，我想等我把利害关系说明白，她会回心转意的。你们先回吧，等一两个月我再回你们的话。听说那个城里来的年轻人再过一个月就走了，再等一个月，萍萍不就是你家的人吗？”关萍萍的母亲像送瘟神一样送走了贾家的人。

这下贾家的人也不好再说什么了，只好灰溜溜地走了。

一直到晚上，关萍萍才从外面回来，她一进门就被母亲拦住了。

“你又跑哪去了？”母亲问关萍萍。

“也没有去哪，就是在彩琴家坐了一会儿。”关萍萍回答说。

“你今天是怎么了，怎么能对人家那样说话呢？”母亲责问。

“那你今天又怎么了，为什么不直接对他们说，省得他们再来纠缠。”关萍萍反问。

“你以为我喜欢这样整天被人缠着吗？我都是为你着想。我是为了给你留一条后路的，万一那个小子靠不住，你也有个落脚之处。”关母因为女儿的不理解而生气。

“妈，我知道你的好意，但是你这样做是没有用的。就算是他不要我了，我也不会去贾家的。”关萍萍道歉说。

“其实我也不想是那样的结果，我只是提醒你要小心一点。”关母知道伤了女儿的心，低声说道。

“妈，你不要说了，我自有主意。”关萍萍说。

“命啊，一切都是命啊，这就要看你的造化了。”关母深深地叹了一口气。

贾家人一回家就为这门亲事商量了一夜。第二天，贾富贵的父亲就去找富贵的舅舅老罗，就是卢伟所在的环保站现任主任老罗。这一切是不言自明的，他们正在准备合伙拆散卢伟和关萍萍。一张精心设计的大网正暗暗地向卢伟和关萍萍头上撒下来。

萍聚

卢伟回到秋水湖的时候，心情特别不好，原因是他“五一”期间回家，在家里受了一肚子气。他父母听说他在那个偏僻的小县城找了一个女朋友，就非常不乐意，再加上卢伟又坦白了自己要留在那里工作的想法，他的家人就更加严厉地反对了。他的母亲还要死要活地说如果儿子不回城里工作的话，自己就不认这个儿子了。卢伟再向他们解释也无济于事，他们都听不进去，最后他们还找来一大群亲戚朋友来劝卢伟。在家庭的巨大压力下，卢伟没有办法，只好在口头上答应了不在那里待的事情。就这样在家里住了几天，他实在待不下去了，等到收假他马上借口工作要紧，就急急忙忙跑回秋水湖了。

其实卢伟家长的心情是可以理解的，他们毕竟只有一个儿子，从小就在身边长大，家里人都为他安排好了一切，他们只希望他大学毕业之后按着他们铺好的路在城里好好工作，顺顺利利地生活，将来也一定会有好的前途，当然不会让自己的孩子去那么远的地方受罪。但是卢伟可不这么想，他认为自己都这么大了，自己的工作、生活该由自己做主了，父母不应该再干涉自己，也应该尊重自己选择。还有，就是他无论如何不能放弃对关萍萍的这段感情，而父母的反对又使他陷入了两难的境地，所以他的心情很差。他想找袁鹭去诉苦，但是不知怎么的，电话总是打不通；想找关萍萍说吧，他又不知道怎么说。因为她太脆弱了，他怕一旦把自己父母反对他们在一起的事情告诉她，她会经受不住这个打击，所以他终究还是没有向她说，只是一个人在心里默默承受。

卢伟就这样整天闷闷不乐，一副无精打采的样子。恰好这几天站里也很忙，夏季来临，雨水增多，他们也得准备防汛工作了，所以在这样忙碌的生活中，人们也没有发现卢伟的心事，甚至连他自己都似乎忘却了烦恼。这天，新站长老罗突然把卢伟叫过去谈话。这可真是意外，自从罗站长上任以来，还没有主动和卢伟交流过，而且就算在一起说话，罗站长对卢伟也是一副冷冰冰的样子，而这次不知为什么，罗站长好像很热情。

“哎，小卢啊，进来吧，快坐！”卢伟刚一进罗站长的办公室，罗站长就热情地招呼。

“你是不是就要走了，唉，时间过得可真快啊。”老罗装出一副十分惋惜和留恋的样子说。

“我七月份才走。”卢伟冷淡地说。

“那你最近工作找得怎么样了？”老罗关心似的问。

“还没有找到呢。”卢伟感到很厌恶。

“该找了，时间不多了。听说你上个月参加附近某个村子的村主任助理竞选，不知结果怎么样了？”罗站长问。

“结果还没有公布，我也不知道。”卢伟不知道老罗的葫芦里卖的是什么药，只好实话实说。

“你不用着急，其实你能不能竞选上倒是无所谓。说实在的，我还是认为你不应该在我们这个小山沟里待下去。你一个大学生，到一个穷村子里当什么村主任的助理，你不觉得屈才吗？你这几年的大学不就等于白上了吗？”罗站长尽量装出一副爱才、惜才的样子。

“不，我不这样认为，我认为只要能干出一番事业的地方就是好地方，不管什么村里县里、山里城里的。我学的是什么并不重要，重要的是我能做什么样的工作。只要我能把一个村子管理好了，不是一样很好吗？怎么能

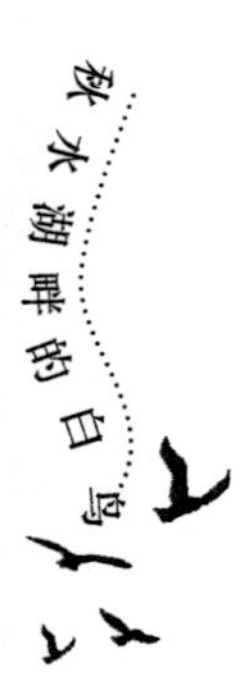

说大学是白上了呢？”卢伟从老罗的话听出的不是关心同情，更像是冷嘲热讽，所以他本能地顶撞了一句。

“噢，是啊，你真不愧是大学生，素质就是高，我真是佩服，也替你为我们山里人做贡献而感到高兴。你不要介意，我刚才只不过是说着玩罢了，并不是想赶你走。其实我在内心是巴不得你能留下呢，我们这里最缺的就是你这样的人才。”罗站长倒是脾气好，碰了一鼻子的灰还能装出这样一副讨好的嘴脸。

“唉，我是想留在这里干一番事业的，但是想留下，难啊。”卢伟不由自主地流露出了心中的担忧。

“你是什么意思？”罗站长好奇地问。

“我是想留下来，但是你们这里没有单位肯留我啊。”卢伟叹道。

“你不是竞选村主任助理了吗？这事有点难。”罗站长也叹了一口气说。

“是啊，我想这事八成是黄了。”卢伟有些茫然。

“唉，其实也并不是一点希望都没有，只要你真心想留，我帮你去说情。”罗站长拍着胸脯说。

“真的吗？那就多谢你了。”卢伟赶紧道谢说。虽然他对罗站长的话不是很相信，但是他还是感到了一丝希望。

“好说，好说。不过你可要想好啊，你就真的不为自己的将来考虑一下吗？”罗站长又问。

“我这就是为自己的将来考虑的。”卢伟坚定地说。

“好了，好了，是我多虑了，我就不再多问了。”罗站长笑着说。

“唉，罗站长，你今天叫我过来没有其他事吗？”卢伟肚子里的疑问憋了好一阵子才终于问了出来。

“没有别的事，就是问一下你的生活情况。看你整天闷闷不乐的样子，我怕你是遇上了什么困难，想了解一下，看帮得上什么忙。”罗站长关心似的说。

“我也没有什么事，可能是天热吧，我打不起精神。而且我一直都是一个喜欢沉默的人，这也没有什么奇怪的，让你费心了，谢谢您的关心。”卢伟知道罗站长关心的不是这个，他也没有说话，只是在形式上表示一下感谢罢了。

“哎，听说你找了一个对象，还是我们村的，是谁啊？”罗站长不失时机地问。

卢伟感到有些吃惊，他和关萍萍的事竟然这么快就被罗站长知道了，而且他连她是什么地方的人都知道了，那肯定是得到了详细的信息了，唉，在这个小地方，什么事情都藏不住。他也感到有些气愤，原来罗站长费了这半天的功夫，拐弯抹角地就是想打听别人的隐私，真是太可恶了。但是他是什么目的呢？难道仅仅只是想开开玩笑而已吗？卢伟明白了老罗的用意，但是还不知道他是什么目的，故意顶了一句：

“她姓关，叫关萍萍，怎么，有什么问题吗？”

“噢，没有，没有，我只是问问而已。关萍萍可是一个好女孩啊，在村里哪个人不夸啊，不但人长得好，而且有文化。”老罗赞不绝口。

“哦，是吗？不过我也是这样认为的。”卢伟感到一阵肉麻。

“不过你将来真的准备娶她吗？我的意思是说：你是城里人，她是乡下人，你真的愿意娶她吗？”罗站长假惺惺地问。

“我当然要娶她了，谁说城里人就不能娶乡下人了。”卢伟没好气地说。

“我不是那个意思，我是说你们两家离得太远了，两家的家人是不是愿意呢？”罗站长又问。

“两家大人当然愿意了，要不然我们怎么会在一起那么久。即使家人不愿意又能怎么样，婚姻是我们自己的事，他们有什么权利干涉？”卢伟不愿意让罗站长看自己的笑话，就故意隐瞒了事实。

“这样就好，这样就好。”罗站长勉强装出笑脸，眼角滑过一丝不易觉察的冷意：“但是你有没有打听过人家的过去啊？听说人家是早就定了娃娃亲的。”罗站长有意无意地说了这一句。

“那又怎么样？这都什么时代了，还提什么娃娃亲？那是旧时代的陋俗，我们是不会相信那一套的。”卢伟说。

“当然，现在新时代，讲究恋爱自由，婚姻自由，只是在我们这里，这种风俗还是存在的。谁家给孩子提亲，不请媒人呢？一般情况下，只要双方

不明确反对，只要两家的大人们说好了，这门亲事也就定了。所以说关萍萍和富贵家的婚约还是存在的，毕竟两家人谁也没有提出退婚啊。听说前几天，贾家还去送聘礼呢。”罗站长阴险地笑笑说。

“就算是娃娃亲，又能怎么样？反正那种关系在法律上是不被认可的。我和关萍萍是光明正大地在一起的，我们又是自愿的，没有必要去征求他们贾家的意见，我和关萍萍的事，关家的人也是认可的，关他们贾家人什么事？”卢伟气愤地说。

“你们的事是没有什么问题，你的各方面条件都好，你和关萍萍简直是天生的一对，我也是这样认为的。但是，小伙子，你有没有想过，关萍萍的家人既然同意你和关萍萍来往，为什么不退了他们家和贾家的亲事呢？这不明摆着是脚踩两只船吗？你喜欢关萍萍这没有错，但是你知道关萍萍的心里是怎么想的吗？年轻人，你还小，社会经验不足，凡事还是多为自己想想，小心被人耍了。”罗站长分明是在挑拨离间。

“这有什么奇怪的？反正那种娃娃亲又不是法律上的婚姻关系，既然没有定亲，当然也就不用退亲了。如果不想维持那种关系，大不了不理他就是了，没有必要退什么亲啊，我看你是管得太多了。好了，谢谢你的关心，我自己心中有数，我还有事，再见。”卢伟假装没事地说了一句就走了。他本来就讨厌这个人，对他的话也没有放在心上，也没有和他纠缠很久，但是心中还是有一丝的失落。

过了几天，卢伟就去找关萍萍。一方面，他对罗站长的话将信将疑，想到关萍萍那里去探一探虚实；另一方面，他这次从城里回来，特意为关萍萍买了一件白色的连衣裙，因为他曾经对关萍萍说，她就像一只秋水湖上的白鸟，如果穿一件白色的连衣裙就更像一个天使了。她当时没有说什么，只是红着脸笑，而他把这一切都记在了心中。况且他们认识这么久了，他除了送她一些书之外，还没有送给她什么像样的礼物呢。这一次他好不容易回了一次家，两个人又是一次小别，说什么也应该给她一点惊喜吧。

关萍萍见到卢伟自然是说不出的高兴，那种既喜欢又委屈的心情是卢伟所看不出来的。她有太多的话想说但是又不好说，只是一下子扑在卢伟的怀里哭泣起来，大滴大滴的眼泪浸湿了卢伟的衣襟。卢伟看在眼里，伤在心里，只是紧紧地将她抱在怀里安慰她。他还以为她只是这几天没有见他，想他了而已，他哪里知道他不在的这几天，关萍萍的家里发生的事和她所受的苦呢？

好久，卢伟才哄住了关萍萍，他一边用手擦着她脸上的眼泪，一边怜惜地说：

“你看你，太孩子气了，见了面不笑反而哭了，眼泪真是比秋水湖的水还多。”

“人家，人家……人家只是想你嘛。”关萍萍本想把这几天家里发生的事情一股脑儿对卢伟讲，但是话到嘴边又不知道该怎么说，只好打住了。

“好了，好了，我这不是好好的嘛。其实我这几天也好想你啊。在家里待不住，这不，这么快就赶回这里来了嘛。噢，对了，我这次从城里来为你带了一件东西，你猜猜是什么？”卢伟说着拿起那个装着衣服的盒子。

关萍萍一看见那个盒子就知道那里装的是衣服，自然很高兴，但是她笑着说：“只要你回到我身边我就很满足了，还送什么衣服啊，我不需要。”

卢伟当然知道这只是她的客气话，并不是她不喜欢，就笑着说：“如果这是一件普通的衣服也就罢了，我是不会大老远地从城里带到这里的，但是这件衣服不一样，它是我专门给你挑的。况且我曾经说过要送给你的，我不能言而无信啊。”

“什么衣服啊，很名贵吗？我可受不起。你什么时候说过要送我衣服的？我怎么不记得了呢？”关萍萍一副受宠若惊的样子。

“你忘了吗？去年夏末，那时候我们刚认识不久。一天我们在湖边漫步，你说你的前生就是一只秋水湖上的白鸟，今生也要守护在这些姐妹身边。我说其实你一直就是这个湖上的女神，如果穿上一件白色的连衣裙那简直就是一位天使了，就是那位在月宫思念故乡的仙子下凡了。难道你忘了吗？”卢伟娓娓的叙述又把人带到了回忆里。

“哦，我想起来了，只不过我以为那只是你一时兴起说说玩罢了，并没有当真。没想到你还记得这样认真。”关萍萍轻轻说着，心里却是深深的感动。

“傻瓜，我什么时候说瞎话了，我对你说的每一句话都是认真的，我对你的每一个承诺都一定会兑现的，你就放心吧。”卢伟看着关萍萍认真地说。

关萍萍还想说什么，但是没有说出口，只是又一次将头埋在了卢伟的怀里，眼泪又流了下来。

“你看你，又哭了。人说女人是水做的，看来一点不假。好了，你看一下款式是不是喜欢，大小是不是合适。”卢伟说着把包装打开。

这是一条白色的丝质长裙，质地细腻而光滑。在领口和裙摆的下端都缀着蕾丝的花边，最大的特点就是裙摆是百褶的燕尾的形状，看上去轻盈而飘逸。关萍萍拿着裙子在面前比画，快乐得像一只小鸟。

“你看合适吧，你喜欢吗？”卢伟欣赏地问。

“嗯，谢谢你。”关萍萍笑着说。

“你穿上试试，一定会好看的。”卢伟的眼睛好像不愿意离开关萍萍和她手中的衣服。

“算了吧，还是下一次吧。”因为这是关萍萍的单身宿舍，没有试衣服的地方，所以关萍萍还是爱不释手地将裙子平整地折起来放进了原来的盒子里，然后又把盒子随手放进了床头的一个柜子里。

“你这几天回家都干了些什么？”关萍萍坐下来和卢伟聊天。

“没，没有什么，只是平常的探亲罢了。”卢伟怕家里发生的事被关萍萍知道，他更不敢对她说他的父母反对他们在一起的事。

“噢，你那天走得那样急，我还以为你家出了什么事呢，你家人还好吧？”关萍萍又问。

“很好，他们都挺好的。”被问到家人，卢伟感到有些紧张。

“卢伟哥，我有一件事要问你，你一定要说实话啊。”关萍萍小心翼翼地问。

“什么事啊？你问吧。”卢伟说。

“我问了，你可一定要说实话啊。”关萍萍还是很谨慎。

“瞧你说的，我什么时候说过假话了，你尽管问吧。”卢伟不知道关萍萍到底要问什么要紧的问题，不觉得有些紧张，但是他还是坦率地说。

“我们之间的事你告诉家里人没有，他们知道吗？”关萍萍小心地问。

“我告诉他们了，怎么了？你不愿意吗？我们在一起是为了结婚，我当然要告诉我父母的。”卢伟说。

“那么他们是什么意思，他们同意吗？”关萍萍急切地问。

“他们，他们没有反对啊。原来你是想问这个啊，你放心，我父母是很开明的，他们不会反对我们在一起的。”卢伟明白关萍萍的意思，但是他还是说了谎话，只是用自己的笑掩饰住了内心的不安。他怕关萍萍知道他的父母反对他们在一起的事又要哭了。

但是关萍萍还是从卢伟的表情和说话的语气中发现了反常，凭女人的直觉，她怀疑他在说谎。

“你爸妈真的同意我们在一起吗？”关萍萍直视卢伟的眼睛，那语气不容他回避和撒谎。

“真的，我为什么要骗你呢？”卢伟故作镇静地说。

“那你有没有对他们说我是农村的，家里很穷，我也没有念过几天书。我们之间的差距是很大的？你有没有对他们讲我的真实情况？”关萍萍还是不太相信卢伟的话。

“我说了，我把你的真实情况都对他们讲了。我爸妈说他们不在乎这个，只要我愿意就好，他们会尊重我的选择。”卢伟打算把这个谎一撒到底。

“哦，是这样的吗？那么说你的家人真的不嫌弃我，他们真好。”关萍萍不信，但是又不能不信，确切地说是不愿不信，她也不希望卢伟的家人再来反对他们了。面对卢伟父母的“开明”和自己母亲的固执，她感到惭愧，所以她也就不再多问。

两个人又陷入了沉思，各有各的心事。这个夏日的中午，太阳不是很火，天气不是很热，但是也没有风，屋子里很静，有点闷。窗子外面的树上鸟一声接一声地叫个没完没了，就使人更加烦躁了。

“这几天你在家里又做了些什么？”平静下来之后，卢伟又想起了这次来的另一个目的，他有意无意地打破了这种平静。

“也没有做什么，这里地方小，没有地方可以玩的，就在家里帮妈妈做做家务，也没有什么特别的。”关萍萍用平淡的语气说着，也许她的心情比语气更加平淡。

“真的没有发生什么事情吗？我好像听说前几天有人来你家里闹事，你还和别人吵了架，你没有事吧？”卢伟再也憋不住了，直截了当地问。

“没，没有呀！你听谁说的？”关萍萍有些吃惊，她没有想到卢伟会知道这件事。难道他听别人说什么了吗？她不敢再往下想，只是睁大了眼睛，呆呆地看着卢伟。但是当她的目光碰到他犀利的目光之后，马上就把脸移开了，她不敢看他，也不敢吱声。

“真的没有吗？还是你不敢对我说？萍萍，你有什么委屈就对我讲吧，我会帮你的，我会保护你的，我绝不让别人欺负你。你告诉我，那个坏蛋是谁，他为什么要到你家去无理取闹，我去找他，为你讨个公道。”卢伟激动得红了脸，急切地问。

“不，不是那样的，不是你想象的那样。”关萍萍不知道该怎么向卢伟说，确切地说她是不知道该不该把发生的事情向卢伟讲，她不敢想象如果卢伟知道了自己与富贵之间的关系后会是怎样的反应。但是卢伟在追问，该怎么办呢？说还是不说？无数的念头在她的心中打架，她的心如刀绞，双手用力地搓着衣襟，语无伦次，泪水又一次涌了出来。

“你怎么了，你不要怕，有什么事你对我讲嘛，我会替你想办法的。”看着关萍萍一副手足无措的样子，卢伟更加着急了，他还以为她家又发生了什么更严重的事情呢。

“好，我说，哎呀，让我怎么说呢，如果我说了，你还会爱我吗？”关萍萍试探着问。

“看你说的，我什么时候不爱你了，不管发生了什么事，我都会一如既往地爱你的，我一定会支持你的。”卢伟虽这么说，但是心中却有一种怪怪的感觉：她怎么了，为什么会问这样的话？

“说来话长，小时候我有一个很好的朋友，他叫贾富贵，虽说不是同一个村子的，但是我们两家却离得很近。我们在一块上学，关系也很要好，两家人也很高兴，就订了娃娃亲。当时我还小，不知道这是什么意思，也没有提出反对。后来他中学还未毕业就辍学了，而我继续上学。当我长大了，懂得了什么才是真正的爱情，懂得了婚姻，才发现我和他只是普通朋友，他并不是我爱的人。我曾向他提出过今生只做朋友，他不同意，家里人也不同意我的想法，我也没有办法，所以这件事就这样一直拖着。前几天，他带了家人来我家说什么要办彩礼（预备结婚），我坚决不同意，还和他们吵了一架，他们才暂时回去了。说实话我实在没有办法，我一个女孩子家，能和他们说什么呢？但是我发誓，我从来都没有喜欢过他，也从未超越过普通朋友的关系。”为了避免卢伟产生误会，关萍萍在最后强调了一句。

“那让你家人辞了这门亲事不就得了嘛，干吗还要拖呢？”卢伟听后，有些生气地说，语气中带了几分责怪的意思。

“我跟家人说了，而且不止一次。但是我妈，可能是碍于面子吧，一直没有和人家说。唉，都怪我当时太不懂事了，才惹上这么大的麻烦，都怪我。”关萍萍觉得对不起卢伟，在不停地自责。

“这怎么能怪你呢？当时你还小，不懂事，自然不能为自己做主了，也没有办法为自己负责。这只是双方的家人自作主张，全然不顾孩子们的幸福。”卢伟不小心说错了话。

“这也不能全怪我妈，她也是为我好。我妈觉得我从小就没有人保护，早定亲早有个依靠。只是她不知道我真正想要的是什么罢了。”关萍萍还为自己的母亲辩解。

“不是这样的，你误会了，我不是责怪你的母亲。我的意思是：父母为孩子的终身大事考虑是好事，但是必须知道孩子们的心里要的是什么，不然的话就是好心办了坏事，会伤害孩子的，这就得不偿失了。”卢伟自知失言，赶快解释说。

“唉，现在是怨谁都没有用了，最重要的就是尽快解开这个枷锁。我都快被压得喘不过气来了。”关萍萍叹道。

“这事确实不好办，不过你不要担心，俗话说，解铃还须系铃人，这门亲事是双方的父母定下的，还得要他们去解除。以前你的母亲不肯退那门亲事

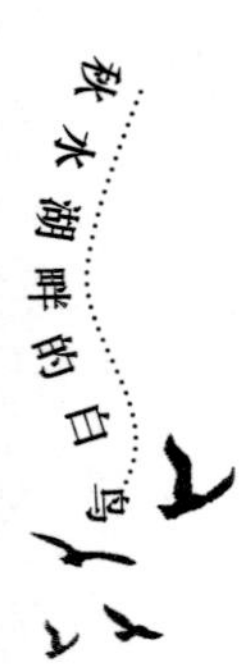

是因为你还没有找到可以依靠的人。现在有了我，我会爱你的，我会呵护你一辈子的，不会再有人欺负你了，你母亲再也不会有顾虑了。”卢伟笑着说。

“我跟我妈说了，我说我要和你在一起，我要和贾家解除关系，但是她没有表示，就是这次贾家的人上门闹事，她也忍气吞声，没有明确表示要和贾家解除关系。我真不知道她是怎么想的。”关萍萍说。

“怎么，难道你母亲对我还不放心，或者说她认为我不如富贵？”卢伟问。

“我想不是这样的吧。她还不会糊涂到这个地步，我想一定还有其他原因，使我妈有些顾虑。”关萍萍说。

“那是什么原因呢？”卢伟问。

“我也不清楚。”关萍萍摇摇头。

“你平时很少和你母亲交流吗？”卢伟又问。

“是很少的。她一个人总是少言寡语的。你为什么突然问这个？”关萍萍反问。

“没什么，我只是觉得你们母女之间缺少沟通，缺少了解。你不知道她心中的事情，她也不了解你心中想的。”卢伟回答。

“也许你是对的吧，我一直觉得我妈妈有很多事情瞒着我，她不说，我也不好意思问。比如说我父亲是怎么去世的，我妈妈为什么这么早就落下一身的病，她都没有对我详细讲过，每当我问起，她总是躲躲闪闪，敷衍了事。不知是不想让我知道，还是其他什么的。”关萍萍低下头说。

卢伟很惊讶，他现在才知道原来关萍萍至今还不了解自己的身世，她母亲还在瞒着她。不过，他又一想也对，她母亲也刚刚才知道整件事情的真相，当然还不会让女儿知道，免得女儿又产生身世之悲，不让她知道也好。于是卢伟也装作什么也不知道的样子，说：“也许她是不愿提及过去的事情吧。”

关萍萍没有发现卢伟脸上异样的表情，也没有特别在意他的话，只是说：“算了吧，不提那些事了，还是说眼前的事吧，你看该怎么办？”

“我看这样吧。”卢伟想了想说，“要不我们一块儿去找那位贾富贵，也许他见你已经有了恋人，也就打消了想和你结婚的念头。”卢伟笑着说。

“不，不行。富贵那个人很固执的，什么事都敢做，一条道走到黑。我和你在一起他是知道的，但是他就是不放手。我对他说了，他就是不听，我也拿他没有办法。况且那个人脾气又不好，人长得五大三粗，见了你不知还会发生什么事呢？我不能让你冒这个险。”关萍萍不同意。

“那怎么办？这种事情该断则断，越快越好，拖得时间长了对双方都不利。”卢伟着急地说。

“你不要着急，我回去会再对我妈妈说的，让她和贾家人去说，总会有结果的，你要有耐心。”关萍萍说。

“我还有什么耐心，说实话，我在这里能待的时间也不多了，不过一个多月罢了。如果在这一个月的时间里还没有结果的话，你让我怎么办？如果这次村主任助理不能竞选上，我在这里是留不住的，我将怎么样和你厮守在一起？是和你待在一起还是暂时留下你回城里？我都做不到，没有工作我怎么生活？而没有你我根本无法生活。”卢伟实在是沉不住气了。

“不要啊，我还没有想好。让我抛下我的母亲和你到城里，我做不到；让我离开你一个人过，我活不了，我该怎么办呢？”关萍萍不知所措了。

“其实你不要担心，有一种办法可以两全其美，那就是我带着你和你的母亲一起离开这里，我们一起回城里去吧。”卢伟天真地说。

“那怎么可能，我家里还有我爷爷，你又没有工作，生存问题怎么解决？还有你的家人会怎么看？”关萍萍疑惑地问。

“那我带你先走，等我们安定下来了，再来接你的家人，这样总该可以了吧？”卢伟说。

“但是我没有大学文凭，就算到了城里又能做什么呢？反而成了你的累赘。”关萍萍说。

“那你说该怎么办？我在这里又待不下去。”卢伟又没有了主意。

“你不要着急，你一定会选上村主任助理的。”关萍萍安慰似的说。

“但愿吧。但是把命运假设在这种不确定的事情上，未免太天真了一点，你应该早做准备。尤其是你和贾家的事情一定要了断，不然我会疯掉的。”卢伟无可奈何地说。

“好的，我一定会努力解决的。”关萍萍应下了。

“有什么事你就找我，我会帮你的。”卢伟又说。

“我会的。”关萍萍点了一下头。

两个人分开了以后，关萍萍又花了很长的时间和精力来说服母亲，卢伟也去了关家几次，向关萍萍的母亲表达自己要和关萍萍在一起的决心。关萍萍的母亲开始还有些犹豫不决，后来看见两个孩子的态度很坚决，也就心软了，就找了村里几位德高望重的老人去贾家退了亲。为此，关家还破了财，还了贾家这几年送的钱财和东西。贾家不服，还来闹了几次，但是后来终于还是平静了下来。

可怜的关萍萍，在这整件事的过程中没有少受气。受贾家的辱骂，受母亲的数落，受亲戚朋友的白眼。但是她都挺了过来，除了向卢伟诉说外，她的眼泪只能往心里流了。天真的卢伟，心中除了爱情别无其他，一旦爱上了一个人就义无反顾。他们两个都是那种为了爱情，全然不计后果的人，仿佛是两只单纯的飞蛾，在烛光的幻影里看见了爱情的影子，就幸福地直扑过去，好像他们并不知道那光影之后便是死亡，或者说他们知道那是毁灭，但是为了爱他们还是要飞奔过去，还是那样执着，那样沉醉，那样义无反顾。

离别

发生在这个小县城里的事情，就像是这秋水湖里的水，不管在水底有多么大的暗流，在表面上看来，都始终是风平浪静的。就在这平平淡淡的生活中，一年的时间快要过去了。卢伟他们这批人中有大部分人的服务期就要到了，要离开这里了，一年前，为了共同的理想，他们从四面八方聚到这里，现在，因为不同的原因，他们又要散落到四面八方了。这些人中，有的人已经找到工作，直接就走了，有的马上就要走，有的人还在找工作，一旦找到了也就走了，而留下的就是服务期还没有满的，比如说袁鹭。在这个浮躁的夏季，人的心更加浮躁，这是一个离别的季节，大家各怀心事，却是一样的伤感。有的人憧憬，有的人茫然，但是大家都被一种共同的情绪包围，那就是离别的情绪，每个人的脸上都笼罩着浓浓的离愁，只是没有人说出来。

比如说孙浩翔，他已经考上了公务员，准备离开这里去报到了，但是袁鹭还要在这里待一年。他曾劝她申请终止服务合同，但是袁鹭说她自己还想在这里待上一年。她说自己和她的学生已经产生了感情，他们再有一年就毕业了，她不舍得把他们丢下。面对即将到来的离别，孙浩翔和袁鹭两个人都很无奈，但是谁都不想妥协。其实他们谁都明白，他们之间的感情并不是很深，只是两个人在一起毕竟一年了，而且在一起的感觉还是很好的，谁也没有提出过分手，所以在临别时还是有些不舍。

孙浩翔这次来是向袁鹭道别的，当然他还是想劝她和自己一起离开。而这时已经六月了，学生们也快要期末考试了，最近的课程很紧张，袁鹭要帮他们复习功课，也没有空闲陪他。孙浩翔打了几个电话袁鹭都说没有时间，最后终于说好在一个周日下午见面。

这次是袁鹭去县城找孙浩翔的，毕竟要走的是孙浩翔，而不是袁鹭，她去找他也算是给他送别吧。天气很热，也没有什么可去的地方，两个人就在孙浩翔的宿舍里闲聊。这是一座五层的单元楼，原本是县委的家属楼，已经很旧了，所以现在住的人也不是很多，和小孙同住一层的也就一家，是他单位食堂的厨师。所以整座楼很安静，小孙的房间是面朝北面的，又在三楼，所以很凉快。小孙还特意买了水果来消暑，气氛很温馨，但两人心情都不是很好。

因为他们要分开了，可以说是要分手了。

但是为了活跃气氛，孙浩翔还是勉强打起精神，强作高兴地讲了一些并不太新鲜的生活琐事。

“哎，‘七一’快到了，全县的党政机关都要参加歌咏比赛，你们学校没有什么活动吗？”

“我们没有啊。庆祝‘七一’是你们党政机关的事，我们学校有什么好庆祝的？况且那个时间刚好是学生考试的时间，我们哪有空闲啊。我们庆祝‘五四青年节’的时候已经举行过一次联欢晚会了，但是节目不就是歌唱，还有舞蹈、相声、小品什么的。”

“你没有参加吗？”

“这是学生们的活动，当然是由学生们表演了，不过我倒是当了学生们的舞蹈老师呢。”

“噢，那你的舞一定跳得不错吧？能不能跳一支给我看呢？”

“哪里哪里，我的舞跳得很一般的，只是小时候学过，谈不上好。不过这些学生学得很快，而且跳得还不错，我们班还得了奖。”袁鹭谈得喜形于色。

“那就是名师出高徒嘛。有你这样的好老师，学生们想不得奖都难啊。”

孙浩翔借机就夸上了。

“你就是会拍，哎，别说我了，你怎么样？他们没有让你参加吗？”

“我倒是想参加，但是人家嫌我五音不全，就没有让我参加，真可惜。”

“我看没有什么可惜的。倒是你们领导慧眼识人，知道你如果参加了，肯定会一只老鼠害一锅汤，所以才没有让你参加的。你那点本事，我可是知道的，真是有些拿不出手。”袁鹭故意打击孙浩翔。

“你倒是不护短，净说实话，咋不鼓励一下我呢。还有你怎么就知道我不会唱歌呢？我又没有在你面前唱过？”小孙知道袁鹭在开玩笑，并没有在意。

“你没有在我面前唱过，是因为你不敢唱，怕露馅。其实我早就知道，去年在一次聚会上，你不是唱过一首什么歌来着？当时可是震惊四座。”袁鹭还在拿小孙打趣。

“你怎么净说我的缺点啊，不记得我的优点了。人说情人眼里出西施，而你的眼中却出了八戒，唉，命苦啊！”小孙装作苦笑。

“你不要小家子气了，其实你的优点还是很多的，所以我才无从说起。只是有这么一点点的缺点，我才拿出来说说而已。其实这对你来说也未尝不是好事，反倒显得你很可爱啊。人嘛，谁能没有缺点，只是缺点不同罢了。”袁鹭这才笑着安慰小孙。

“你说得都是真的？”

“我干吗要骗你呢？难道我会爱上一个一无是处的人吗？”袁鹭反问。

“这还差不多，还算是我的女朋友。”孙浩翔满意地笑了。

“哎，我怎么不像你的女朋友了？”袁鹭又抓住了小孙的口误，马上反击。

“好了，好了，我不说了，我们真的是一对欢喜冤家。你吃苹果。”孙浩翔削好一个苹果给袁鹭。

袁鹭也没有再追问，只是接过来小孙递的苹果，轻轻地咬了一小口，含在嘴里，既没有咀嚼，也没有下咽。她不知是被他的话逗笑了，还是被什么感动了，只是僵在那里，嘴里的声音像是被苹果堵住了，吐不出来，也咽不下去，眼泪从眼眶里涌了出来。

孙浩翔被袁鹭突然的表情惊呆了，他还以为她真的是被嘴里的苹果噎住

了，赶快转过身用手拍着她的背，好让她把喉咙中的东西吐出来，还一边关切地问："怎么了，怎么了？"

但是袁鹭并没吐出来，那块苹果在她的嘴里被她嚼了一会儿又被咽了下去，但是她眼中的泪还在流。

"你吓死我了，没有噎着吧？"孙浩翔看见袁鹭终于把那块苹果咽了下去，并且长长地吸了一口气，这才把心稍稍放了一下。

袁鹭没有说什么，只是用手示意自己没有事。过了一会儿，她才忽然破涕为笑，说："你说得对，我们是一对欢喜冤家。"

"我说错了，你不要在意。"孙浩翔以为自己又说错了话，赶紧道歉说。

"不，不是你的错。你说得对，我们是一对欢喜冤家，在一起的时候总是吵吵闹闹，如果有一天不闹了，那就是我们、我们不能在一起了。"袁鹭用哽咽的声音说。

"噢，原来是为了这个呀，我还以为你真的是被噎住了。不过你也不用伤心，既然分开不可避免的，伤心也没有用的，你还是想开一点吧。"孙浩翔安慰袁鹭。

"难道就没有别的办法吗？这样我们就可以在一起了。"袁鹭喃喃地问。

"有什么办法呢？谁叫我们选择了不同的道路。"孙浩翔无奈地摇摇头。

"浩翔，其实……"袁鹭又像是在自言自语，"其实我知道，让你在爱情与事业之间选择是很难的，或者说让你为了我而放弃自己的远大前程是太强人所难了，叫你放弃你的事业，这不但是你无法做到的，而且也是我不愿意看到的，爱一个人就应当让他幸福，我不应该太自私了，我不应该为了自己的选择而强迫你放弃自己的选择。你的做法是对的，虽然我的心有些不好受，但是我能理解你和支持你的。"

"袁鹭，我……"孙浩翔激动地说。

袁鹭用手轻轻地捂上了孙浩翔的嘴，用很平静的眼神看着他。她一脸坦然的表情，仿佛看见了他的心思，知道他要说什么，但是她阻止了他：

"你不用说了，既然你做出了选择，就勇敢去走你的路吧，我会支持你的。"

"不，我不是这个意思。"孙浩翔轻轻地握住了袁鹭放在他嘴边的那只手，慢慢地从面前移开，说，“我懂得你的意思，理解你的选择，也支持你的事业。但是，现在我还是想最后问你一句：你愿不愿意和我一起走？在哪里工作都比这里强啊。”

袁鹭没有说话，她只是用那种平静的、但是又投入无限感情的目光看着孙浩翔，好像是在用目光和他对话。

两个人的目光就这样相对着，都没有说什么。一秒钟、两秒钟，一分钟、两分钟……许久之后，孙浩翔终于打破了沉默。他的脸上浮现出一种凄然的笑，其实说不出他是在哭还是在笑。他不需要她的回答，他已经从她的眼中看出了答案。

“其实，其实我不该问这个问题的，对吗？我多傻啊，我应该知道我们都不会为彼此做出让步的，对吗？因为，因为从一开始，我们的爱就不是那么的纯粹，我们在一起只是因为，因为寂寞。”

“不，不要说了，求你不要再往下说了好吗？”袁鹭再也坚持不了原来那种淡定自若了，在长时间的掩饰与压抑之后，她终于像是决堤的湖水一样爆发了，眼泪唰的一下就流了出来。她几乎是用哀求的声音制止了孙浩翔。

“求求你不要再往下说了好不好。不管一开始我们出于什么样的目的和原因，我们毕竟有过那样一段美好的过往，这样还不够吗？我们的开始已经是一个错误了，难道结局也要变得狼狈不堪吗？请给我们彼此的退出保留一点尊严好不好。”

孙浩翔确实不再说什么了，他还能说什么呢？面对这样一个善良坦诚的女孩子，他怎么能忍心再伤害她呢？再说了，他扪心自问，自己难道就没有爱过她吗？那种感情如果不能叫作爱情，至少可以叫作喜欢吧？还有，至于这场本就不应该开始的感情，他自己难道就没有责任吗？如果当初不是他苦苦追她，他们会是今天这个样子吗？他不想再伤害她了，更不想打自己的耳光，所以他不再说什么了。

两个人就这样紧紧拥抱在一起，都不再说什么了，只能任泪水往心里流。这也算作是对一段感情的了结吧，是分手的时候了，但谁也不愿说出分手这两个字，或许是因为这两个字太过锋利了，会刺伤人的心，但也许

是因为从一开始谁都没有说过牵手一样，现在也没有必要说分手。两个人很自然地走在了一起，又很自然地分开，谁也不欠谁什么，唯一流逝的只有：时间。

一年的时间就这样匆匆过去了。

袁鹭送走了孙浩翔之后，就一如既往地投入到自己的工作中去。刚好这几天学生要准备期末考试，课程很紧，她得帮忙辅导功课，很忙，也无心顾及其他，自然也把孙浩翔的事放在了一边，暂时遗忘了。朋友们走的走，没有走的也在准备走，大家各忙各的，很少来往和联系了，她倒显得清静。这其中包括卢伟，她有一段时间没有见卢伟了，也不知道他现在怎么样。听说他竞选村主任助理落选了，看样子也是走定了。这几天他也应该是忙着办理离岗手续吧。

这天是周六，因为要给学生批阅试卷，所以袁鹭没有放假，还在学校。下午，袁鹭正在给学生们做自习辅导，忽然听说有人找她。她还以为是卢伟呢，但是出去一看，却是关萍萍，她感到很意外，不知关萍萍忽然来找她有什么事情。她一边在脑子中思索着，一边笑着把关萍萍让进屋里，而关萍萍首先说话了：

“对不起，这个时候来找你，希望不会打扰你给孩子们上课。”关萍萍的语气有些不太自然。

“没什么，今天没有课。你找我有事吗？”袁鹭笑着问。

“没，没有什么事。我来是找卢伟的。最近我一直在找他，但是总是找不到，电话也打不通。我猜可能在你这里，所以我就来找你了，也许你见过他，我只想问一问他究竟是怎么了。”也许是由于羞于说出口，关萍萍低着头，说话的声音低得也只有她自己能听得见。她的脸是红扑扑的，也许是由于天热，而且她来的时候是走得很急。

袁鹭的脸上掠过一丝不快，但是她很快就掩饰住了自己的感受，尽量保持平静克制的语气反问道：

“这个问题你怎么能来问我呢？他是你的男朋友，他的情况你应该比我更清楚。他不去找你，又怎么会来找我呢？你找不到他，那可能是他太忙了，这个我怎么会知道呢？”袁鹭的言辞还是有些激烈。

这一系列的问题将关萍萍问得更加尴尬和紧张了。她像一个犯了错误受批评的小学生，有些委屈地站在那里不知所措。看着关萍萍一副很失落的样子，袁鹭的心里又感到愧疚和同情，毕竟两个人都是女孩子，而关萍萍又太单纯了，她意识到自己的语气太重了，伤了她的自尊，于是又放慢了语气说：

“对不起，我不该用那种语气对你说话，也不是生你的气，我只是不愿被扯进你们之间的事情中去。也许你还在怀疑我和卢伟之间有什么关系，随你去想吧，我只是要告诉你，我们之间只是那种普通的关系，他不会有事没事就跑来找我的。”

“哦，你误会了，我只是来向你打听卢伟的事，好几天没有见他了，我很着急。再就没有别的事情了，我不是怀疑你，也不是来和你吵架的。”关萍萍显得很无辜。

“我知道你没有恶意，但是我的确不知道他现在在干什么。我只想告诉你，感情最重要的是信任。如果你对他连最起码的信任都没有，还谈什么爱情呢？”袁鹭更加怜悯面前这个和自己差不多大的女孩子了。

“我没有不信任他啊，我只是一直联系不上他，心里感到着急，想知道他现在怎么了。”关萍萍不知道袁鹭的话是什么意思。

“真的是这样吗？但你为什么认定他是来找我了呢？要知道他和你的关系要比我的关系深得多啊。”袁鹭笑着说。

“我不知道为什么。但是我想他和你是比较要好的朋友。他不去找我，肯定是有什么事。你们一直联系着，我想你一定知道他发生了什么事。毕竟你们是一块来的。”关萍萍说。

“也许他很忙，他快要离开了，是有很多事情要做的，但是他没有必要告诉我啊。”袁鹭说。

“也许是这样的吧，但是我不能确定。所以只能在你这里打听一些信息了。”关萍萍低着头说。

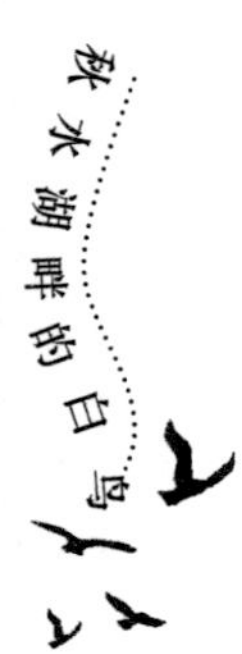

“这还是说明你对他不够自信嘛。如果你认为你是唯一吸引他的女人，你还怕他跑了不成？”关萍萍笑着说。

“也许是的，我没有你们那样优秀，总觉得自己配不上他。我爱他，但是说实话，我无法把握他的心。他的思想太活跃，感情丰富，内心太深沉了，我无法彻底理解他到底在想些什么。”关萍萍叹了口气说。

“这就是你的不是了。你爱他，就应该信任他；你爱他，就应该相信他不会背着你做对不起你的事。至于你不能理解他的内心，那是你们在一起的时间还不够长，等你们在一起时间长了，你就会理解的，即使你没有他那么深邃的思想，也会有他那么丰富的感情。你要信任他，但是更要有自信，别说什么配得上配不上的傻话。你想想，他为什么在千万人当中唯独选择了你？还不是因为在他的眼中你是最优秀的一个。一个人不管有多么卑微，只要在他的爱人眼中、心中是最完美的，那么他就是这天底下最优秀、最幸福的人了。而你就是这样的人，你应该感到自豪和庆幸才对啊，为什么会自卑呢？”袁鹭微笑着说，眼中充满了真诚与羡慕。

“哦，是这样的吗？谢谢你的夸奖，但是我确实不知道他最近在干什么。找也找不到，打电话总是关机，不知道他怎么了，我的心里很着急。”关萍萍被袁鹭说得不好意思，心情激动，脸颊绯红，稍稍平静了一下说。

“这个我理解。卢伟快要走了，他一定有很多的事要做，可能很忙。但是他也确实不对，再忙也要给你说一声啊，哪怕打个电话也行啊。就这样像失踪了一样，难怪你担心，我见了他一定批评他。不过你不要担心，我有很多朋友都可以联系到他，我找他们帮忙打听。”袁鹭又给关萍萍倒了一杯水，让他静下来歇一下。

“谢谢你，袁鹭姐。以前，我对你有那么多的误解，而且对你的态度不好，你不恨我吗？”关萍萍端着水，很感动很抱歉地问。

“我为什么要恨你呢？我不是你的情敌。作为一个女人，我理解你的心情。如果我爱一个人，却发现他和另外一个人在一起，我不吃醋才怪呢。要么是我不爱他，要么是我太傻，但是我相信你是爱他的。说实话，当初他选择了你而放弃了我，一开始我是多么的痛苦，但是后来我渐渐地想开了，感情是不可以勉强的。你们是相互爱慕的，你们才是真正合适的一对。我羡慕你们，并且祝福你们。”袁鹭真诚地说。

“袁鹭姐，你真好。没想到你的心胸如此的宽广，相比之下我太小气了。我以前对你不好，我心里很愧疚，一直想当面向你说出，但是一直没有机会和勇气，现在我对你说出心里话，你能原谅我吗？”关萍萍问。

袁鹭听着听着感到有些心酸，不知道自己真的是心胸宽广还是出于无奈，但是她知道关萍萍不是在挖苦她，而是出于真诚的道歉，也没有放在心上，只是微微一笑说：

“看你说的什么话？我都祝福你们了，还有什么不能原谅的？况且我没有理由恨你啊，爱情本来就是自私的，你没有什么对不起我的，我也没有什么可以原谅你的。你放心，我说的都是心里话，我愿意真诚地和你们做好朋友。”

“你真是个好人。”关萍萍说着又低下了头，陷入了沉思。袁鹭看出来她又在想卢伟了，便试探性地问：“你又在担心他？”

“嗯，我是一天不见他就担心，我也不知道为什么，大概是牵挂吧。现在已经十几天不见他了，真是担心死了。我整天想的都是他，也不知道他怎么了。”关萍萍脸上露出焦虑的神情。

“你的相思病这样深，该怎么得了。现在才分开十几天都想成这个样子，以后要是分开的时间长了，不知道你会是什么样子。”袁鹭故意打趣着说。

“这个我确实还没有想过。本来是想在这里替他找一份工作，那样我们就可以天天在一起了。但是现在看来是不可能了，他不得不离开。他说让我和他一块到城里，为我也找一份工作，以后在城里生活，但是我能做些什么呢？我不想成为他的累赘，我们的未来会怎么样，我不知道，也不敢想。我怕我们两地分离，我会疯的，更怕我们分开的时间长了，他的心会变。”一想到即将到来的分别，关萍萍心烦意乱，不知如何才好。

“你要对你们的感情充满信心，你们一起走过了这么长的路，多么不容易，相信以后会更好的。其实这样的结果有什么不好的呢？卢伟是那么优秀的一个人，如果待在这里一辈子不是有些屈才了吗？能让他回城里干一番大

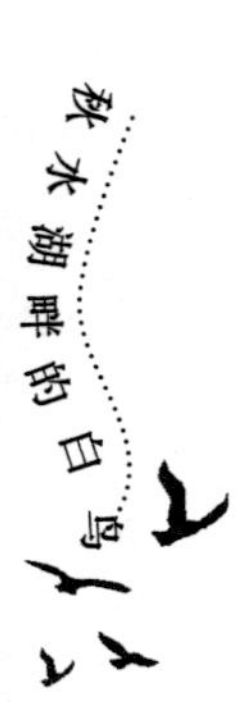

事业不是对他对你都是很好的吗？只不过这样会有短暂的离别，你也许还不习惯，但是你想一想，暂时的痛苦会换来一生的幸福，有什么不值得的呢？”袁鹭慢慢地说着，脸上也露出了幸福的神情，仿佛她不是在安慰关萍萍，而是在诉说自己的故事。

“那你的意思是说我们要天各一方了。为了明天，我们得暂时分开了吗？”关萍萍问。

“是这样的，也许你不情愿，但是没办法，现实如此啊，我们都是逃不过的。”袁鹭若有所思地说。

“我愿意，为了他的前途和幸福，为了我们明天能够在一起，现在让我干什么我都愿意。袁鹭姐，难道你也是因为现实问题而不得不与所爱的人分开吗？”关萍萍突然问。

袁鹭没有回答，只是苦笑了一下，把头轻轻地转向了一边。关萍萍没有注意到这一点，但是她见袁鹭不回答，也就不再多问，看一看时间，她已经来了好一会了，该回去了。袁鹭这几天很忙，她不好意思再打扰，就起身告别。袁鹭也没有挽留，临走时，关萍萍还再三嘱咐袁鹭一旦有卢伟的消息就通知自己，袁鹭答应下来，关萍萍就走了。

关萍萍告别袁鹭之后，没有直接回家，而是绕道去卢伟所在的那个秋水湖检测站了。说实话，她不敢保证就一定能找到卢伟，但是她还是想碰碰运气。刚才她听了袁鹭的一番话后，心情舒畅了许多，想想如果自己运气好的话，说不准就能碰到卢伟呢。她一边走着，一边在脑子中想象与卢伟见面时美好的画面。六月的田野很美，庄稼茂盛，树木恣意生长，像一道道绿色的屏障，一眼看不到边。此时是傍晚时分，微热的风吹着，带着成熟的香气。

关萍萍到达的时候，卢伟单位的院子里很冷清，没有见到人。其实检测站个小单位，本来就没有几个人，加之位置偏僻平时没有人来往，今天又是周末，就更不会有人了。但是关萍萍发现院子的门虚掩着，这说明还是有人在的。关萍萍没有叫人，也没有敲门，因为她和这里的人都很熟，平时来的时候也不用敲门，另一方面，她只是想看看卢伟是不是在，如果不在，她就走了，也不想惊动别人，所以她轻轻推开门，朝卢伟住的那间屋子走去。

卢伟屋子的门是开着的，这说明，他人在。关萍萍很高兴，找了卢伟这么多天，今天终于找到他了。她一边想着一边向门口走去，还没有走到门口，关萍萍就听见里面有人说话，声音虽然不大，但是在这个寂静的小院子里还是听得很清晰：一个是卢伟的声音，另一个是一个陌生女人的声音。

会是谁呢？关萍萍不禁在心里犯嘀咕，脚步禁不住停了下来站在一旁听，只听见卢伟说：

“走是一定要走的，我的服务期就快满了，又没有找到别的工作，在这里是待不下去的，但是不至于要走得那样快吧。你叫我明天就走，这也太仓促了吧，我连离开的手续还没有办完，再说还没有和这里的朋友们道别呢。”

什么，卢伟明天就要走？太突然了吧。他怎么没有和我说过呢，难道他要不辞而别吗？他这是怎么了？关萍萍听见卢伟的话，心里很着急，差点没有喊出来，她赶紧用手捂住了自己的嘴，随即又听见那个女人的声音：

“哎呀，你还告什么别呢？你们不过是萍水相逢，才相处了几天，有那个必要吗？明天一走，谁还记得谁啊？至于手续的事，明天早上给你们领导打个电话说一声，开个证明不就完了？这能要多长的时间。”

“不行，不行，你先回去，等几天我把这里的事情办完了再回去。”卢伟说。

“这怎么行，我是奉你父母之命来接你的。你不回去，我一个人回去怎么向他们交代呢？”这是那个女人的声音。

“你回去照实说不就行了吗？”卢伟说。

“你不回去，却要为难我。你说，你是不是舍不得那个乡下女人？”那个女的问。

“我舍不舍得与你有什么关系？”卢伟反问。

“怎么与我没有关系？我放弃一切从深圳回来还不是为了你？我这么远来找你，还不是想和你重归于好，而你却不领情，反而说出这样伤人的话，你有没有良心？”那个女人歇斯底里地问。

天哪，她与卢伟究竟是什么关系？他们要重归于好。她应该是卢伟的前女友，怎么追到这里来了。怎么办，怎么办呀？关萍萍受不了这突如其来的

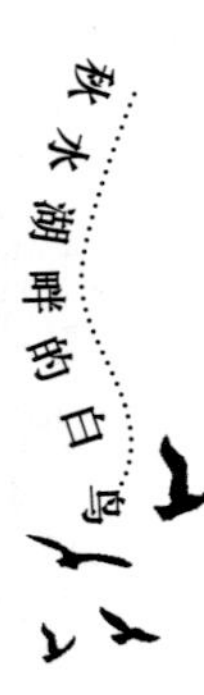

打击，身子一个趔趄，差点瘫倒在地上，她用尽全力扶住了门框才勉强站住了，而这一切正好被屋里的人发现了。

“谁啊？”这是卢伟在问。他一边问一边起身往屋外看。当他看见门外站着关萍萍时，他傻了，他明白关萍萍已经听到了刚才他们所说的一切。他该怎么向她解释呢？重要的是他现在该如何面对这两个女人呢？

“哟，这是谁啊？”屋里的那个女人跟出来问。

“她是，她就是关萍萍，我刚才向你说过的。”卢伟低声说。

“原来是你啊，我早就听说你了。你是来向卢伟道别的吧？很高兴见到你，我叫艾琳，是卢伟的女友，确切地说是前女友，不过这没有关系。你进来坐吧。”艾琳边说边过来拉关萍萍。

面对这样一个时尚俏丽的女子，关萍萍反倒像是一个考试作弊被发现的孩子，不敢直视她。她像一只受伤的小鸟，触电似的将身子缩了回去，躲开了艾琳。她没有说话，脑子一片空白，不知说什么好，只是呆呆地站在那里看着卢伟。卢伟的表情很难堪，他真的想找一个地缝钻进去，躲开这种尴尬的局面，但是他还得面对，他勉强张开嘴说：

“进屋坐一会儿吧。”

“对啊，你进屋坐一会儿吧。我们明天就要走了，也许你们以后就再也见不到面了。你们就要分开了，一定有很多的话要说吧，进来叙叙旧吧。”艾琳俨然以一副胜利者的姿态说。尽管卢伟在一旁暗示她不要这么说，但是艾琳像是视而不见，继续我行我素，她是要打击关萍萍，挑拨她和卢伟之间的感情。

而这一切在关萍萍看来倒像是两个旧情人在一起导演的一场闹剧，两个人一唱一和，配合得多么默契啊，而自己是唯一被蒙蔽和欺骗的人。我是多么傻啊，关萍萍想，我被面前这个男人一而再、再而三地欺骗，一年来竟然没有发现，还死心塌地地要和他私奔。此刻，卢伟在她面前是那样陌生，全然没有以前那种温文尔雅、真诚大方的气质，竟然像是怪物或者小丑，这大概就是原形毕露吧！她不想再听他说什么了，也不想看见他了，更不想和他争辩什么。他们的表演让她感到恶心，她只想尽快逃开。

于是关萍萍带着颤抖的声音说："不了，我只是路过，来找李爷爷的，既然他不在，我就走了。再见！"

关萍萍几乎是落荒而逃，她无法接受这样的现实，脑子里像是一团麻一样纠缠不休、疼痛难忍。她的心就像是自己颠簸不停的脚步在起伏不平的道路上狂奔，惊落了道旁草叶上的水珠。怎么办？卢伟明天就要走了，还是和自己的旧情人走了。是追回他吗？追回这个骗子，这个负心汉，值得吗，我还会爱他吗？但是放弃吗？我已经为他付出了一切，我已经一无所有，没有退路了，没有了他我该怎么办呢？关萍萍不敢想，但是脑子又止不住地胡思乱想。她只能用急速的奔跑来排遣心中的苦闷。黄昏的夕阳很红，红得凄惨。被夕阳染红的晚霞洒在湖面上，如同片片破碎的梦。

迷茫

艾琳为什么会出现在秋水湖呢？原来，事情是这样的：艾琳大学毕业后，和卢伟分了手，自己一个人到南方去闯天下。在深圳差不多一年，工作是换了几份，也没有什么大的作为。这也难怪，一个女孩子家在一个陌生城市打拼，很不容易。在这期间，她还遇到了一个男人，是她工作过的一个公司的主管，相处一段时间之后，她发现他们之间似乎没有爱情，而只是彼此打发时间和消解苦闷的倾诉对象而已。在寻找到新的玩伴之后，"爱情"也就一拍两散。后来，艾琳觉得倦了，突然想家，怀念曾经的校园，想起了和卢伟在一起的美好时光。于是她回来了，想和卢伟重归于好。通过卢伟的父母，她了解到卢伟在秋水湖这个地方服务，于是她找来了。而卢伟的父母也想用艾琳将自己的儿子从山区那个女孩子的身边拉回来。于是，一个不谋而合的计划产生了。

艾琳一直是一个自信的人，虽然和卢伟分了手，之后还经历了那么多挫折，但是她依然认为自己可以挽回卢伟对自己的那份感情。所以她直接找到秋水湖来了，当卢伟知道的时候，她已经站在他的门口。艾琳的突然到来，让卢伟吃了一惊，他这几天要走，正忙得不可开交，而艾琳的到来把他搅得更乱了。这天，他们正在争论着，关萍萍又正好找上门来，于是便发生了前面的那一幕。

卢伟被当时那种尴尬的场面为难住了，他不知道怎样向关萍萍解释。但是当他回过神来的时候，关萍萍已经跑得不知去向了。他不顾身后艾琳大声的叫喊，循着关萍萍的方向跑了出来。他追了好一阵子也没有追上关萍萍。四周的小路纵横弯曲，植物茂密高大，也不知道关萍萍究竟跑到哪里去了。卢伟跑了一阵子，实在是跑不动了，眼看天要黑了，也就不追了。他想关萍萍一定是误会他了，一定又伤心了，但是附近也没有声音，那么她一定是回家了。所以卢伟想了想，先回去安抚艾琳，想办法把她支走，再想办法。

回到站里后，卢伟和艾琳大吵了一架。艾琳认为卢伟不顾自己的感受，丢下自己一个人去追关萍萍。卢伟则认为艾琳说话不讲场合，害得关萍萍对他产生误会，两个人各不相让，毫无和解的可能，最后不欢而散。艾琳一气之下拿上行李，一个人到县城找了个旅馆住下，第二天就不告而别了。卢伟也不管她，一大早就去找关萍萍了。

关萍萍不在乡镇医务所，卢伟只能到她家去找。但是他还没有进院子，就被关萍萍的母亲拦住了。她冰冷地说：

“你还来干什么？”

“阿姨，我是来找萍萍的，我有些话要对萍萍说。”卢伟尽量解释说。

“说什么？你还有什么好说的？”显然，关萍萍已经将自己所见所闻全都给母亲讲了。

“我来是想向萍萍解释，昨天她看见的不是真的。那个人不是我的女朋友，我只有萍萍一个女朋友。萍萍在吗？”卢伟隔着篱笆往里面望。

“你不要说了，你不要再撒谎了。你不愧为一名大学生，太会演戏了，把我苦命的孩子骗得团团转。如今，一不小心露馅了，你又来圆谎，还要继续骗我的女儿。哼，你别妄想了。我女儿傻，我可不傻。今天有我在，你休想再见到我女儿。”关萍萍的母亲愤怒地挡在了门口。

“阿姨，我对萍萍是真心的。请让我见萍萍一面吧，我要当面向她把事情说清。”

“甭想，门都没有。你说你没有说谎，那我问你，你媳妇都找上门来了，

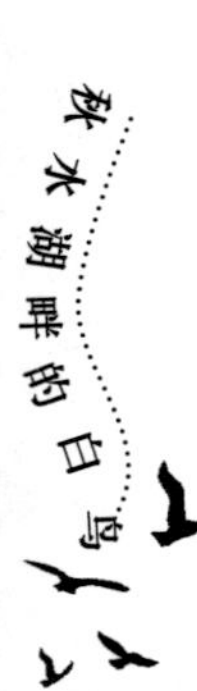

你还敢说你对萍萍是真心的，你长了几个心啊？你当初对我说什么来着，你说你没有对象，萍萍是你唯一的，你是放屁啊。”关萍萍的母亲气愤至极，控制不住话语中的粗俗。原来，关萍萍一回家就哭个不停，她的母亲再问，她就是不说，只是哭。她的母亲猜她一定又是和卢伟闹什么别扭了，但是她始终没有想到卢伟在城里还有一个对象，当关萍萍哭累了才慢慢把那天下午看见的事情告诉了母亲。关母本来就对这个年轻人不放心，听女儿这么说，可是气坏了。她一边为女儿叫苦，一边恨着卢伟，琢磨着怎样为女儿讨回公道。

“那不是我的媳妇，那只是我以前的……”卢伟一时找不到合适的词，急得直跺脚。

“以前的什么？以前的情人，那现在不成了媳妇了么？你一个有媳妇的人，还到我们这里找我女儿干什么？你太过分了。我告诉你，你要还我女儿的清白，我不会放过你的。你要是再敢纠缠我女儿，我绝饶不了你。”关萍萍的母亲声势更大了。

“那不是我的媳妇，那只是我以前的一个普通的朋友，只是到我这里来玩玩，今天已经走了。阿姨，你让我进去，我亲口向萍萍解释，她会明白的。”

“不许进，你不用解释了，她不会听的，也不答应让你进去。是她让我挡在门口的。”

“不，我要进去，我要向萍萍解释事情的真相，你让我进去。萍萍，萍萍。”卢伟说着就要往里面冲。

“你，还敢硬闯。你再敢进一步，我就打了。”关萍萍的母亲说着就顺手拿起靠在门旁的一把扫帚。

“不，妈，你不要打他。”随着一声凄哀的声音，关萍萍从屋里走了出来。她的眼睛红肿、头发凌乱，一看便知是哭了一夜的。

“萍萍，你终于肯见我了，我就知道你不会对我无情的。我今天是向你说明真相的，我告诉你那个女孩子其实……”

“你不要说了，我不会再相信你说的任何一句话了。所以你不必白费口舌再编一段谎言了。”关萍萍的声音有气无力，但是冰冷而绝望。

“不，萍萍，我说的都是真话。难道你不信任我吗？”卢伟被关萍萍说得一头雾水。

关萍萍没有再说什么，只是闭上了眼睛，深深地吸了一口气，仿佛心中有太多的哀怨要发泄出来。但是她终究还是没有发泄出来，她只是慢慢地睁开眼睛，平静地说：

“你不要说了，你说什么都没有必要了。你走吧，以后不要再来找我了。忘记我吧，忘记我及这里的一切，回到你的世界里去吧。那里有人正在等着你，那里才是你生存的地方。你就当没有见过我，就当这是一场梦。”关萍萍说完就转身进了屋，关上了门，只留给卢伟一个绝望的背影，尽管那眼中还留着一丝的留恋。

“萍萍，你听我说啊，她不是我的女朋友。我唯一爱的人就是你，我要带你走，我要一生一世和你在一起。萍萍，你出来啊。”卢伟撕心裂肺地号叫着，双手拼命地敲打着门。

“算了吧，年轻人，我们萍萍命苦，配不上你这样的公子哥。你也行行好，不要再来折磨我女儿了。你再这样下去，她可能连命都保不住了。回去找你媳妇吧，不要再来打扰我们母女了。你们城里人的感情游戏我们乡下人玩不了，也玩不起，我们只想平静地过日子。”关萍萍的母亲看见卢伟一副可怜的样子，也不再苦苦相逼，只是劝他赶快走。

“不，我不走，我要和萍萍在一起。萍萍是我唯一爱的人，我是不会放弃的。”卢伟沮丧地蹲在门前，等着关萍萍能开门。

卢伟这一番折腾，把关家的邻居们都惊动了。他们不知道发生了什么事，纷纷跑到关家门前，隔着篱笆观望。见到没有发生什么大事，也就没有靠近，只是在远处指指点点，小声议论。有的人见没有意思，也就走了。

卢伟在关家的门前等了好一阵子，也不见关萍萍开门，而关萍萍的母亲也不知道跑到哪里去了。正午的阳光照得人火辣辣地疼，卢伟情绪低落，伤心至极，再加上早上来得早，没有吃早饭，这时候已经是困乏至极，处于半昏迷状态了。在模糊的意识里，卢伟感到附近好像有人在偷看，好像是在嘲笑自己。他又怕这样僵持下去会对关家造成不好的影响，于是他决定不再坚

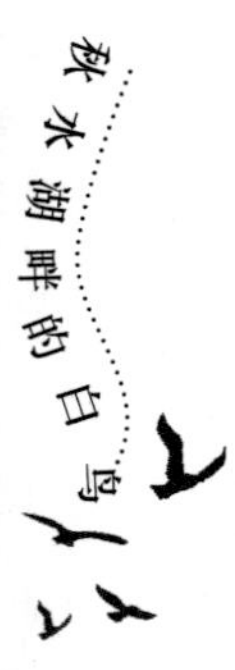

持了。算了吧，今天先走吧，改天再找机会说吧，于是他站起来隔着门对里面说：

“萍萍，我知道你恨我。但是我发誓，我绝没有做过一点对不起你的事。你昨天看到的不是你想象的那个样子的。我只爱你一个人，我要和你在一起。你等着我，过几天我把事情都办完了，我会来接你的，我们一起到城里去生活。我走了，你要保重啊。”卢伟说完，在关家的门前又站立了一会儿，等待奇迹的出现，但是见里面没有动静，关萍萍也没有出来，他真的心灰意冷了。他慢慢地向外面移动，一步三回头，最后还是依依不舍，但是很无奈地走了。

在秋水湖的最后几天里，卢伟的情绪一直很低落。一方面是他和关萍萍在最后的关头却闹了一场这样的误会，他一直没有找到关萍萍向她解释清楚，他对他们的未来很担忧。另一方面，卢伟想到自己就要离开秋水湖了，心中还是有些不舍。在秋水湖的一年里，他度过了人生中美好的一段时光，这里有他的恋人、他的朋友以及迷人的景色，甚至那些成功或不成功的事都给他留下了美好的回忆，他将永远记住这里的人、这里的事、这里的景。所以，当他离开的期限早已经到了，他却迟迟不肯离去。

这天，李站长忽然来找卢伟。老站长自从在站上内退之后，就很少来这里指挥工作了。而这一次，他听说卢伟要走，就是来专门为他送行的。李站长一进门，就和往常一样问这问那，关心卢伟要不要帮什么忙。其实在内心，李站长还在为上次卢伟竞选村主任助理的事自己没有帮上什么忙而感到过意不去，他只能用这些平常的关心来弥补自己心里的愧疚了（至少他是这么认为的）。卢伟很感动，在这个离别的时刻，本来是人走茶凉，但是还有一个人来为自己送行，他在心里感到深深的欣慰。卢伟本来是想在离别之前亲自去李站长家向他道别的，但是这几天忙，一直没有机会，而这一次李站长亲自来了，两个人相见，别有一番滋味。

“你打算什么时候走？”李站长问。

“我后天就走。”卢伟说。

“那么你的东西都收拾好了没有？”

“都收拾好了。其实也没有什么收拾的，就是几件衣服、几本书而已，一个包就装下了。”

“需要送不？我叫小罗（罗站长）开车送你。”

“不用了，李站长，我自己坐班车就行了，不用麻烦单位的同事。”

“什么麻烦不麻烦的，都是自己人，还客气什么。这样吧，你不好意思说，我对他说去。”

“真的不用了，我一个人走就行了，况且我不习惯别人送行的。要是老罗真的送我，我反倒感觉是要永别似的。”

“好吧，你不愿意让别人送，我也就不勉强了。不过你还有什么事情没有办完，给我说，我帮你办。”

“那就先谢谢您了，等我想起来了，我会告诉您的。”

“哦，对了，你在城里找工作的事办得怎么样了？”

“还没有办好，上次我就是专门为这件事回家去的。”

“那你有没有考虑过找什么样的工作呢？”

“考虑过，但是现在的就业形势很严峻，计划赶不上变化啊，我想找的工作未必能找得到。我先回去看看吧，我的亲人和朋友都在城里，我打算找他们帮忙。”

“你有没有想过考研究生或者考公务员什么的？”

“我想过，但是我还是想先找份工作，解决了生存问题再说，以后需要的话再考研吧，如果工作与我的专业不一致，我看考研也没有多大的意义，还浪费时间。至于考公务员，我想我不是那块料，像我这样自由散漫的人，怎么能当官呢？况且人家也不招我这个专业的人。”卢伟摇摇头说。

“是啊，现在找工作难，找一个称心如意的工作更难。但是你毕竟是大学生，又有工作经验，找个不错的工作应该不难吧。哦，对了，你打算在什么地方落脚啊？是省城还是外地？”李站长问。

“我也不知道，事不由人啊。我倒是想在省城找一份工作，但是找到找不到还说不定。如果实在没有办法了，我也许会到南方闯一闯。”卢伟的眼中充满了迷茫。

李站长听了这句话后身子不由得微微一震，他似乎对卢伟的这句话很敏感，但是又没有表现在脸上，而是试探着问：

“那你走了还回来吗？”

“我当然回来啊，我只是暂时离开，等我找到了工作稳定下来之后，我会回来接萍萍的。李站长，我和萍萍的事你也是清楚的。她为我付出了太多，我不可能抛下她不管，我一定要让她过上幸福的生活。”卢伟深情地说。

“哦，对了，你在这里还有牵挂啊，所以你不管走到哪里，心里一定会想着这个地方的。本来，我就担心你们年轻人做事容易冲动，来得快去得也快。外面的世界那么大，充满了诱惑，我怕你走了之后会把这里忘了，再也不会来了。有了你这句话，我就放心了。萍萍这个孩子，我是从小看着她长大的，她太单纯、太执着，一旦自己认定去做的事情就绝不回头。我看，她是对你动真心了，为此她还和家里人弄僵了，你可不要辜负她的一片痴情啊！”李站长本来就是为这件事来找卢伟的。当他听了卢伟的这段话后，心就踏实了许多，但还是语重心长地说。

“李站长，你放心，我绝不会辜负她的。萍萍对我的好我全知道，也时刻铭记在心上。我发誓我一定要和她共度今生，只是迫于现实的无奈，得委屈她多等我一阵子。等我找到工作安定下来之后，我一定回来接她。”卢伟认真地说。

“这个我看没有问题，只要你能真心对她好，不辜负她，我敢保证她一定会等你的。你就安心找你的工作、闯你的事业吧。我想她会理解和支持你的。”李站长握着卢伟的手鼓励他说。

“这真是难为她了，其实我的心里也是万般难受，唉，我也是没有办法啊。”卢伟叹着气说。

“这个我知道，你就放心地去吧，我会和她说的。哦，对了，你们最近处得怎么样，你要走的事有没有和她说？”李站长问。

“唉！”卢伟不知道怎么向李站长说，只是叹气，一想起最近和关萍萍发生的感情危机，卢伟感到阵阵心痛。

“怎么了？你们又怎么了？”李站长急切地问。

“也没有什么，只是最近发生了一点小误会，萍萍还在生我的气呢。我去找她解释，她不肯见我。”卢伟吞吞吐吐地说。

“发生了什么事？你们年轻人啊，就是太冲动了，一会儿好得不得了，一会儿又吵架，真的不知道你们是怎么想的。现在什么时候了，还赌气？萍萍这孩子，有时候就是太任性了。什么事情可以静下来谈一谈嘛，没有必要不见面啊。”李站长责备关萍萍，但是在卢伟听来，就像是在责怪他。

“不，您不要怪她，不是她的错，是我的错，是我没有把事情处理好，才让她产生误会的，是我伤了她的心，所以她才不理我的，是我不对。”卢伟双手抱着头，显得很痛苦。

“你做了什么事，让她伤心了？那你还不快去向她解释，难道还想让误会继续延续下去吗？”李站长催促着说。

“唉，我早就向她解释了，但是她总是闭门不见，不管我向她怎么解释，她都不听，我也没有办法啊。”卢伟还是叹息。

“那你到底做错了什么？她怎么能对你这样绝情呢？”李站长还想问到底。

“不是我做错了什么，是前几天发生了一件连我也感到意外的事情。我以前的同学，也是以前的女朋友来这里找我，结果碰巧被萍萍看见了，她因为误会了，便很生气，就一转身跑了，之后就不肯见我。我想向她解释事情的真相，但是她就是不肯见我，我也没有办法，我是无辜的。”卢伟实在不想把那天发生的事情说出来，但是又无法向李站长讲清楚，所以说出来的话遮遮掩掩的，让人听不明白。

“既然你没有做错什么，你就去向她说啊。等说明了真相不是就没有事了吗？”李站长还是催促卢伟。

“我是想向她解释清楚的，但是她总是不肯见我，我能有什么办法呢？”卢伟还是一副垂头丧气的样子。

“那是她还在生你的气，和你赌气呢，并不是真的不想见你了。因为她是爱你的，要不然她就不会那么伤心了。正因为如此，你才要去找她，向她说明真相，消除她的误会，不管她接受与否，你都要让她明白你是爱她的，在乎她的。”李站长语重心长地说。

“但是，但是我找不到她啊，怎么和她说呢？”卢伟无奈地说。

“怎么找不到呢？秋水湖这么大点地方，她能躲到什么地方去呢？你到她家去找，找不到就到她的单位去找。反正一切可能的地方都去找，不信就找不到。”李站长这时的心情比卢伟还急。

“我……我……”卢伟心中好像有很多的事情，但是又不愿说出口。

“难道你有什么说不出口的吗？是拉不下面子还是难为情？卢伟啊，我知道你最近的心情不太好，快要离开了，事情多，而且遇到了这些事，你一定很烦。但是越是在这样的时候，你越是要保持冷静，要把每一件事都处理好。你知道现在是什么时候吗？现在是最关键的时期，你要走了，还不知道什么时候回来，而现在却闹出这样的矛盾来，这怎么行呢？告诉我，在这个时候，你的心里有没有底？萍萍是一个单纯的女孩子，她把一切都托付在了你的身上。你现在要走了，不知什么时候才回来，你想想，她的心里会是什么样的感受？她心中的担忧要比你多千百倍呢。在这个时候，你要多和她在一起，多安慰她，让她对你们的明天充满信心。而你在这个时候却带了一个女孩子来并待在一个屋里，这样被萍萍发现了，她会怎么想？她不产生误会才怪呢。在这么敏感的时刻，一点小小的误会就会引发大的感情风波。她脆弱的心因为误解而痛苦、绝望，还以为你在城里有女朋友呢，只是因为在这里太寂寞了才找她谈恋爱呢，她还以为你是在欺骗她的感情呢。现在你要尽快找到她，向她澄清事实，稳住她的情绪，再设法让她知道你是爱她的，你对她是真心的。这样才能打消她的疑虑，给她希望。”李站长知道卢伟的心情很坏，头脑很乱。他以一个长者的身份教导他，为他想办法，就像关心自己的孩子一样。

卢伟当然知道李站长的一片苦心。本来他的情绪很差，心里乱糟糟的，面对这些突如其来的问题他不知道如何处理。听过李站长的话后，他渐渐觉得清醒了许多，信心也慢慢恢复了。他低着头沉思了一会儿，然后抬起头感激地对李站长说：

“李站长，你对我这么好，我不知说什么才好。你放心，我一定会去找萍萍的，一定把和她的关系处理好，我不会让你失望的。还有，我走后，萍萍还得您来照应，就有劳您多费心了。我真的不知道该怎么感谢您才好。”卢伟握着李站长的手，真的有些感激涕零了。

“看你说的，都是自己人，还说这些干什么？你放心，我一直把萍萍当作自己的亲孙女看的，你怎么又这样见外呢？只要你们两个能够幸福地生活在一起，我就满足了。记住，你们俩的事，我可是保过媒的，你可不能辜负她啊，否则我的老脸可是没有地方放的。去吧，找到萍萍，把一切都说明白了，你和她会和好的，我会帮你们的。”李站长说完就走了，卢伟一直目送李站长走远。

但是卢伟还是没有找到关萍萍，而他已经没有时间在这里待下去了。他的父亲为他在城里联系了一个很不错的工作，他要尽快赶回去参加面试，否则就会失去机会的。他的家人几次三番打电话来催促，总之他是不能再拖下去了。于是，卢伟决定把他要向关萍萍说的话写成一封厚厚的信，准备在他走后由袁鹭转交给关萍萍。于是，他去找了袁鹭。

袁鹭这几天确实很忙，期末考试快到了，学生们的课程安排得很紧。其他志愿者走的走，留的留，都显得有些急躁慌乱，而她因为忙，反而把这些事都忘了。袁鹭没有想到卢伟会来找她，她还以为他已经走了呢。而事实上，他来了。这对他来说，是很自然的事，因为他们毕竟有过那么一段感情，不管怎么样，现在也算是好朋友吧。

“你怎么会来，我还以为你已经不辞而别了呢。”对于卢伟的来访，袁鹭既感到意外，也感到惊喜。

“这是什么话？我是那种喜欢不辞而别的人吗？大家朋友一场，我好歹也得来道个别吧。”卢伟笑着说。

“我不是那个意思，我是说你要走了，一定有很多事要做吧，恐怕没有时间来和我道别的。”袁鹭解释说。

“我能有什么忙的，行李打一个包就装下了，说走就走了，也没有其他事可做。正是：轻轻的我走了，正如我轻轻的来。”卢伟打趣说。

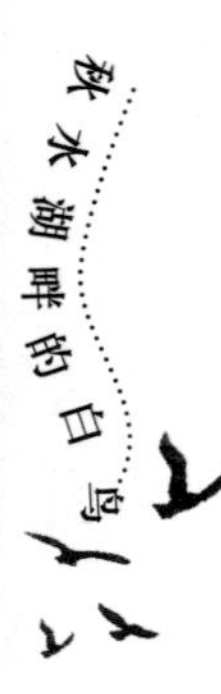

“你倒是蛮有兴致的，都要离开了，还这般有诗意，完全没有离别的感觉。”袁鹭说。

“离别的感觉是什么？难道离别就应该凄凄惨惨的吗？再说天下没有不散的宴席，我还有什么可悲伤的呢？”卢伟故作乐观地反问。

“你真的这么潇洒吗？你的女朋友怎么样了？”袁鹭的问题可谓直中要害。

卢伟被她突然的问题问得吃了一惊，嘴角翕动了一下，但是没有回答，只是表情渐渐黯淡了下来，已经没有了刚才的光彩。他若有所思地看着袁鹭，眼中充满了疑惑。

“怎么，你没有打算带她一起走吗？”袁鹭又问。

卢伟还是没有回答，只是低着头，用手捏着下巴，在屋子里走来走去，像是在思考什么问题。

“怎么，发生了什么事情？”袁鹭用疑惑的目光看着卢伟，继续追问。

“不是我不想，而是我不能。我现在连她的人都找不到。”卢伟终于憋不住了，抱怨似的说。

“怎么会找不到她呢？她上次还找过我的。她说她找不到你，你现在又说这样的话，你们俩玩什么捉迷藏啊？”袁鹭奇怪地问。

“怎么，萍萍来找过你？她是什么时候来找你的？她都对你说了些什么？”卢伟急切地问。

“她是上个周日来找我的。她说她联系不到你，就来找我，让我帮忙。其实我也帮不上什么忙，因为我也不知道你干什么去了，所以就安慰了她几句她就走了。”袁鹭淡淡地说。

“她在找我，她一直都在找我，却一直找不到我，而我……唉，都怪我，我不应该回城里连一声招呼都不和她打。都怪我，都是我的错。”卢伟一边自言自语，一边捶胸顿足，一副痛苦欲绝的样子。

“你这是怎么了？发生了什么事，你告诉我啊。”袁鹭被卢伟异常的举动吓呆了。

于是卢伟就把那天下午发生的事情告诉了袁鹭。他默默地把事情说完，又低下头默不作声了。他像是在忏悔，又像是等待袁鹭的批评，其实他的内心一直在遭受着折磨。

但是出乎意料的是，袁鹭并没有因为卢伟在感情上所犯的过错而责难他，而是一副很同情的样子。她明白了事情的原委后，想了想，用平静的语气说：

“既然事情已经发生了，你再怎么自责也是于事无补的，只不过是折磨自己而已。你的心情我理解，但是你也不是故意的，你应当尽快找到她，向她解释清楚，争取她的谅解。到时候把问题解决了，你们又重归于好了，那比什么都重要。”

“这个我知道，我这几天都在找她，但是就是找不到，我想她是故意避而不见我吧，我连向她亲口解释的机会都没有，真是急死人了。”卢伟沮丧地摇摇头。

“那你就继续找啊，直到找到她为止。我就不信她会永远躲着你。”袁鹭鼓励说。

“我是想一直找下去，但是现在没有时间了。家人催我快点回去，说是有要紧的事情。我没有时间等了，所以才来找你帮忙。”卢伟用恳求的语气说。

“求我帮忙？我能帮什么忙？”袁鹭不解地问。

“你不需要做很多。你只要找到她，把这封信亲手交给她就行了。后面的事等过几天我回来再说。我想，她有意躲我，但是不会连你都不肯见吧。”卢伟说着，用颤抖的手从衣兜里掏出那封被他握得皱巴巴的信。

“我，我能办到吗？这么大的事，我能行吗？我怕耽误了你们的事。”袁鹭不敢接信。

“我相信你行，而且只有你行，因为我只有你一个人可以信任了，我求求你了，帮我这一回吧。”卢伟恳求的语气不容拒绝。

袁鹭有些不知所措。她愣在那里，接也不是，不接也不是。还没有等她做出决定，卢伟已经把那封信塞进了她的手里，并同时握住了她的双手认真地说：

“我已经把我一生的爱与幸福都托付给了你，你一定要帮我啊。”说完，就用一双含泪的眼睛看着袁鹭。

当袁鹭从卢伟的目光中醒来的时候，卢伟已经消失在树林里了。一阵风吹来，她觉得自己的心比这个屋子还空。

伤逝

卢伟再一次回到秋水湖已经是一个星期之后的事了。这一个星期对他来说，真是太漫长了，因为他无时无刻不在思念着关萍萍，思念着秋水湖。尤其是在夜里，他的脑海总是被这里的蓝天和白云所覆盖。但是事实上，这一个星期又是多么的短暂，因为他有很多事情要去做，当然主要是忙着找工作。尤其是在白天，他不得不硬着头皮应付许多的面试、许多的应酬，尽管他是那么疲惫和不情愿，但是还得强装着笑脸迎接每一个人。现在，工作的事终于确定了，他抽出时间，找了一个理由马上又回秋水湖了。

秋水湖平静依旧，这里的一草一木并没有因为他的离开而停止过一秒钟的生长，但也始终没有超出他想象的范畴。在这一周的时间里究竟发生了什么事？不得而知，天还是那样蓝，地还是那样绿，就连天地间的风，也依稀还有去年他来时的味道。又是一个仲夏的黄昏，夕阳把最后的热情留给了晚霞和湖面，片片点点，残红如泣，像是对这个世界最后的眷恋。群山沉睡在暖风里，从潮湿的空气里仿佛可以感到它们沉沉的呼吸。秋水湖波澜不惊，平静如处子的心，又像是一个成熟女子的灵魂，可以包容下所有的悲欢离合却又那样从容淡定。只有湖中及岸边疯长的草，才在无意间暴露了它们的激情。明明没有云，但那是什么，从他的眼前飘过？哦，原来是几只白鸟，秋水湖上的白鸟，从水面上悠然飞起，向天际间翩然而去，仿佛是一个轻飘的梦，未曾带走什么，也没有留下什么。

总有什么是不一样的吧？在卢伟的世界里，总有一些是和去年初到秋水湖的时候不一样。那就是记忆了，在这一年里，毕竟发生了许多让他难以忘记也不愿忘记的事情：车窗上袁鹭清秀的脸，芦苇丛中关萍萍天真的笑以及在澄清的湖面上他们浅淡的倒影，像波光一样在他的脑海中闪现。面对这熟悉的环境，想着发生过的事情，他有一种恍如隔世的感觉。

“一切都像是梦境一样啊！”

卢伟这样想着，任凭载着自己的车子在蜿蜒的公路上奔驰，他的思绪在风中乱飞。他又想到了关萍萍：不知她现在怎么样了？她是否已经原谅了自己呢？卢伟突然感到车子太慢了，他恨不得马上就飞到关萍萍的身边去。

卢伟在县城里的一个招待所里住了一个晚上。他没有去以前的那个环境检测站了，因为他已经不是那里的人了，再也不好意思去打扰人家了。他也没有去找关萍萍或者袁鹭，因为天色已晚，去了也不太合适，再说自己确实是太累了，倒不如休息一个晚上，明天去也不迟。

第二天，卢伟一大早就直接到关萍萍的单位找她了，因为这一天是周一，她应该是在上班吧。他还是沿着熟悉的湖边小路走去。一路上都是绿色的海洋，郁郁葱葱，庄稼丰美，水草茂盛。秋水湖好像刚从睡梦中醒来，睡眼惺忪，就连睫毛上挂的露珠——那些苇叶上的水珠，远看也是白茫茫的一片。而这一切，在卢伟的眼里是那样的熟悉又陌生。说是熟悉，是因为他在这里待了一年，这里的一草一木都在他的心里留下了深刻的印象，他这一辈子恐怕都不会忘记；说是陌生，是因为他毕竟离开了一周的时间，这一周不是离开，而是离别，现在的秋水湖已经不是他的秋水湖了，他只不过是一个来这里怀旧的游子罢了。他已经不能为这里做些什么了，甚至连一个简单的落脚点都没有。好在这里还有关萍萍，还有一个牵挂，一份情感的眷恋，所以他这一次又来了，虽然可能是最后一次到来。

“蒹葭苍苍，白露为霜。所谓伊人，在水一方。……”

卢伟不由自主地吟出了这一句古诗。他想起来了，在这同一个地方，他也曾经向关萍萍吟过这同一首诗。而现在她在什么地方呢？他一边想着，一边加快了脚步。卢伟到了关萍萍工作的医院，那里的人说关萍萍这几天都没有上班，不知干什么去了。卢伟突然感到事情的严重性，他连给人家说声谢谢都忘了，撒开腿就往关萍萍的家跑。

卢伟还没有到关萍萍的家，就在茂密的庄稼丛中听到来自关家方向的哭声和吵架声。他很纳闷，难道又有人吵架？或者是谁家出事了？他紧追几步，躲在一棵树后面朝关家的方向望，声音是从关家传来的，在她们家的院子里聚集了许多的人，不知道在干什么。只听见一个沙哑的女人的声音哭喊道：

"哎呀，我苦命的孩子啊，我前世是造了什么孽啊？你竟然这么就没了。你真是太狠心了，丢下妈一个人就走了。妈一个人该怎么办呢？"

尽管这个声音因为长时间的哭泣而沙哑了，但是卢伟还是能从她的音色中听出那是关萍萍母亲的声音。怎么了？关萍萍她……卢伟的头像是被什么重重地击了一下，嗡的一下要炸了，他的身体猛地颤抖起来，脚步也变得踉踉跄跄的。

在关家院子里的人哭的哭，收拾东西的收拾东西，各忙各的，似乎没有人注意到卢伟这个陌生人的闯入。卢伟轻飘飘地，就像是梦游一样走过院子，穿过人群，来到停放在屋檐下的一张用木板临时搭建的床边。他看见那张床上放着一具尸体，平躺着，用白色的床单盖着，辨认不出死者的身份。但是，从床边散落下来的几缕头发和从床沿边上露出的一只手，卢伟已经确定，那个床单下的尸体就是关萍萍。不过这次，卢伟已经没有刚才那样强烈的反应了，因为他整个人已经麻木了，僵直地站在那里，神情恍惚，表情僵硬，说不出一句话，也流不出一滴眼泪。直到这个时候，那些忙碌的人才注意到了卢伟。只是他们不认识他，也不知道是怎么回事，既没有人来招呼他，也没有人来阻止他。

许久，卢伟的嘴唇才微微动了一下，手机械地抬起来，颤巍巍地伸向盖着关萍萍的头的那张床单的一角。他想揭开它看看清楚，但是当他的手指刚刚触到床单，就马上像是触了电似的缩了回来。他不敢面对关萍萍的死亡，他怕看见那张床单下的脸的时候自己会撑不住，他宁愿相信那里躺着的是别人。但是在他犹豫了一会儿之后，他还是下决心揭开了那张似乎隔绝了生死的尸布。

那的确是关萍萍的脸，那是一张失去血色苍白的脸，但仍然不失柔情的脸。淡淡的眉毛、微合的双眼以及有些泛白的嘴唇都是那样的安详，甚至能看到她的微笑，却是那种遥远神秘的微笑。他不相信她去世了，他还以为她没有睡醒。“小懒虫，还不起床，太阳已经老高了。”卢伟在心里轻轻地唤着。但是关萍萍确实是走了，当卢伟的手指触到她的脸颊时，他感到的是一种彻骨的冰冷。尽管这是夏天，他还是打了一个冷战，这完全不是以前那种熟悉温暖的感觉。她走了，却显得更加美丽，仿佛是清晨漂在水上的一朵莲花。难道在释放了自己的灵魂之后，才会获得生命的真谛吗？关萍萍死的时候穿的是一件白色的连衣裙，正是卢伟上次送给她的那条。她从未在卢伟面前穿过，大概是她不好意思穿给他看吧？但是这次是唯一的一次，也是最后一次穿，但却是穿给上帝看了。裙子是湿的，紧紧地贴在身上，更显得她婀娜多姿了，大概只有躺在大理石棺材上的圣母像才有如此的美吧？卢伟伴着自己恋人的尸体，真的是像在伴着圣母，双膝跪倒在那里，双手伏在床前，闭着眼睛，不敢看她的遗容。

但是卢伟很快就被另一只同样冰冷的手猛地推开了，那是关萍萍母亲的手。她刚才一直在床的另一边哭得死去活来，没有注意到卢伟的出现。现在，卢伟就在自己的身边，中间就隔着一张床和女儿的尸体，她才发现了他。她先是愤怒，再就是恐惧，好像是并没有认出他，而只是见了恶魔似的。她害怕他带走自己的女儿，她疯狂地推开他，大声喊道：

“你滚开，你这个丧门星，你自己走了还不算，为什么还要回来带走我的女儿，你这个恶魔，你不要靠近她。”

关萍萍的母亲显然是神志不清的，她把卢伟当成了自己死去的丈夫。她把他推倒在地上，就再也推不动了，就只好扑在自己女儿的尸体上，想保护她，口中发出痛苦的嚎叫。

在旁边观看的人被关萍萍母亲的举动弄得更加糊涂了，但是他们至少明白，她是不喜欢面前这个年轻人的，于是他们就上前来拉卢伟，想把他拖走。卢伟挣扎着不肯走，他不说一句话，只是眼睛直直地盯着那张放着关萍萍的床，跪在地上不肯起来，几个人拉不动他，也就不再强拉，任他去了。但是当卢伟一旦挣脱了束缚，便发疯似的扑到了关萍萍的尸体上，拼命地摇着她的尸体，像是要把她摇醒。

“萍萍，是我害了你啊，我对不起你。你不要走，你醒醒，起来听我解释啊。”卢伟把压抑了许久的悲痛化作一声撕心裂肺的哭诉，倾泻了出来，她认为关萍萍为他殉情了。

“你这个魔鬼，是你害死了萍萍。你还来干什么？我要杀了你，我要为萍萍报仇。”关萍萍母亲这次终于认出了卢伟，并且将自己心中的悲伤化作了仇恨全撒在了卢伟的身上。她又扑过来厮打卢伟，卢伟没有躲闪，也没有反抗，而只是趴在关萍萍的尸体上哭喊，任凭关萍萍的母亲打骂。围观的人再也看不惯他们两个人在一块厮打了，更不能容忍一个男人趴在一个少女的尸体上。于是他们动手了，强行将卢伟抬了出去，扔在了院子的外面。卢伟还想挣扎着爬起来再去看关萍萍，但是被人拦住了，而且有人开始动手打人了。

“不要打他，这事与他无关。”李站长突然从远处走来。他是今天早晨才听到噩耗的，他不敢相信这是真的，但是现实是残酷的，他赶快跑过来确认一下，也算是向死者告别吧。但是他没有想到在这里又碰见了卢伟，而且有人要打他，他赶忙制止了。李站长走到卢伟的面前，用一种很复杂的、悲痛的眼神看着他，没有说一句话。但是卢伟知道，那眼神里藏着多少悲伤、怜惜与埋怨。卢伟有太多的疑问要对李站长讲，但是当他看见李站长那张因为伤心而黯淡下来的脸，也就不再忍心增加他的痛苦了，他只是用含泪的双眼看着李站长，抽泣着说：“为什么？李站长，究竟发生了什么事？”

李站长被卢伟的悲伤情绪感染了，他的眼泪在眼眶中打转，苍老的脸上深深的皱纹因为痛苦而扭曲了。他没有勇气再回想关萍萍的事了，甚至“萍萍”这两个字他都无法说出口，过了半晌，李站长才用颤抖的声音挤出了几个字：“我不知道，我只是听说她是划船去湖中岛上的时候落水的。”

“那她为什么要去湖中的岛上呢？”卢伟急切地问。

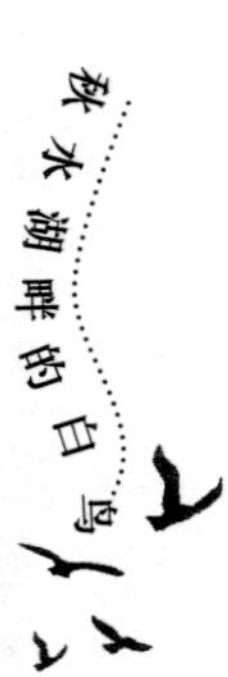

“我怎么知道，大概是岛上又有人打鸟了吧，她可能是去护鸟的，你知道她爱它们就像爱自己的生命。”李站长不想再继续这样的谈话。

“那么她是……”卢伟用疑惑的目光看着李站长，试探性地问。

“不是的，她的身上没有伤。”李站长无奈地摇摇头说。

卢伟不再问了，大概李站长真的不知道事情的真相吧。但是卢伟明白，关萍萍为什么到湖中心的岛上去。难道她真的只是为了保护那些鸟儿吗？即使她发现有人打鸟，也应该先报告站上，带领站上的人去阻止，自己一个人去有什么用呢？这样的例子以前也不是没有发生过。她一定还有其他原因的，她还在追求着什么，或者说在逃避着什么。换句话说，她很有可能是殉情的。即使不是自杀，但是至少是因为感情的事才划船去岛上的，然后在湖中出了事，因为卢伟曾经指着湖心的岛对关萍萍说过，想带她一同到一个岛上隐居，远离尘世的烦恼，但那绝不是秋水湖中的小岛，但是关萍萍以为那里就是他们幸福的天堂了。

卢伟不敢再往下问，不敢再往下想了，满腔的痛苦、满腔的悔恨、心中的伤痛压得他喘不过气来。他抓住自己的头发，疯狂地撕扯着。

“都怪我，是我害了萍萍，我该死，我对不起她啊。”卢伟的声音又引起了一阵骚动。

“这件事与你无关，你赶快走吧，永远不要回来了。”李站长怕事情闹大，急忙赶卢伟离开。

“不，萍萍是我害死的，我不能扔下她不管，我要留下来一直守护她。”卢伟非但没有走，反而朝着关萍萍尸体的方向跑去。

“你这个魔鬼，是你害死了萍萍，我要打死你，我要替萍萍报仇。”贾富贵带着粗壮的声音从远处走来，手中还拿了一根木棒，那架势真的吓人。

“你不要乱来，你要冷静，萍萍的死与他无关的。”李站长赶紧制止他。但是贾富贵根本就没有听，径直向卢伟冲了过来。旁边的人怕出人命，赶紧拦住了富贵。富贵的力气很大，几个人也拦不住他，眼看富贵的木棒就要打到卢伟的头上了，李站长立即冲上去，拦腰抱住富贵，把他死死地拖住，其他人看这架势也马上来帮忙，十几个人才将富贵按在地上。富贵见自己动弹不得，奋力挣扎着，嘴里骂着，愤怒地将木棒向卢伟扔来。卢伟没有避让，或者说他根本就没有在乎富贵的到来，更不怕富贵打他。在这一刻，卢伟心中想的只有关萍萍，他想和她一块去死，如果富贵的木棒真的把他打死了，反而成全了他们。但是李站长他们制止了贾富贵。

“你难道还嫌事情闹得不够大吗？难道你要陪她去死吗？快走吧，不然会出事的。”李站长看见制止不了富贵，就赶紧劝卢伟离开。旁边马上有人过来拖着卢伟往外走。卢伟的神情恍惚，不知如何是好，只是哭着任人摆布。这时，从远处跑来一个女子，卢伟大吃一惊，本能地喊了一句：“萍萍。”

“卢伟，我是袁鹭啊。”袁鹭显然是一路跑来的，脸上还挂着汗水，说话时上气不接下气。

众人被卢伟的叫喊吓了一跳，以为见鬼了，因为关萍萍的尸体就停放在面前，怎么会从别的地方跑来？但是大家仔细一看，才发现来的是一个陌生的女子，根本就不是关萍萍，才都松了一口气。

“袁鹭，你怎么来了？萍萍，萍萍她没了。”等到袁鹭走近了，卢伟才认出了她，他说着又哭了起来。

“卢伟，我对不起你，更对不起关萍萍。我没有替你把你写给她的信送到，因为我根本就没有找到她。”面对关萍萍的死和卢伟的悲痛，袁鹭感到万分内疚，她挣扎了好久才说出心里话。

“什么？你没有把我的信给她？你知道你犯了什么错误吗？她就是因为没有看到我写给她的信才死的，是你害了她，你是个罪人。”卢伟抓住袁鹭的双肩拼命地摇晃，把一个心神未定的姑娘吓得魂飞魄散。

“对不起，我找过她，但是没有找到。上个星期学生考试，我没有时间，也就没有继续找。我本想到了这一周再去找她，没想到会发生这样的事，我对不起你们，是我的错。”袁鹭委屈地哭了。

“你现在道歉还有什么用，人已经死了。你现在解释还有什么意义呢？萍萍，是我害了你，你不要走，你要等着我，我会来陪你的。”卢伟甩开了袁鹭，发了疯似的向湖边跑去。

“卢伟，你听我说，你不要做傻事。”袁鹭说着也跟着跑了出去。

“你不要跑，你这个罪人，我要为萍萍报仇。”富贵喊着也要追出去，但是被人们拦住了。

“一个疯子。”一个人说。

“不，是一群疯子。”另一个人说。

袁鹭最终还是没有追上卢伟。他像一匹脱缰的野马，在田间的小道上狂奔，没有目的，没有方向。这里有他熟悉的小道，狭窄而曲折，又有茂密的庄稼遮挡，所以他的身影几乎是在一瞬间就消失在袁鹭的视线里。

他不知道自己是在追求，还是在逃避。

卢伟又一次来到了秋水湖边上，来到了第一次和关萍萍认识的那个水湾。这是对过去感情的追忆吧，抑或是对已逝爱情的祭奠。湖面无风，但涛声依旧，如泣如诉。他漫无目的地在湖边走着，走着，不知道要向哪里去，也不知道要干些什么。湖边的草木茂盛，中间点缀着一些不知名的小花，在阳光下散发出一种苦涩又有点鱼腥味的气息。在草坪与湖面之间裸露的沙滩上有圆润的石头、搁浅的螺壳和鱼的残骨。发生了什么事呢？究竟发生了什么事，在他离开的这一个星期里？卢伟在心中苦苦思索，在风中大声追问，但是秋水湖沉默，众波无语，谁又能解开他心中的疑团，抚平他心中的伤痛呢？那些原来是人可以走过去的芦苇丛现在已经被湖水淹没了，有许多的芦苇也被打折，漂在水面上随波逐流。不，不，那些鸟儿的坟墓呢？它们会在哪里安身？卢伟拼命地在长满荆棘的草丛中奔跑。他要寻找被关萍萍埋葬的那些鸟儿的陵园，但是湖水茫茫，哪里还有它们的影子。在那个水湾里只有一些凌乱的芦苇在水中摇晃，那就是它们的墓碑了吧？那些自由的灵魂，如今怕已经做了鱼虾的饵食吧？

天哪，这是怎样的世界啊！自由的鸟儿竟不如卑微的水草活得长久。越是高贵的灵魂，就越容易被淤泥的毒污吞噬。卢伟木然地站在没过脚面的水中叹息，他的脚和腿被荆棘划破了好几处，伤口被水浸得发白，但是他似乎没有感觉到疼痛，站在水中望着远方落泪，风吹得他的头发乱飞。

“关关雎鸠，在河之洲。窈窕淑女，君子好逑……”

是谁在唱？是萍萍在唱，是水波在唱，还是记忆在唱？卢伟用目光四下里搜索，也在意识里搜索。但是天水茫茫，他只能看见远处的湖面上漂着几叶弯弯的小舟，越漂越远，最后变成几个小黑点，消失在天光水影里了。而在他的脑海里，关萍萍的影子若隐若现，她在远处向她招手、微笑，但是总是无法靠近，仿佛是隔着宽阔的湖面。卢伟向她走去，她那微笑的脸忽然间又变成了千万片破碎的羽毛，纷纷洒落湖面。卢伟鬼迷心窍似的向着湖中跑去，眼看自己的半个身子都淹在水中了，他竟然没有半点觉察。幸好中途被水草绊了一下，他跌倒在水中，呛了一口水，浑身被水浸湿了，这才从痴迷中惊醒。他拍打着从水中站起来，望着对岸，只有白茫茫的一片，关萍萍的影子早已经消失得无影无踪。他终于绝望地放声大哭起来，两只湿淋淋的手在脸上乱抹，无意中却发现手中抓着一把毛茸茸的东西。他擦干了眼泪一看，才知道那是他在慌乱之中抓到的水面上的一块浮萍。

“萍萍，你为什么不见我？难道你还在恨我吗？但是又为什么还要留下一片翠绿呢？这应该是你最后的留念吧？”卢伟痛苦地抽泣着，把那片揉碎的绿萍捂在嘴上深深地吸着，仿佛要嗅出她的味道。

去了，他的恋人去了。但是爱情呢？却像是这四周带着鱼腥味的湖水的声音，萦绕在他的耳边，久久不肯离去。卢伟站在茫茫的水中，像是一座漂浮的孤岛，没有方向。漂吧，漂吧，在这个没有出口的湖上，他愿意蒸发成天上的云，轻飘得没有重量，没有记忆，没有痛苦，或者沉入这深深的湖底，永远也不要醒来。也许他根本就不该来这里，根本就不应该认识关萍萍，不应该打破她原本很平静的生活。但是命运真会捉弄人，他就像是一艘机械船，冒冒失失地闯进秋水湖来了，无意中打破了这里的宁静，还像一只飞鸟爱上了鱼，注定没有结果。现在，他们已经是阴阳两隔，人情皆空了，只留下他一个人活在痛苦里不能自拔。

一切只不过是一场梦而已，命运与他开了一个多么大的玩笑啊。卢伟孤独地站在水的中央，看见渐渐西去的太阳就像是一个苍老的脸，在山头上远远地嘲笑他。那应该是一张相当古老的脸吧？在每个人生命的源头嘲笑着他：多么悲哀的生命啊，纵使你苦苦地挣扎，能减轻痛苦吗？就像是一滴眼

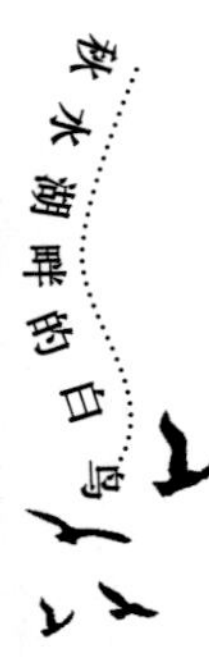

泪，能增加湖水的深度吗？人生只不过是一场梦而已，它并不能改变世界的颜色。也许我们本就不应该出生，我们的出生非但没有给这个世界带来幸福，反而给他人带来了痛苦、罪孽。

也许我当初就不应该来这里。卢伟想，当初，我是怀着怎样天真、伟大的理想来到这里的，想着在这里干一番大事业的。但是，看看吧，我都干了些什么？一场没有打赢的官司，一次没有意义的服务，一段没有结局的爱情，一个一无是处的人。我在这里忙碌了一年，结果却是什么都没有办成，什么也没有改变，多的只有一个失魂落魄的人。这是一个怎样的世道啊？平庸无为的人却成为受人欢迎的顺民，心怀理想的人却处处碰壁。唉，那些漂浮在水面上的菱角啊，你们怕是不会有痛苦的吧？因为你们没有追求，来无影去无踪，相忘于江湖；你们没有理想，所以也就不会有失落和烦恼。你们不像我，始终参不透这个世道，做不成一个来无影去无踪的圣人。神啊，你们就那样无助吗？甚至连自己的圣像都无法保全，多么可怜啊！看着被水分割得支离破碎的太阳影子，卢伟有一种同病相怜的感觉。

“不，卢伟，你的到来不是毫无意义的，你要相信自己。你为了自己的梦想，为了这片土地尽了最大的努力，你应该感到欣慰了。至于结局如何，你就不要在乎那么许多了，这其中有很多的原因，不是你的错，你不应该过于自责的。至少你让这里的人明白了他们原来可以有不一样的生活，你的到来使他们看到了更广阔的天地，使他们有了更新的认识，你应该感到高兴才对。”袁鹭站在湖的对面微笑着对他说。

“不，不，我的到来没有带来任何新鲜的东西，没有改变这里任何的事情。这里的人们并没有因为我的努力而有任何变化。他们就像是一群蝼蚁一样生活在地穴里，整天除了觅食就没有别的事可干，没有别的追求了。除了自己的地穴，他们不知道外面还有更广阔的天地。他们不能理解我的所作所为，不懂得我的价值，不了解我的世界。我是一个被这个世界遗弃的人，太孤单、太弱小，而这里的旧秩序又太强大了，如无形的手，压得我喘不过气来。我就像是一个溺水的人，反抗找不到对手，挣扎抓不住水草，求救没有人听见，我感到自己是要死了。”卢伟一个人自言自语。

“不，不是这样的，卢伟哥，你不是孤独的，至少我是理解你的。我知道你有远大的抱负，伟大的灵魂，只是这里没有你发挥才能的地方。古今有多少和你一样怀才不遇的人，他们会理解你的。只是你的信仰太崇高，你的意识太超前了，超出了我们同时代人的想象，所以没有人有勇气接受你。你就像传说中的后羿，当别人在遭受十个太阳的煎熬而无动于衷，认为这是命运的时候，你却勇敢地拔出了箭。你是神，你俯瞰凡间的人们，所以你感到孤独、悲怆。但是你不是孤独的，因为你还有我，我是永远爱你，永远崇拜你的。”波声阵阵，传来关萍萍的声音。

“不要说了，萍萍，我是什么？我是神？我拯救世界却遭到人们的唾弃，我爱上一个人却将她引向死亡，这难道是上帝对他儿子的奖赏吗？还是说我本来就是为人民的罪孽而受难的吗？我有那么伟大吗？不，我是多么的渺小啊，一事无成，梦想无法实现，甚至连自己心爱的人都保护不了。我是一个多么无能的人啊。”卢伟对着茫茫的一片湖水，无奈地叹息。

“不，孩子，你不要这么说，不是你无能，而是这个世界充满了艰辛。不是你的梦想无法实现，只是你没有找到实现的方法。你有梦想、有能力，这是我们希望的，但是你更应该有信心、有耐心。这个世界等着你们去改造，你们的使命很艰巨。你已经是一个大人了，你应该明白：一个不成熟的人只知道自己有什么样的梦想，而一个成熟的人更应该懂得要为自己的梦想付出什么样的代价。人要有所作为就应该经受磨炼，这点挫折算得了什么，你要面对的困难还将更大。你要振作精神，要相信自己的未来是美好的。”李站长的声音就像是耳边的风，呼呼地从芦苇丛中传来。

难道这就是你所说的代价吗？天哪，这太残忍了，为什么要将对我的惩罚降临在一个无辜的女孩子身上呢？难道就是因为我喜欢她，上帝就要把她从我身边带走吗？这太不公平了。上苍啊，你要是对我的玩世不恭有所不满的话，就将所有的惩罚都降临在我的身上吧，我愿意接受一切。算了吧，不要再给我讲什么大道理了，我不要听。我要反叛，我要向这个我顺从、忍受了二十几年的荒诞世界反抗，我永远也不要成为你们，也不会成为你们希望的听话的好孩子，我要有自己的新生活，过你们所没有生活过的。

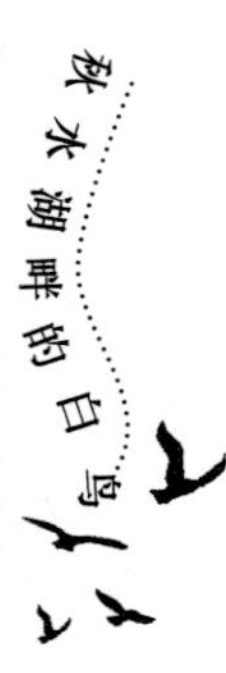

但是什么才是我要的新生活呢？万水千山，天远地阔，未来的路是什么样的呢？他不知道。涌动的湖水像一面旋转的魔镜，预示着深不可测的明天。不管明天的生活是什么样子，它都是值得期待的，因为昨天已经成为过去，而今天也已成定局，只有明天是未知的。但是为什么卢伟的脚还浸在昨天的湖水里不肯离去？大概是他在那里倾注了太多的感情吧？他停在那里如同停在自己的回忆里无法醒来，这时必须有什么东西敲打他一下，他才会从冰冷的梦境里回到现实。时间啊，多么伟大的运动，任何人都无法拒绝你的脚步。你是那样无情，却又是那样充满同情，总能在人痛苦、绝望的时候教会人们去遗忘，总会在漫长的黑夜过后将人们唤醒。是的，是时候了，是该离去的时候了。不管过去多么美好，不管梦境多么迷离，人总是要向前走的，总是要面对现实的。夕阳已经把长长的影子拖到了卢伟的脚下，湖面上吹来凉凉的风，让他瞬间清醒了许多，骤然响起的蛙鸣也敲响了一天最后的晚钟。卢伟从恍惚中醒来，觉得自己就像是一个初生的婴儿，面对这全然陌生而新鲜的世界，一无所知。过去的记忆已经渐渐远去，最后模糊得如同过眼云烟，而未来的世界会是什么样子，他还不敢想象。他孤独地站在荒草和湖水的中间，眨着眼睛看着这一切，仿佛是在寻找出路，耳边好像有谁的声音在轻轻呼喊：“去吧，去开始你的新生活。”

于是，卢伟的眼前似乎又一次闪现出他的梦境里出现过无数次的画面：平静的湖面上波光粼粼，一条小舟由远及近缓缓驶来，船上一个白衣女子轻轻地划着船、像是在歌唱……她越来越近，卢伟却始终无法看见她的脸，但是那张脸是熟悉的、美丽的。他想接近她，但是他们之间始终隔着一片芦苇。最后，不等他惊醒，她便已经消失在荷花和芦苇的丛林里。接着从那里升起很多白色的水鸟，像在飞，又像是在漂浮，渐渐地升上了天空，与水天一色的光影融合，化作无数片洁白的羽毛，洒满整个湖面。

（完）